Tina

Kari Köster-Lösche

# MORD
## IN DER
# VOGELKOJE



atb aufbau taschenbuch

Kari Köster-Lösche, geboren 1946, wuchs in Schweden am Meer auf und lebt heute in Norddeutschland. Nach einem Studium der Tiermedizin promovierte sie in Bakteriologie. Seit 1985 arbeitet sie als freie Autorin. Bekannt wurde sie mit ihren zahlreichen historischen Romanen.

»*Ein spannender Kriminalfall mit viel authentischem Wissen.*« NDR Bücherwelt über »Der Tote am Hindenburgdamm«, den ersten Kriminalroman mit dem Ermittler Niklas Asmus

Niklas Asmus war ein angesehener Kriminalinspektor, bis er von Rostock nach Sylt strafversetzt wurde. Nun geht er auf der Insel Streife – wenn nicht gar besondere Verbrechen seine Aufmerksamkeit erfordern. Als er mit seiner Verlobten Ose einen Toten in einer Vogelkoje finden, ist sein Gespür als Ermittler gefordert. Wer ist der fremde Tote, der offenbar nicht nach Sylt gehört? Und warum hat er den Kopf einer hölzernen Ente in der Hand? Rasch findet Asmus heraus, dass vor kurzem ein anderer Mann auf der Insel zu Tode gekommen ist. Dücke, der Hüter einer der Vogelfallen, hat sich angeblich den Hals gebrochen – bei einem harmlosen Spaziergang in den Dünen.

Kari Köster-Lösche

# MORD IN DER VOGELKOJE

Ein Sylt-Krimi

atb aufbau taschenbuch

MIX
Papier aus verantwortungsvollen Quellen
FSC® C083411
www.fsc.org

ISBN 978-3-7466-3104-2

Aufbau Taschenbuch ist eine Marke der Aufbau Verlag GmbH & Co. KG

1. Auflage 2015

Die Originalausgabe erschien 2013 bei Rütten & Loening,
einer Marke der Aufbau Verlag GmbH & Co. KG
Covergestaltung www.buerosued.de, München
grafische Adaption Mediabureau Di Stefano, Berlin
unter Verwendung eines Motivs von © plainpicture/neuebildanstalt/Luther
Gesetzt aus der Garamond Premier Pro und der Trajan
durch Greiner & Reichel, Köln
Druck und Binden CPI books GmbH, Leck, Germany
Printed in Germany

www.aufbau-verlag.de

# Kapitel 1

»Es ist hier ja still wie in einem Grab. Müsste man nicht das Quaken von Enten hören?«, erkundigte sich Niklas Asmus leise. Was eigentlich launig gemeint war, geriet zu seinem eigenen Erstaunen eher misstrauisch, ohne dass er wusste, warum.

Ose Godbersen, seine Verlobte und als Naturschützerin bestens mit den örtlichen Gegebenheiten in der Vogelkoje von Kampen vertraut, schüttelte den Kopf und winkte ihn in einen schmalen Pfad hinein, der vom Hauptweg abging. Sie ließen zwei kleine Backsteinbauten hinter sich. »Der Pirschweg des Kojenmanns«, sagte sie leise.

Asmus folgte ihr schweigend. Gegenwärtig, im Frühjahr 1924, war er Schutzpolizist auf der Insel Sylt, versetzt aus Rostock. Er hatte das Glück gehabt, nur degradiert zu werden, er war nicht wie so viele andere im Polizeidienst der Weimarer Republik aus politischen Gründen entlassen worden. Aber seine lange Tätigkeit als Kriminalinspektor hatte ihn niemals dazu verführt, in seiner Wachsamkeit nachzulassen. Auch wenn er sich in seiner neuen Position hauptsächlich um einen ruhigen Straßenverkehr in Westerland zu kümmern hatte.

Hier im Wald, der die Entenkoje umgab, war es Asmus entschieden zu still. Erlen und Pappeln umgaben sie, manches Schlingengewächs wand sich um die bemoosten Bäume, und auf dem Boden wuchsen hohe Farne. Es war fast gespenstisch.

Andererseits war die Stille erholsam gegenüber der Hektik, die mit den eintreffenden Sommergästen in Westerland Einzug hielt. Armut und Not unter den einheimischen Arbeitern, die fast alle arbeitslos waren, wuchsen zwar, die nächtlichen Straßen aber waren erfüllt vom Lärm betrunkener Gäste, die sich stark vom Publikum der Vorkriegszeit unterschieden, wie man Asmus erzählt hatte. Westerland war nicht mehr der elegante, friedliche Badeort. Asmus stolperte über eine Baumwurzel, was ihn aus seinen umherwandernden Gedanken riss. Er hörte Ose wieder zu.

»Im Kojenteich werden sich jetzt höchstens ein paar Stockenten aufhalten«, erklärte Ose aufgeräumt. »Die schnattern nur ganz leise, wenn sie sich unterhalten. Und die Scharen von Spieß-, Pfeif- und Krickenten, an die du wahrscheinlich denkst, fallen erst auf dem Durchzug in die Winterquartiere hier ein, im Herbst also. Die machen wirklich Lärm, besonders wenn sie eine neue Schar begrüßen.«

»Aha. Eigentlich war es eine interessante Art des Vogelfangs.«

Ose blieb abrupt stehen, und dem Polizisten, der ihr gefolgt war, schlugen die Zweige des mittlerweile fast zugewachsenen Pirschweges ins Gesicht. »Aber Nis! Du wirst doch nicht allen Ernstes behaupten, dass du das Ende dieses scheußlichen Vogelfangs bedauerst!«

Asmus drückte Äste in die Höhe, unter denen Ose leicht hindurchkam, aber er nicht, weil er noch größer als sie war. »Ich habe lediglich bemerkt, dass er interessant im Sinne von ungewöhnlich war. Ich wusste bis dahin nur, dass man in anderen Ländern große Vögel schießt und kleine in Netzen fängt.«

»Ja, leider. Dort wie hier fallen der Jagdleidenschaft jedes Jahr Tausende Tiere zum Opfer.«

Die Anteilseigner an diesen Vogelkojen hatten gutes Geld verdient, so viel wusste Asmus schon. Ähnlich wie früher die Gesellschafter bei Schiffen, die ihm als Reedersohn viel vertrauter waren. Anreiz war immer das Geld. Auf den armen Inseln konnte man das allerdings niemandem verübeln. Jeder musste zusehen, wie er unter den gegebenen Möglichkeiten seine Familie ernährte.

Kurze Zeit später standen sie vor einer Bretterwand, in der eine Öffnung den Blick auf den Teich zuließ. »Wir sind da«, flüsterte Ose. »Und ein paar Enten auch.«

Eine Entenmutter führte einige Küken. Sie nahm keine Notiz von den verborgenen Besuchern, auch nicht, als sie sich durch das Unterholz den Weg zu dem viereckigen Teich inmitten des Hains bahnten. Er war weitaus größer, als Asmus ihn sich vorgestellt hatte.

»Man merkt, dass es keinen Kojenmann mehr gibt. Jetzt im Mai hätte er sich um das Wäldchen kümmern müssen, tote Bäume entfernen, neue anpflanzen, die Wege gut begehbar machen ...« Ose stieß einen wehmütigen Seufzer aus. »Komm weiter.«

»Tut es dir jetzt doch leid um die Entenkoje?«

»Wegen der Enten, die nun geschont werden, nicht. Aber es war ein Stück Kultur auf der Insel, zwar durch Menschenhand entstanden, aber fremd wirkte sie nicht. Und nun verwildert sie einfach.«

»Deshalb wollt ihr euch ja darum kümmern.«

»Stimmt«, sagte Ose lächelnd. »Beinahe hätte ich vergessen, weshalb wir hier sind.«

»Es ist ja eine Riesenanlage«, sagte Asmus und ließ seinen Blick über den Teich und den angrenzenden Wald wandern.

Neben sich sah Asmus eine Art trockenen Graben, aber Ose zog ihn weiter. »Das zeige ich dir später«, meinte sie.

»Auf dem See könnte man segeln. Mit einer kleinen Jolle.«

»Untersteh dich.«

Asmus grinste.

»Das Problem wird sein, den zukünftigen Verwalter zu bezahlen, vorausgesetzt, wir schaffen es, die Koje zum Naturschutzgebiet erklären zu lassen.« Ose krauste sorgenvoll die Stirn. »Der Kojenmann hatte das ganze Jahr zu tun, auch außerhalb der Fangzeiten zwischen August und Oktober.«

»Preußen wird nichts erübrigen können ...«

»Für solchen Tand, meinst du ... Ja, das ist wahr.« Ose seufzte wieder. »Wir werden uns nach jemandem umsehen müssen, der Erfahrung in Waldarbeit hat. Kartoffeln kann er auf dem zur Koje gehörenden Gelände anbauen wie früher der Kojenmann und den Überschuss verkaufen, ebenso wie das Reet, das er ernten darf. Wenn er dazu noch fischt, wird es für ihn allein reichen, bis die Zeiten wieder besser sind.«

Asmus nickte nur. Im Augenblick sah es nicht danach aus, dass die Zeiten sich jemals ändern würden: Die galoppierende Inflation traf jeden, die Arbeitslosigkeit nahm auch auf Sylt zu, im deutschen Kaiserreich hatte es mehrere Putschversuche und Separationsbewegungen einzelner Länder gegeben, und die Reichskanzler gaben einander die Klinke in die Hand. Nichts war beständig.

Das Wäldchen lichtete sich und endete an einem Deich, den sie hochstiegen, nachdem sie über zwei Gräben gesprungen waren, in denen Wasser stand. »Die Klappe ist jetzt geschlossen, weil wir Hochwasser haben«, erklärte Ose. »Bei Niedrigwasser fließt das überschüssige Teichwasser in die See. Gespeist wird der Teich von Quellen.«

Unmittelbar unterhalb der Deichkrone liefen träge Wellen auf einem Sandstreifen aus. Am Horizont lag das Festland im Dunst. »Na, so was«, wunderte sich Asmus. »Die Koje so nah am Meer.«

»Ja, das ist ungewöhnlich. Aber die Enten fliegen diese Koje genau deshalb so gern an – die Futterplätze sind ja gleich in der Nachbarschaft. Der Seedeich hat den Bau natürlich teurer gemacht als jede andere Entenkoje.«

»Aber das war es den Eignern offenbar wert. Übrigens glaube ich, dass Schlechtwetter aufzieht.«

»Dann lass uns zum Teich zurückgehen, Nis. Ich zeige dir die Pfeifen, die das Kernstück der Fängerei bilden.«

Der Teil der Anlage, den Asmus für einen Graben gehalten hatte und der die Pfeife hieß, begann in einer Ecke des Teichs. Zunächst breit, verschmälerte er sich und verschwand hinter einer Krümmung. Geduckt folgten sie dem Pfad neben der Pfeife.

»Wenn die Wildenten erst einmal auf dem Teich gelandet sind, lockt der Kojenmann seine zahmen Tiere in diesen Graben, der im Herbst natürlich Wasser führt. Die Wildenten folgen ihnen, ohne sich bewusst zu sein, dass die Pfeife mit Netzen abgedeckt ist, so dass kein Vogel auffliegen kann.«

»Und die Lockenten?«

»Die haben ein Schlupfloch, durch das sie die Pfeife verlassen können, während der Kojenmann, der sich bis dahin hinter Stellwänden aus Reetgeflecht verbirgt, sich plötzlich zeigt und die Wildenten dadurch zum Ende der Pfeife treibt. Dort befindet sich eine Reuse.«

»In der die Enten feststecken«, ergänzte Asmus.

»Ja. Der Kojenmann greift sie sich einzeln heraus und ringelt sie. Will heißen, er packt sie am Kopf und lässt den Körper rotieren. Die Wirbelsäule knackt dann und bricht ... Neben der Reuse steht ein Fass für die getöteten Tiere.«

»Alle Schlachttiere werden wohl auf mehr oder minder grausame Weise getötet«, sagte Asmus nach einer Weile wie zum Trost.

»Beim Ringeln tritt der Tod wenigstens schnell ein. Von sechs- bis siebentausend Enten an einem guten Fangabend.« Ose schüttelte es.

Asmus zog Ose sanft auf den Pfad zurück. Deprimierende Gedanken blieben bei solchen Zahlen nicht aus. »Deshalb haben sie die Koje ja nun geschlossen.«

»Nein, keineswegs«, begehrte Ose auf. »Mit Tierschutz oder Vernunft hat das nichts zu tun. Es fliegen immer weniger Enten die Kampener Koje an, heißt es. Der Fang lohnt den Aufwand nicht mehr. Die Eidumer Koje hier auf Sylt wird weiter betrieben. Auch auf Amrum und Föhr fangen sie weiterhin, dort haben die Bestände nicht abgenommen.«

»Und warum nehmen sie ab?«

»Das weiß man nicht. Es könnte sein, dass es den Enten zu laut und wirbelig in der Gegend wird. Wir haben mal ein altes Schild gefunden, auf dem stand, dass in der Fangzeit das Schießen im Umkreis von einer Viertelmeile verboten ist und dass man auch die Dünen in der Nähe nicht besteigen darf. Sie haben schon vor fünfzig Jahren gewusst, dass Enten, die sich gestört fühlen, ausbleiben. Eine andere Erklärung wäre, dass die Enten aus unbekannten Gründen die Flugroute geändert haben. Womöglich fehlt ihnen unterwegs das Futter.«

Wasserläufe änderten auch von Jahr zu Jahr ihre Strömung, und mit ihnen kamen oder gingen Fischarten, wovon die Fischer ein Lied singen konnten. Dasselbe fand bei den Wasserpflanzen statt. Insofern fand Asmus es auch bei Vögeln nicht verwunderlich. Vielleicht gab es sogar einen Zusammenhang zwischen den Strömungen und den Enten, die wegen ihres Futters die Nähe des Wassers benötigten.

Ose atmete durch und schüttelte ihr Unbehagen ab. Um die getöteten Enten, um eine vergangene Kultur. Asmus ahnte so ungefähr, was sie gerade dachte, und drückte sie an sich.

Ose schmunzelte. »Schon gut. Ich zeige dir das Ende der Pfeife. Damit hast du das Wesentliche gesehen, die anderen drei sparen wir uns. Wir kommen danach noch zum Haus des Kojenmanns und zur Futterstelle der Lockenten, der Tammkuhle.«

»Ist mir recht.« Die Stille im Wald hatte sich gewissermaßen verflüchtigt, nachdem Asmus nicht mehr auf Entenquaken gewartet hatte, und war dem leisen Gesang und dem Piepsen einzelner Vögel sowie dem Knacken der trockenen Äste unter ihren Schuhen gewichen. Er fühlte sich hier allmählich wohl, so wie er auf seinem Boot die Stille der See mochte, wenn ausnahmsweise kein Wind ging. Das Kribbeln in seinem Nacken ignorierte er.

»Welche Pfeife von den vieren benutzt wurde, hat mit der Windrichtung zu tun, oder?«, vermutete Asmus, nachdem er sich den Sinn der Anordnung überlegt hatte.

»Richtig. Der Kojenmann musste sich immer gegen den Wind bewegen, damit die Enten ihn nicht rochen. Zur Sicherheit trug er in den Fangmonaten schwelenden Torf in einem tragbaren Räuchergefäß mit sich. Damit wurde jeder Geruch nach Mensch überdeckt.«

»Welch ausgeklügeltes System«, stellte Asmus beeindruckt fest.

»Ja. Holländische Erfindung. In der Hütte da vorn lebten die zahmen Enten, die Lockenten.« Ose zeigte auf das kleine Häuschen neben dem Haus des Kojenmanns.

»Richtig zahm?«

»Nein. Der Kojenmann richtete jedes Jahr neue ab und gewöhnte sie einfach daran, dass ihnen Futter hingestreut wurde. Aber vor allem kupierte er ihnen die Handschwingen. Sie konnten gar nicht ins Watt fliegen, um sich Futter zu holen. Ich denke, dass sie hungerten und dem Kojenmann deshalb so willig folgten. Er streute ihnen Futtergerste hin, die natürlich auch gekauft werden musste.«

Oje. Asmus fand, dass er sich in nächster Zeit vielleicht

doch hauptsächlich von Austern und Miesmuscheln ernähren sollte. Auch Aale und Plattfische zu töten war ein blutiges Handwerk, das er nicht sonderlich mochte.

Das Ende der Pfeife lag hinter der Krümmung, kurz davor die Tammkuhle. Dahinter erhob sich das Haus des Kojenmanns, in dem er im Herbst und im Winter gewohnt hatte.

Asmus krauste die Nase und schnüffelte. »Verliert der Kojenmann auch mal getötete Enten?«

»Nein«, sagte Ose. »Manche haben zwar einen Jagdhund dabei, aber der von Kampen hatte das nie.«

»Warum riecht es dann hier nach Verwesung?«

»Den Geruch habe ich auch in der Nase. Du hältst das für Verwesung?«, fragte Ose erstaunt.

»Eindeutig.«

»Da die Brücke zur Koje nicht hochgezogen ist, kann es ja auch ein Hund sein, der angeschossen wurde und sich hier verkrochen hat, um zu sterben. Oder eine tote Krähe oder ein Habicht. Die folgen den Enten.«

»Oder, oder ... Komm, Ose! Wir sehen nach.« Auf einmal war Asmus der Tonangebende. Er wühlte sich entschlossen durch das Gestrüpp neben dem Graben. Das Ende der Pfeife kam in Sicht. Plötzlich stoppte Asmus.

Im schmalsten Teil der Pfeife stachen zwei Schuhsohlen parallel in den Himmel.

## Kapitel 2

»Du lieber Himmel«, keuchte Ose, die an Asmus vorbei zum Grabenende blickte.

Asmus war mit drei Schritten dort. Eine männliche Leiche, die schon einige Tage dort lag. Der Hals war angenagt oder angepickt, aber sonst schien sie weitgehend unversehrt. Abgesehen von einem kleinen roten Fleck auf einem einst weißen Hemd in Höhe des Herzens. Überhaupt: Die Kleidung! Was machte ein Mann – besser würde man ihn wohl aufgrund seiner dunklen Jacke über der gestreiften Hose als Herrn ansprechen – in der Wildnis einer aufgegebenen Vogelkoje? Ein schwarzer Hut lag neben ihm.

»Musst du ihn wirklich anfassen?«, stammelte Ose, als Asmus den Leichnam an den Schultern packte und vorsichtig so weit aufrichtete, dass er den Rücken inspizieren konnte.

»Ja, muss ich. Erschossen«, stellte Asmus lakonisch fest. »Von hinten.«

»Wie scheußlich!«

»Von vorn wäre er genauso tot. Der Schütze hat nur eine Kugel benötigt. Sehr treffsicher. Oder sehr nah.«

»Was machen wir denn jetzt?«

Asmus ließ den Leichnam wieder in seine ursprüngliche Lage zurücksinken und sah auf. Ose zitterte.

»Meine Dienststelle benachrichtigen. Aber du kannst nicht allein hierbleiben, und allein nach Kampen solltest du auch nicht gehen müssen. Ich hoffe, dort hat jemand einen Fernsprecher.«

Ose nickte. »Im Haus von Ferdinand Avenarius ist einer.«

Herr Avenarius, der sich so für die Erhaltung der Sylter Natur eingesetzt hatte, war zwar vor kurzem gestorben, aber den Luxus eines vorhandenen Fernsprechers gab man als Nachfolger schließlich nicht auf, wenn man ein Haus kaufte. Sofern es überhaupt verkauft worden war. »Man kann die Brücke zur Koje hochziehen, sagtest du? Dann machen wir das, damit Unbefugten klar ist, dass das Gelände nicht betreten werden soll, und fahren zusammen nach Kampen. Du bleibst im Haus des Künstlers, ich komme zurück und mache mich an die Arbeit.«

»Nein«, sagte Ose, plötzlich so energisch, wie sie immer zu sein pflegte. »Ich komme wieder mit zurück. Schonung will ich nicht, was denkst du denn von mir! Und inzwischen habe ich mich schon an den Verwesungsgestank gewöhnt.«

Ose musste sich in Avenarius' Haus nicht lange erklären. Sie wusste, wo der Fernsprecher hing, und der neue Hausherr verschwand außer Sicht, ohne dass Asmus auch nur ein Wort mit ihm gewechselt hatte.

Hauptwachtmeister Gustav Sinkwitz war über Asmus' Meldung alles andere als begeistert. Er verabscheute die Komplikationen, über die sein Untergebener ständig zu stolpern schien. Andererseits stand fest, dass die Westerländer Polizeiwache sich seit Asmus' Versetzung nach Sylt keine Hilfe von außen holen musste, wenn es um gewaltsame Todesfälle ging, was Sinkwitz wiederum entgegenkam. Er versprach sogar, den Kollegen Lorns Matthiesen zur Hilfestellung sofort loszuschicken.

Asmus war erleichtert. In seiner Anfangszeit auf Sylt hatte Sinkwitz ihm ständig Steine zwischen die Füße geworfen, weil ihm ein strafversetzter Kriminalinspektor in seiner Mannschaft von Schutzpolizisten nicht passte. Aber ihr Verhältnis hatte sich seitdem ein wenig gebessert.

»Merkwürdig!« Ose schüttelte verwundert den Kopf, als sie nach dem Telefonat zu Asmus' Motorrad zurückgingen, um sich auf den Rückweg zur Entenkoje zu machen.

»Was ist merkwürdig?«

»Als wir heute früh die Koje betreten hatten, hast du dich über die Stille gewundert, die für mich ganz normal war. Du hast sogar von einem Grab gesprochen. Als hättest du geahnt, was uns bevorsteht.«

»Das ist vielleicht doch etwas übertrieben, Ose. Ich hatte

einfach nur Quaken und Geschnatter erwartet«, versetzte Asmus ablehnend.

»Das ist deine rationale Erklärung. Glaube ich nicht. Das ist Instinkt. Der hat dir bestimmt schon öfter genutzt.«

»Du hältst mich für eine Art Hund?«

»Im Hinblick auf deine effektive Nase schon. Vielleicht könnte man sie auch mit dem Riechvermögen von Enten vergleichen. Viele Leute lehnen das zwar ab, aber jeder Kojenmann arbeitet damit. Denk an den Torf, den er verbrennen muss. Ohne genaue Kenntnis über die Tiere wäre er ein lausiger Entenfänger.«

»Tatsächlich! Gut, dann betrachte ich mich jetzt mit Stolz als eine Art Erpel, nur nicht so bunt. Halt dich fest, wir fahren los.« Asmus spürte, wie Ose an seiner Schulter vor Lachen bebte. Zum Glück hatte sie ihren Schrecken überwunden.

Wegen ihrer Unterhaltung verpasste Asmus den direkten Weg zur Straße nach Norden. Auf einmal befanden sie sich auf einer einsamen Sandpiste, die auf einer Düne mit dichtem Heidebewuchs endete. Unterhalb der Düne erstreckte sich ein Schilfgürtel, und dahinter flimmerte die See.

»Sieh mal«, rief Ose Asmus ins Ohr. »Dort wird anscheinend in größerem Stil gebaut!«

Asmus wendete schlitternd in einem Bogen und stellte den Motor aus. So eilig hatte er es wiederum nicht, zu einer Leiche zurückzukehren. Oses Finger wies auf das Nordostende der Düne, wo am äußersten Rand der Kampener Dorfgemarkung drei ältere Häuschen standen. Gleich dahinter war ein großes Gelände abgezäunt. »Nachdem sie so nachdrücklich schon im vergangenen Jahr nach Investoren gesucht haben, kann ich mir vorstellen, dass einige angebissen haben. Warum wunderst du dich darüber?«

»Ja, aber in einem so riesigen Bereich? In der Umzäunung ist ja Platz für ein ganzes Dorf!«

»Nur ein kleines Dorf.« Asmus startete sein Motorrad wieder. Auf verwinkelten Pfaden, an ärmlichen Hütten und Grundstücken mit Weißdorn, Heckenrosen und weidenden Schafen vorbei, gelangten sie schließlich zu dem welligen Gelände, in dem hinter einem Zaun mehrere Männer arbeiteten.

Einer riss die Erdkrume mit Pferd und Pflug auf, zwei andere ebneten den Boden mit Schaufeln ein. Zum Meer hin gab es keinen Zaun, dort sollte der Zugang zum Wasser wohl nicht behindert werden.

»Hier haben drei oder vier Häuser mit stattlichem Garten Platz«, meinte Asmus.

»Ja, gut. Aber so etwas Großes mit fremden Investoren wäre doch einen Artikel in der Zeitung wert gewesen.« Ose sah sich mit gerunzelter Stirn um. »Wieder ein Stück Heide fort. Da sehe ich schon kommen, wie auch die Seidenbiene und die Heideeule sich davonmachen. Schrecklich!«

»Vielleicht soll es ein größeres Anwesen mit Kurbetrieb werden. Es gibt Gäste, denen Westerland zu wirbelig ist. Oder gar mit zu gewöhnlichem Publikum. In letzter Zeit habe ich auf der Straße einige solcher Bemerkungen aufgeschnappt, es gibt sogar Beschwerden über nächtlichen Pöbel, die bei uns auf der Wache zu Papier gebracht werden.«

»Ja, die Klagen kenne ich auch. Geschimpft wird immer. Manche sagen allerdings, dass die Inflation auch ihr Gutes hätte. Jetzt könnten sich wenigstens nur noch die Reichen und Vornehmen Sylt leisten.«

»Das stimmt nicht ganz. Es gibt nur eine winzige Schicht, die sich an der Inflation bereichern kann, und das sind nicht die Vornehmen von früher. Jetzt haben wir es mit Neureichen zu tun.«

»Ja, ich weiß«, stimmte Ose verdrossen zu. »Vater merkt es sogar in der Klinik. Solche Patienten sind häufig sehr anspruchsvoll.«

Asmus schwieg. Es war ein nicht gerade erheiterndes Thema.

»Am liebsten würde ich einen der Arbeiter fragen, was hier gebaut wird. Was dagegen, wenn ich eben mal hinlaufe, Nis?«

Asmus deutete mit dem Daumen nach Westen, wo über dem Horizont plötzlich eine dicke graue Wolkenwalze aufgezogen war. »Verschieb es. Dahinten kommt ein Gewitter. Ich möchte nicht in einem sumpfigen Wald neben einem Toten auf den Leichenwagen warten müssen.«

Nichts hatte sich bei ihrer Rückkehr in die Entenkoje verändert, außer dass die Luft feuchter und stickiger geworden war und sich nicht nur ein Strom von Ameisen an der Leiche zu schaffen machte, sondern auch ein größerer Schwarm Fliegen.

»Zieh deinen Schal vor den Mund«, empfahl Asmus. Glücklicherweise waren sie wegen der Motorradfahrt beide damit versehen. »Was macht ein Mann aus dieser Gesellschaftsschicht«, fuhr er übergangslos fort, »in der Vogelkoje?«

Ose nickte. »Der gehört hier bestimmt nicht hin. Vielleicht ist er ein neugieriger Gast, der sich in der stillgelegten Anlage nur mal umsehen wollte …«

»Und dabei versehentlich von einer Kugel getroffen wurde«, ergänzte Asmus sarkastisch. »Soviel ich weiß, schießt man auf Enten mit Schrot, sofern man sie für den eigenen Kochtopf jagt.«

»Vielleicht besaß der Jäger nur Kugeln und hatte kein Geld für Schrot.«

»Könnte schon sein, wenn er sonst vor allem Seehunde jagt. Über Winter habe ich mit etlichen Seehundsjägern gesprochen. Die benutzen nur Kugeln – um das Fell nicht zu beschädigen. Im Augenblick wäre das die schlüssigste Erklärung«, gab Asmus zu.

»Der Stoff seines Anzugs ist bestimmt teuer gewesen, er ist sehr fein«, bestätigte Ose, die den Leichnam aus gebührender Entfernung aus allen Richtungen in Augenschein nahm. »Die Schnürsenkel sind ohne Knoten und die Schuhe nicht einmal an den Hacken abgelaufen. Als wäre der Mann mal eben aus einer langweiligen Veranstaltung entwischt, um sich hier umzutun. Aus einer Tagung von Fachleuten vielleicht. Vater bekommt gelegentlich Einladungen zu so etwas.«

»Das ist eine Idee, der ich nachgehen werde. Eine Konferenz ist ja vielen bekannt. In den Hotels, den Kutschern, im Kurhaus …«

Danach sprach Asmus erst einmal nicht mehr, da er sich hinhockte, um die Jackentaschen des Toten zu durchsuchen. Ameisen krabbelten über seine Finger, und die Fliegen schwärmten in die Höhe, um sich gleich wieder an anderer Stelle auf dem Toten niederzulassen. Die Innentasche des Jacketts brachte keinen Aufschluss, ebenso wenig wie die Hosentaschen, die ein sauberes, scharf geplättetes Taschentuch enthielten. In der Westentasche verbarg sich eine kleine Münze aus Kupfer, die zu unscheinbar war, um Prägeort und Jahr in Klartext preiszugeben. Asmus steckte sie ein, um sie später zu prüfen.

»Er hat, glaube ich, etwas in der Faust«, meinte Ose.

Der Arm des Toten lag halb unter ihm begraben, so dass Asmus diesem bisher keine Aufmerksamkeit geschenkt hatte. Jetzt aber zog er ihn vorsichtig hervor.

Ose hatte recht. Ein viereckiger Klotz aus rohem Holz stak fest zwischen Daumen und Zeigefinger des Toten, und als Asmus dessen Finger gestreckt hatte, kam etwas Rundes zum Vorschein. Er hielt es für Ose in die Höhe. »Nanu! Was stellt das denn dar?«

»Einen bemalten Vogelkopf. Gib ihn mir mal!«, bat Ose mit erkennbarer Aufregung. Nachdem sie das Stück von allen Seiten betrachtet hatte, war sie sich sicher. »Das ist der Kopf eines hölzernen Lockvogels! Ich habe ein ähnliches Teil in einem Museum in München gesehen. Der Klotz ist der Zapfen, mit dem der Kopf in den Vogelkörper eingefügt wird.«

»Ein Lockvogel?«

»Ja. Vielleicht befindet sich der Körper ja noch irgendwo in der Nähe.«

»Werden diese hölzernen Exemplare statt lebender Lockenten verwendet?«

»Genau. Die Imitate werden aus Holz geschnitzt, manchmal auch nur aus einem Strohwisch gebunden. In manchen Gegenden richten sie gar keine Enten ab, sondern benutzen solche Attrappen. Das ist dort ganz normal und so erfolgreich wie mit lebenden Enten, habe ich gelesen. Es gibt auch Lockgänse.«

»Tatsächlich.« Asmus war beeindruckt von Oses Wissen. Nachdenklich musterte er den Entenkopf und dann wieder den Toten. »Wir konnen die Vermutung, es handele sich um einen neugierigen frühen Badegast, vergessen. Auch den Konferenzteilnehmer. Er kam offenbar ganz gezielt wegen der Enten hierher. Sein Tod ist wohl kaum ein Jagdunfall.«

»Meinst du wirklich? Einer, der wegen der Vogelkoje nach Sylt reist, kommt doch nicht im Abendanzug, sondern in Knickerbockern hierher.«

»Vielleicht besitzt er keine. Wahrscheinlich ist der Anzug die in seinen Gesellschaftskreisen übliche Bekleidung.« Asmus begann den Vogelkopf sorgfältig in sein Taschentuch einzuwickeln.

»Warte noch mal«, rief Ose und nahm Asmus den Kopf aus den Händen, um ihn genauer anzusehen. »Dieser Lockvogel ist ja wunderschön bemalt und die Farbe ziemlich frisch. Aber diese Entenart gibt es hier überhaupt nicht!«

»Nein? Und welche Bedeutung hat das in deinen Augen?«

»Es muss wichtig sein. Denn im Museum waren die Lockenten sehr unterschiedlich geschnitzt und bemalt, manchmal waren sie sogar von einem Federbalg überzogen. Offenbar imitieren die Schnitzer die Entenart, die die Jäger hauptsächlich fangen wollen. Manche habe ich erkannt, weil sie auch Exemplare von den Küsten hatten.«

»Was kommt denn bei uns vor?«

»Auf Sylt haben wir vor allem Pfeif-, Krick- und Spießenten, etwas weniger Stockenten. Das ist auf allen Inseln unterschiedlich. Aber keine von unseren hat einen rabenschwarzen Kopf mit einem Federchen im Nacken. Die wäre mir bekannt. Glaub mir!«

»Das tu ich. Ich repetiere: Diese Lockente gehört also in eine andere Gegend und befindet sich in der Hand eines Herrn – habe ich in voller Absicht so formuliert –, der hier vermutlich auch fremd ist. Da tippe ich doch auf einen Wissenschaftler, der sich für die hiesigen Enten interessierte. Vielleicht hat er den Vogel ja schwimmen lassen, um festzustellen, wie die Stockenten auf dieses Imitat, das sie so nicht kennen, reagieren.«

Ose wiegte den Kopf. »Möglich.«

»Allerdings werden die wenigsten Wissenschaftler bei ihren Untersuchungen getötet.«

Ein heller, peitschender Knall in nächster Nähe ertönte.

Ose duckte sich, Asmus fuhr in die Höhe, um mit dem Kopf im Nacken zu lauschen. Ein weiterer Schuss folgte nicht.

»Matthiesen!«, flüsterte Asmus alarmiert. »Der müsste mittlerweile hier sein. Hoffentlich ist er nicht ... Komm!« Er legte den Finger über die Lippen, packte Ose bei der Hand und zog sie mit sich.

Der Weg zum Ausgang war nicht weit, befanden sie sich doch an der nächstgelegenen Pfeife. Aber als sie am breiten Graben, der das Gelände umschloss, ankamen, war die Brücke hochgezogen. Dabei wusste Asmus ganz genau, dass sie sie für Matthiesen unten gelassen hatten. Er zog es vor, zu schweigen.

Während Ose daranging, die Brücke in aller Hast herabzulassen, hörten sie in der Ferne das Knattern eines Motorrades.

»Das ist das Motorrad der Wache. Könnte Matthiesen sein«, vermutete Asmus erleichtert.

Gleich darauf hielt sein Kollege vor dem Eingang. Der große blonde junge Mann in Polizeiuniform sprang ab und stellte den Motor aus. »Moin, moin. Was macht ihr denn so bedribbelte Gesichter?«, erkundigte sich Matthiesen.

»Erst der Schuss außerhalb der Jagdzeit«, erklärte Asmus missmutig. »Und dann hat jemand die Brücke hochgezogen, obwohl mein Motorrad hier steht.«

»Ein Streich?« Matthiesen zog eine ungläubige Grimasse.

»Wenn es nur das wäre! Eher eine Warnung«, meinte Asmus ernst. »Im Zusammenhang mit dem Schuss vermute ich, dass es dasselbe war, was wir gemacht haben, als wir nach Kampen zum Telefonieren fuhren: die Brücke hochziehen zum Zeichen, dass Fremde hier nichts zu suchen haben.«

»Als Polizist?«, wandte Ose zweifelnd ein.

»Der Schütze weiß wahrscheinlich nicht, wer hier ist. Selbst wenn er uns beobachtet hätte: Ich bin in Zivil. Und vor allem dürfte er keine Ahnung haben, dass hier eine Leiche liegt.«

»Bei so vielen Unbekannten hattet ihr ja einen unterhaltsamen Morgen«, schloss Matthiesen in aller Gemütsruhe. »Was für ein Schuss denn?«

Asmus rümpfte die Nase und dachte an Oses anfängliche Angst. »Hier schießt jemand. Hätte auch von der See gekommen sein können, aber der Wind steht anders. Lorns, leg deine Pickelhaube ab, und häng sie an deinen Lenker. Wir schieben beide Motorräder über die Brücke, die wir hochziehen, und stellen sie dicht nebeneinander ab. Da sollte doch für jeden verständlich sein, dass die Polizei vor Ort ist und wir keinen Besuch wünschen. Was meinst du?«

»Kapiert jeder Dorfdumme.«

»Eben. Und dann durchsuchen wir das Gelände, bevor hier womöglich Dinge verschwinden, die entlarvend für einen Mörder sein könnten.«

»Ein Mord? Sinkwitz hat mir nur gesagt, dass hier ein Toter liegt. Ich dachte, ich solle hierherkommen, um dir zu bestätigen, dass er tot ist.«

»Lorns, so witzig ist das nicht«, grummelte Asmus. »Was weißt du über Wasservögel?«

»Alles, was nötig ist! Teichhühner weiden frühmorgens neben dem Fething, Stockenten paddeln in ihm herum, und Pfeifenten schießt unser Nachbar vor Weihnachten über dem Watt. Habe schon öfter auf Schrot gebissen. Alte Pfeifenten sind zäh und Stockenten fett.«

Ose lachte in sich hinein.

»Ja, ja. Dass dir das reicht, glaube ich. Aber uns nicht«, knurrte Asmus. »Wir brauchen einen Spezialisten für exotische Enten.«

»Vielleicht gibst du mir mal eine Zusammenfassung, was passiert ist«, schlug Matthiesen geduldig vor. »Etwas ausführlicher. Bis jetzt habe ich nur verstanden, dass eine exotische Ente einen Mann ermordet hat. Oder so ähnlich.«

Asmus grinste. »Dämelack.«

Minuten später standen sie neben der Leiche. Unterwegs hatte Asmus Lorns über die wichtigsten vorläufigen Erkenntnisse aufgeklärt.

»Übrigens: Die Kutsche für die Leiche kommt hinter mir her«, berichtete Matthiesen. »Wird noch einige Zeit dauern, bis sie hier ist.«

»Vater wird sich freuen, sie sezieren zu dürfen«, warf Ose sarkastisch ein. »Der Ärmste! Er hat heute frei.«

»Auf einen Tag kommt es nicht an«, stellte Asmus großzügig fest. »Von allen Ärzten der Klinik hat er die größte Erfahrung, ich möchte schon, dass er es macht. Außerdem werde ich Kontakt mit einem Zoologen aufnehmen, der die Entenart bestimmen kann.«

»Ich kenne einen an der Hamburger Universität. Vielmehr Vater, der mit ihm korrespondiert.«

»Das wäre praktisch!«

»Das sieht ja gruselig aus!« Matthiesen, der oberhalb der Pfeife stand und auf den Toten hinunterblickte, runzelte die Stirn. »Und ihm wurde genau ins Herz geschossen?«

»Präzisionsschuss in den Rücken«, bestätigte Asmus. »Das war kein Versehen eines Jägers. Der Kerl muss dem Mann gefolgt sein. Vielleicht, bis er hier an der Pfeife anlangte. Ein Grab auszuheben erübrigte sich auf diese Weise, das war ja schon fertig.«

»Meinst du, er wollte die Leiche nur noch bedecken?«

Asmus zuckte die Achseln. »Aus seiner Sicht wäre es das Vernünftigste gewesen, außerdem verhältnismäßig wenig Arbeit. Tote Bäume liegen hier genug herum; Farnwedel in die Ritzen zwischen die Hölzer gelegt und darauf etwas Erde von den Pfeifenwänden. Ohne Oses Idee, die Koje unter Naturschutz zu stellen, wäre vielleicht in den nächsten Jahren niemand hierhergekommen. Ich nehme an, dass der Mörder gestört wurde. Durch denselben Schützen, der auch uns aufgescheucht hat.«

»Das würde auch erklären, warum er dem Mann den Entenkopf gelassen hat. Als wäre er Hals über Kopf geflüchtet«, meldete sich Ose. »Ich bin ganz sicher, dass man die Entenart aus Kopfform und -farbe bestimmen kann, und damit könnte man dem Mörder ja auf die Spur kommen.«

Asmus klopfte leicht auf seine Jackentasche. »Ich habe auch noch diese kleine Münze. Mir schien fast, dass sie dem Mörder beim Durchsuchen der Taschen entgangen ist. Anscheinend hat er sie geleert. Möglicherweise ergibt sich der Heimatort des Toten aus einer Art Kreuzpeilung zwischen Entenvorkommen und Münzprägeort. Wie zwischen Leuchtfeuer und Fahrwassertonne.«

»Was ein Glück, dass wir seemännisches Rüstzeug zur Verfügung haben, um einen unbekannten Toten im Binnenland zu orten«, spöttelte Matthiesen.

Asmus schmunzelte.

»Ose, traust du dich, allein durchs Gebüsch zu streifen, auf der Suche nach Fundstücken, die mit der Tat in Zusammenhang stehen könnten? Lorns und ich gehen beiderseits parallel zu dir, immer vom Deich bis zum Teich und zurück. Wir bleiben in Rufweite.«

»Selbstverständlich!« Ose wirkte etwas empört über die Frage. »An welche Fundstücke denkst du?«

»An alles zwischen Pumpenschwengel und Bibel.«

»Ein weites Feld!«

»Ja. Aber wenn man davorsteht, wird man merken, ob es verdächtig ist.«

Ose war nicht ganz einverstanden. »Immerhin ist dieses ganze Gelände von Menschen gestaltet und vom Kojenmann regelmäßig inspiziert worden«, wandte sie ein. »Von Pflugscharen über Fahrräder bis zu Omas Stricknadeln kann hier eigentlich moderner Müll nicht liegen.«

»Deswegen denke ich auch eher an etwas, das speziell mit Enten zu tun hat. Hauptsächlich natürlich an den fehlenden Lockentenkörper.«

»Ja, gut.«

»Wir treffen uns am Teich und drehen uns dann gemeinsam um, um uns die nächste Bahn vorzunehmen. In Ordnung, Nis?«

»Genau so machen wir es, Lorns. Wie immer systematisch.«

»Dann los!« Sie verteilten sich.

Kurze Zeit später entdeckte Ose etwas. »Hier ist eine Feuerstelle, Nis. Hat die eine Bedeutung?«

»Warte. Ich komme.«

Asmus und Matthiesen brachen sich Bahn durch das Unterholz und standen kurz danach neben Ose auf einer kleinen Lichtung, die etwas erhöht lag und trocken im Gegensatz zum übrigen, stellenweise feuchten Gelände war. Zwischen einigen jungen Eichen und einem blühenden Apfelbaum hindurch sah man den Abhang des Seedeiches ansteigen.

»Seltsam«, befand Asmus. »Der Kojenmann hat hier bestimmt nicht gekocht.«

»Sowieso nicht, der bekam in der Fangsaison sein Essen täglich gebracht, damit es nicht etwa nach Kohl roch«, flocht Ose ein.

»Ach so. Da die Feuerstelle ziemlich frisch aussieht, tippe ich auf Leute, die sich nach der Schließung der Koje hier heimlich getummelt haben.«

»Sie müssen sich stundenlang in der Koje aufgehalten haben«, murmelte der verblüffte Matthiesen. »Jedenfalls lange genug, um Hunger bekommen zu haben. Aber warum haben sie nicht einfach ihr Butterbrot gegessen? Oder es war im Winter, und sie mussten sich wärmen.«

»Die verkohlten Äste sind viel zu frisch, um noch vom Winter zu stammen.« Asmus hatte ausreichend Erfahrungen mit Lagerfeuern. Er hatte oft genug vor winzigen dänischen Inseln geankert, wo er sich mit Schwemmholz am Ufer sein Kochfeuer angezündet, Wurst oder Fisch am Stock gebrutzelt und später einen Kessel Wasser für Tee erhitzt hatte. »Für dieses Feuer kommen nur Tage oder wenige Wochen in Frage.« Er blickte nach oben, wo er den Himmel sehen konnte, und schob dann vorsichtig die Asche mit dem Fuß auseinander.

»Ja, genau«, pflichtete ihm Matthiesen bei, der Asmus' Blick gefolgt war. »Ich stimme dir zu.«

»Bei was denn?«, fragte Ose ein wenig gereizt. »Worüber schweigt ihr gemeinsam?«

Matthiesen lächelte. »Kein Grund, eifersüchtig zu sein, Ose. Mittlerweile kenne ich einfach Nis' Arbeitsweise.«

Asmus drückte Ose zart an sich. »Diese Lichtung ist ausreichend groß, um ein kleines Lagerfeuer zu gestatten, sofern man es bewacht. Andererseits ist sie von keiner Seite einsehbar, nicht von der Landstraße, nicht vom Kojeneingang und nicht von See her.«

»Und das ist auch ein Grund, den Herd des Kojenmanns nicht zu benutzen«, fügte Matthiesen hinzu.

»Ich hatte mir schon Gedanken darüber gemacht«, sagte Ose. »Ich glaube, den Rauch aus dem Schornstein der Kojenmannhütte könnte man von der Landstraße aus sehen.«

»Dessen Hütte besitzt übrigens einen besonders hohen Schornstein. Offenbar achtete man sehr darauf, dass kein Funkenflug den Wald in Brand setzen konnte.«

»Das war auch nötig. Die Anlage einer Vogelkoje hat ungeheuer viel Geld gekostet. Das waren Unternehmungen einer Gemeinschaft von Interessenten. Da gab es Hauptinteressenten und Nebeninteressenten, und alle waren durch Verträge gebunden. Außerdem haben sie verhindert, dass Auswärtige sich beteiligen konnten«, wusste Ose zu berichten.

»Umso erstaunlicher ist, dass die Anlage dann kurzerhand aufgegeben wurde. So plötzlich! Was mag das sein?«, fragte Asmus übergangslos und bückte sich nach einem Gegenstand in der Asche, der kurz aufschimmerte.

»Der Deckel einer Dose. Das sieht man doch.« Ose nahm Nis das Fundstück aus der Hand und drehte es um. »Unter dem Falz abgeschnitten, siehst du? Da drin war etwas Kompaktes wie Fisch, Fleisch oder Gemüse, jedenfalls kein Saft.«

»Gut, eine Hausfrau dabeizuhaben, die weiß, wie man Essen aus der Dose kocht«, spottete Matthiesen, wofür er einen derben Knuff in die Rippen erntete.

»Er ist angerostet, aber lange kann er hier nicht gelegen haben«, überlegte Asmus laut, der keine Zeit für Frotzeleien hatte. »Angesichts der Aschenmenge fragt es sich, wie viele Leute hier waren und ob es sich sogar um eine Art Biwak gehandelt hat.«

»Biwak?«

»Eine Stelle zum Schlafen und Essen, Ose.«

»Das könnten dann doch auch Jungs aus dem Dorf gewesen sein, die sich hier getroffen haben, vielleicht zum Entenfangen, Fischen, Flucht aus dem Alltag … Was weiß ich. Das Lagerfeuer muss ja nicht mit der Koje in Zusammenhang stehen. Die ist einfach ein verschwiegener Ort, der normalerweise von niemandem aufgesucht wird.«

»Lorns! Flucht aus dem Alltag mit Essensdosen in einer Zeit, in der Nahrung knapp ist. Das ergibt doch keinen Sinn.«

»Na gut«, meinte Matthiesen resignierend, »dann eben doch Fremde. Zwei Parteien. Die eine biwakt hier, die andere wird erschossen.«

»Das trifft es schon besser. Kommt, wir suchen weiter«, entschied Asmus, »jetzt aber sternförmig von der Feuerstelle weg und wieder zurück. Nach einem Ort, an dem die eine oder mehrere Dosen vergraben wurden.«

Eine Zeitlang war nur das Geräusch von Zweigen zu hören, die zurückschnellten, wenn sich jemand durch die Büsche schob. Die Singvögel waren verstummt. Vor die Sonne hatten sich jetzt die Wolken geschoben, und es war merklich kühler geworden. Leider auch in Bodennähe dunkler, dachte Asmus, was die Suche erschwerte.

Geraume Zeit später, als sie bereits auf der dritten Bahn waren, rief Ose wieder, dieses Mal mit Aufregung in der Stimme. »Ich habe etwas!« Sie stürmte durchs Wäldchen und langte zusammen mit Matthiesen bei Asmus an.

»Ein Papier«, schnaufte Ose. »Feucht, zerrissen und unvollständig, aber ich glaube, ich weiß, was es ist.«

»Kri…«, buchstabierte Asmus. »Darunter ein Netz. Nein, eine Reuse.« Mit hochgezogenen Augenbrauen wartete er auf Oses Erklärung.

»Es könnte die Banderole einer Krickenten-Dose sein. Ich habe sie auf Föhr gesehen, die verkaufen und verschicken eingedoste Enten. Wir Sylter essen nur frische oder selbst eingelegte.«

»Tatsächlich. Das stimmt.« Matthiesen sah Asmus mit verblüffter Miene über die Schulter.

»Jetzt keine launigen Bemerkungen über Hausfrauen, die lesen können, Lorns«, warnte Ose.

»So tollkühn wäre ich nicht einmal im Traum.«

»Ich höre die Kutsche, vielmehr die Ponys«, bemerkte

Asmus und blickte zum düster gewordenen Himmel hoch. Der auffrischende Wind wehte manches Geräusch fort, aber das Wiehern vernahm er. »Wenn der Tote verladen ist, machen auch wir Schluss. Wahrscheinlich schüttet es gleich, und dann finden wir ohnehin nichts Interessantes mehr.« Im gleichen Augenblick, als er es ausgesprochen hatte, fing es an zu nieseln.

## Kapitel 3

Der Kutscher wusste, wie mit dem Toten zu verfahren war, denn er wurde immer für Totentransporte gerufen. Daher konnte Matthiesen zur Dienststelle in Westerland zurückfahren, in dem ihm eigenen Höllentempo natürlich, obwohl das Nieseln inzwischen in einen kräftigen Schauer übergegangen war. Asmus hingegen brachte Ose zum Haus ihrer Eltern in Keitum.

»Kinder, wie seht ihr nur aus! Habt ihr Ekke Nekkepenn einen Besuch auf dem Meeresgrund abgestattet?«, rief Oses Mutter Blaicke mit gekrauster Stirn aus und schlug die Hände zusammen. »Allerdings glaube ich nicht, dass es dort nach Jauche riecht. Ihr hättet früher nach Hause kommen sollen.«

»Wir sind im Dienst, Mutter, auch wenn Nis keine Uniform anhat. Da können wir nicht auf ein bisschen Regen Rücksicht nehmen.«

»Ich weiß, ich weiß. Eher könnte man die Wolken bitten zu verschwinden. Wie dein Vater, Ose.«

»Ich würde gerne mit ihm über eine Leiche sprechen, die wir entdeckt haben«, bat Asmus. »Sie ist auf dem Weg in die Klinik.«

»Das darfst du gerne, Nis. Wenn du dich umgezogen hast. Ich suche dir wieder Kleidung meines Mannes heraus.«

Asmus schmunzelte. Es war nicht das erste Mal, dass er tropfnass bei Godbersens anlangte. Allerdings nie wie eine Katze aus der Jauchegrube. Plötzlich fiel es ihm ein, an seinen Händen zu schnuppern. Na ja, ein wenig ähnlich wie Jauche, vielleicht.

Wenig später saßen sie gewaschen und in trockener Kleidung in der Dörns und wärmten sich die Hände an den heißen Knäufen am Bilegger.

Danach brachte Blaicke Godbersen Tee mit geelem Köm. Den Kümmelkorn roch man schon von weitem. »Damit ihr euch nicht erkältet«, bemerkte sie entschuldigend.

»Mein Dienst ist seit eben für heute beendet«, eröffnete Asmus sehr zufrieden und schlürfte das Getränk mit Genuss an einem Stück Kandiszucker entlang, das er im Mund behielt. »Ganz schön stark.«

»Je schlechter das Wetter, desto herzhafter der Teepunsch.«

»Altes friesisches Sprichwort?«, fragte Asmus beeindruckt.

»Natürlich. Aber erst in hundert Jahren, Nis. Mutter erfindet aus dem Stegreif Gedichte und Geschichten«, antwortete Ose kichernd. »Dieser Spruch ist ungefähr eine halbe Minute alt.«

»Für Wissenschaft ist mein Mann zuständig, ich für die Phantasie«, erklärte Blaicke bescheiden und strich sich ihre ehemals blonden, jetzt teilweise grauen Haare aus der Stirn. Sie trug die moderne Kurzhaarmode, auf die sich ein Coiffeur in der Friedrichstraße spezialisiert hatte. Sie war auch keine Bäuerin, sondern auf dem Festland ausgebildete Buchhändlerin. »Er muss gleich kommen, holt beim Nachbarn einen Hasen ab. Kaninchen also.«

»Schlachtet er selbst?«, erkundigte sich Asmus neugierig.

»Nein! Er zerlegt es nur sehr sachkundig. Als Chirurg kann er das besser als ich. Du bist herzlich eingeladen. Übermorgen.«

»Ja, gerne, danke.« Trotzdem war Asmus etwas beklommen zumute, und er wusste nicht recht, was er sagen sollte. Auf Sylt wurden Nahrungsmittel knapp, sofern man sie bezahlen musste. Zwar war offiziell die Hyperinflation beendet, aber die Reichsmark war auf Sylt noch nicht angekommen, nur die Armut. Auch Asmus wurde noch mit Notgeld bezahlt. Manches konnte man sich allerdings selbst besorgen: Muscheln, Fische, Stockenten, illegal traniges Seehundfleisch, im Frühjahr Vogeleier, davon etliche ebenso illegal, weil geschützt, dazu Salzwiesenpflanzen. Nicht jeder hatte noch Hühner oder Schweine, da das Futter kaum noch erhältlich war, falls man es zukaufen musste. Er könnte sich zu dieser Jahreszeit bei den Godbersens nur mit einem Eimer Austern bedanken, notfalls auch mit Miesmuscheln und Herzmuscheln, die nicht gerne gegessen wurden – sie sparten damit nur die Mühe, denn sammeln konnten sie selbst.

»War es heute ruhig in der Stadt?«, erkundigte sich Blaicke. »Kein Umzug, kein Protestmarsch?«

»Nein, heute nicht. Aber irgendwie brodelt es im Untergrund. Die Verarmten murren über die reichen Gäste und über die Dänen, die preiswert Häuser aufkaufen. Die Stimmung ist nicht gut.«

»Ich weiß.« Blaicke seufzte. »Der Pastor hat am Sonntag seine Rede geschlossen mit: ›Seid Christen, seid Deutsche!‹ Das hat er noch nie gesagt. Die nationalen Gefühle steigern sich.«

»Das kommt sogar der Hetze schon ziemlich nah«, befand Ose, die nicht in die Kirche zu gehen pflegte. »Wenigstens musste ich sie nicht anhören.«

»Da ist Borg«, sagte Blaicke.

Auch Asmus hörte, wie die zweiteilige Klöntür geöffnet und wieder geschlossen wurde.

»Nis ist da und möchte mit dir sprechen«, rief Blaicke.

Borg schaute herein, das geschlachtete Kaninchen noch an den Ohren in der Hand haltend. Sein stoppeliges graues Haar stand senkrecht in die Höhe, und von der Rasur am Morgen war bereits nichts mehr zu sehen. Wie immer war er guter Laune.

»Es tropft auf das frisch gescheuerte Dielenholz!« Blaicke runzelte unmutig die Stirn. »Borg, bitte.«

»Moin, Nis. Ja, ja, ich verschwinde schon nach draußen. Ich ziehe ihm nur das Fell ab, dann komme ich.«

Nach wenigen Minuten war Borg zur Stelle. Mit rot gescheuerten Händen und umgezogen. Seine Frau rümpfte wieder die Nase. Wahrscheinlich roch sie das Blut an ihrem Mann. Asmus blähte die Nüstern und nahm nichts Befremdliches wahr. Sein Geruchssinn war nicht so fein.

»Was liegt an?«, erkundigte sich Borg und zog sich einen Stuhl an den Ofen. »Der Termin für die Hochzeitsfeier? Eilt es? Wann kommt das Kind?«

»Borg, sei doch nicht immer so undiplomatisch, und lass die Kinder erzählen!«

Ose und Asmus sahen sich an und mussten an sich halten, um nicht in Lachen auszubrechen.

»Ich hoffe, wir enttäuschen euch nicht«, dämpfte Asmus die Hoffnungen. »Wir erwarten kein Kind. Stattdessen erwartet Borg eine Leiche, über die wir reden müssen.«

»Schade! Ich hätte gern sofort die Kleidchen sortiert«, bedauerte Blaicke. »Sie sind alle noch in Ordnung. Und Borg hätte sich um die Familienwiege kümmern können. Einen neuen Anstrich braucht sie auf jeden Fall.«

»Mutter, das hat doch noch Zeit«, erwiderte Ose ein wenig gereizt, während ihr Vater Asmus zublinzelte.

»Wo ist die Leiche euch über den Weg gelaufen?«, fragte Borg und öffnete die Blechschachtel mit Manoli-Zigaretten, um sich eine anzuzünden.

Das mochte Asmus an seinen künftigen Schwiegereltern: Sie waren unkonventionell. In einer Position als Klinikchirurg hätten andere eine dicke Zigarre geraucht und einen vom Wohlleben mächtigen Bauch vor sich hergetragen. Das alles traf auf Borg nicht zu. Und die wenigsten Frauen dichteten. »In der Entenkoje von Kampen. Von hinten erschossen.«

»Und offenbar schon leicht stinkend«, fügte Blaicke hinzu.

»Nicht schlimm, Mutter Blaicke. Ein Einschussloch, ein Austrittsloch mit wenig Blut. Ich wüsste vor allem gerne, ob er vor seinem Tod Wildente gegessen hat.«

»Du glaubst nicht an zwei Parteien, mit Biwak und so …?«, fragte Ose überrascht. »Dieser gutgekleidete Herr hat sich doch nicht herabgelassen, am Lagerfeuer aus einer Dose zu essen!«

Asmus wandte sich an die Hausfrau. »Das wäre ein zweites meiner Anliegen, Mutter Blaicke. Wo bekomme ich eine Dose mit Krickenten her, ohne Milliarden zahlen zu müssen? Neue Reichsmark stehen uns Polizisten noch nicht zur Verfügung.«

»Dosenkrickenten aus Föhr? Das lass meine Sorge sein, Asmus. Die besorge ich dir, wenn es noch welche gibt. Normalerweise werden sie nur bis März verkauft. Kolonialhändler Bonde Sibbersen in Westerland hat sie immer geführt.«

»Aber bei dem wohne ich doch«, sagte Asmus überrascht. »Dann kann ich mich selber erkundigen. Wenigstens die Dose ansehen, sollte sie meine finanziellen Möglichkeiten überschreiten.«

»Wenn er noch eine hat, wird er sie dir aus Gedenken an seinen toten Sohn Cord und deine Aufklärungsarbeit* schenken wollen«, machte Borg geltend. »So ist er.«

»Ja, richtig. Ich will ihn aber auf keinen Fall ausnutzen. Dann wäre es mir doch lieber, wenn du dich erkundigen könntest, Mutter Blaicke.«

»Gewiss, Nis, gerne. Ich hätte nie gedacht, dass ich mich statt mit Büchern einst mit Kriminalfällen befassen muss.«

Borg strich ihr zärtlich über die Wange. »Das Leben schlägt manchmal sonderbare Haken, Blaicke. Wir bekommen einen Schwiegersohn, der Kriminalinspektor in Rostock war, und du kaufst eingedoste Enten, statt bei deinem Nachbarn fünf frisch geschossene zu bestellen.«

»Nicht in dieser Jahreszeit allerdings«, ergänzte Ose. »Vergiss nicht den Entenkopf, Nis.«

»Ja, richtig.« Asmus holte den Kopf, den er bei den nassen Kleidern gelassen hatte, und reichte ihn seinem zukünftigen Schwiegervater. »Ose sagt, dass du mit einem Zoologen korrespondierst. Ich muss wissen, um welche Art Ente es sich handelt. Es ist sehr wichtig, weil ich dadurch wahrscheinlich die Herkunft des Toten ermitteln und dem Mörder auf die Spur kommen kann. Ose weiß, dass diese Entenart nicht einheimisch ist.«

»In Ordnung. Ich kann ihn aber nicht auf Klinikkosten fotografieren lassen ...«

»Ich male ihn ab«, sagte Asmus rasch. »Das ist nicht schwierig. Ich besitze gute Vorkriegsbuntstifte.«

»Ich schreibe ihm noch heute«, versprach Borg. »Wenn ich dein Gemälde am Morgen erhalte, geht die Post schon am Mittag zum Festland. Ich selber werde mich als Erstes mit dem Erschossenen befassen.«

* Der Tote am Hindenburgdamm

»Sei doch so gut, und erkundige dich auch, ob der Zoologe von einem vermissten Kollegen irgendwo in Deutschland Kunde hat. Könnte sein, dass der Beruf des Toten in diese Richtung weist. Und da jetzt alles aufs Beste geregelt ist«, schloss Asmus erleichtert und stand auf, »fahre ich nach Hause, damit sich gar nicht erst weitere Fragen nach Geburtsterminen erheben.«

Ose wandte sich mit vorwurfsvollem Blick ihrer Mutter zu.

»Na ja. Das letzte Glas war vielleicht etwas zu stark«, flüsterte Blaicke ihr zu. »Schreib es meiner Enttäuschung zu.«

Dass er etwas beschwipst war, hinderte Asmus nicht daran, auf seinem Weg durch das Städtchen den zunehmenden Verfall mancher Häuser kritisch zu betrachten. Die Besitzer oder Mieter waren ausgezogen, die Gärten verwilderten, und auf der Straße davor wuchs Unkraut. Dies und die Stimmengewinne der äußersten Rechten und der Kommunisten bei der Reichstagswahl vor ein paar Tagen machten nachdenklich. Die nächste Zukunft sah nicht rosig aus.

Asmus kam ohne Unfall zum Haus des Kaufmanns Sibbersen in Westerland, bei dem er im Untergeschoss wohnte. Die Wohnung hatte dessen ermordetem Sohn Cord gehört. Asmus hatte den Fall aufgeklärt und war heilfroh gewesen, im Winter von seinem unbeheizbaren Segelboot in das Haus des dankbaren Kaufmanns überwechseln zu dürfen, der sich seinerseits freute, nicht so einsam zu sein.

Während Asmus den Entenkopf abzeichnete, ließ er sich durch den eigenen Kopf gehen, was er gesehen hatte und darüber hinaus im Zusammenhang mit dem Todesfall wusste.

Ein Mann in Gesellschaftskleidung war in der aufgegebenen Entenkoje erschossen worden. Durch den Kopf einer hölzernen Lockente in seiner Hand war gesichert, dass der Entenfang ihn in die Koje geführt hatte. Seine Ente war nicht einheimisch, und der Besucher war dementsprechend wohl auch fremd. Was er gewollt hatte, war völlig unbekannt.

Diesem Toten gegenüber standen Besucher der Koje, die vor kurzem ein Lagerfeuer entfacht und vermutlich Krickenten aus der Dose verzehrt hatten. Ob sie mit dem Toten in Verbindung standen, war unbekannt. Bei passender Windrichtung und nur oberflächlichem Streifzug durch das Gelände hätten sie den Toten nicht notwendigerweise entdecken müssen. Möglicherweise waren sie ja sogar vor dem Mord in der Koje gewesen. Oder hatten sie den gutgekleideten Herrn erschossen?

Was den Mörder betraf, gab es den ungesicherten Verdacht, dass er durch einen Schuss außerhalb der Koje aufgeschreckt worden war, bevor er den Toten hatte mit Erde abdecken können.

Am nächsten Morgen erledigte Asmus Routinearbeit am Schreibtisch. Nachdem Sinkwitz erschienen war, erstattete er ihm Rapport. Da der Hauptwachtmeister weiterhin große Distanz zu seinem Untergebenen wahrte, der hierher zwangsversetzt worden war und den er nicht benötigte, der andererseits aber erkennbar nicht den Ehrgeiz hatte, ihn als Dienststellenleiter aus seiner Position zu vertreiben, herrschte zwischen ihnen eine Art Burgfrieden. Sinkwitz ließ sich erklären, wie Asmus vorzugehen gedachte, und war einverstanden.

Danach verfasste Asmus ein Schreiben an jede wichtige und erreichbare Interessentengemeinschaft von Entenkojen mit der Frage, ob dort ein Fremder aufgetaucht sei, der mit Hilfe einer hölzernen Lockente Erkundigungen eingezogen habe, und wenn ja, zu welchem Zweck.

Bis Matthiesen und er mit dem Abschreiben des Briefes an sieben Schriftführer von Entenkojen auf Amrum, Föhr, Pellworm und Nordstrand fertig waren, war es Mittag geworden. Zeit, sich zur Klinik zu begeben.

Dr. Borg Godbersen war mit der Untersuchung des Leichnams gerade fertig geworden. Ein Helfer in grauem Kittel wusch im Waschbecken eines langen, rotgefliesten Arbeitstisches die Instrumente ab. Auf einem Rollwagen lagen Nierenschalen mit verschiedenen Innereien, auffallend besonders das zerfetzte Herz.

Es roch deutlich nach Darminhalt und Verwesung.

»Du hältst es wieder aus, ja?«, erkundigte sich Borg, nicht spöttisch wie einst, sondern besorgt. Immerhin war inzwischen aus dem zwangsversetzten Schupo der Verlobte seiner Tochter geworden.

»Ja, ja«, beteuerte Asmus. »Hat sich etwas Besonderes ergeben?«

»Eigentlich nicht«, verneinte Borg und zog sich die steifen Handschuhe aus, um sie auf dem Ziegeltisch zu deponieren. »Ein Präzisionsschuss, wie du bereits festgestellt hast, der durch die rechte Herzkammer ging und zum Tod führte. Wahrscheinlich an Ort und Stelle. Der Mann muss neben oder in der Pfeife gestanden haben.«

»Und sonst?«

»Er war gut ernährt, was heutzutage schon auffällt. Er dürfte um die vierzig Jahre gewesen und vor etwa drei bis vier Tagen erschossen worden sein. Kurz vor seinem Tod hatte er eine nicht zu knappe Fleischmahlzeit.«

»Von welchem Tier das Fleisch stammt, ist nicht festzustellen?«

Borg schüttelte den Kopf. »Er war des Kauens mächtig. Gute Zahnpflege.«

»Das ist wenig, mit dem ich etwas anfangen kann«, sagte Asmus bedauernd.

»Vielleicht nicht ganz. In seinem Jackett war ein Etikett von einer Maßschneiderei in Basel eingenäht. Sofern er Schweizer Bürger ist, wäre damit auch sein guter Ernährungszustand erklärt.«

»Aus Basel! Außerhalb der Badesaison hat Sylt bestimmt keine unendliche Anzahl von Schweizer Gästen. Dann sollte ich sein Hotel finden können, vermutlich ja in Westerland.«

»Möchtest du das Etikett mitnehmen? Klaas trennt es heraus, wenn du möchtest.«

Asmus nickte. Der Gehilfe kam sofort mit einem Scherchen herbei, schnitt das Etikett vorsichtig heraus und übergab es Asmus.

In die Wache zurückgekehrt, nahm sich Asmus die kleine Münze vor, die dem Mörder entgangen war. Als er sie gesäubert hatte, erkannte er auf der einen Seite unter der Lupe *Mosbach Baden 25 1920.* Auf der anderen stand *Mosbacher Rathaus geht ständig d. Draht aus.*

Die Bemerkung über das Rathaus war rätselhaft, hingegen war die andere Seite eindeutig: Eine 25-Pfennig-Münze von 1920 aus Baden, die vor der Inflation geprägt worden war. Heutzutage hatte sie keinen Wert mehr, wahrscheinlich war sie also für den Toten ein Andenken.

An der Südgrenze von Baden befand sich auf der Schweizer Seite Basel. Asmus' vorläufige Kreuzpeilung wies in diese Richtung.

Während er darüber noch nachdachte, kam Sinkwitz zu ihm. »Ja?«

»Am gerade wieder aufgenommenen Bau am Wattenmeer-Damm werden erneut Diebstähle gemeldet. Sie müssen sich sofort darum kümmern. Alle anderen haben wichtige Aufgaben.«

Was bedeuten sollte, dass ein Toter in einer Einrichtung, die einzigartig war und um dessen Erhebung zum Naturschutzgebiet auch Asmus kämpfte, weniger wichtig war als Diebstahl von Baumaterial am Damm zum Festland. »Was wurde denn geklaut?«, fragte er, um Interesse bemüht.

»Basaltsteine und kräftige Holzpfähle, soviel ich weiß.«

»Ja, gut, ich fahre gleich morgen früh hin.«

Sinkwitz nickte und ging wieder.

Asmus versuchte, seinen Ärger zu schlucken. Als ob nicht Jep Thamsen, ein weiterer Kollege, einen einfachen Diebstahl hätte protokollieren können. Seitdem Asmus sich um ihn kümmerte und anleitete, war seine sprichwörtliche Faulheit Vergangenheit. Jep fehlte vor allem Erfahrung, und die musste er sich erarbeiten.

»Moin, Jep, moin, Lorns«, brummelte Asmus am nächsten Morgen schlechtgelaunt bei Dienstbeginn. »Sinkwitz behauptete gestern, ihr alle hättet wichtige Aufgaben zu erledigen. Ich müsse deshalb einen unwichtigen Mord gegen einen höchst wichtigen Diebstahl eintauschen. Was liegt denn bei dir Wichtiges an, Jep?«

»Nichts Besonderes. Fahrradklau.«

»Du liebe Güte! Hast du Lust, mit mir zum neuen Damm zu fahren. Es geht um verschwundenes Baumaterial.«

»Klar! Meinen Dieb erwische ich aus Erfahrung sowieso nicht. Die Räder sind sich alle ähnlich.«

Matthiesen winkte ihnen zu, als sie die Wache verließen. Vor ihm lag ein Stapel Papier: Asmus hatte noch zwei Adressen von Vogelkojen aufgefunden, und Matthiesen war dabei, diese anzuschreiben.

Nach der verheerenden Sturmflut des vergangenen Jahres, bei der nicht nur Teile des neuen Damms, sondern auch Baumaterial fortgeschwemmt oder zerschlagen worden waren, waren die Arbeiten erst in diesem Frühjahr wiederaufgenommen worden.

Die Schuten, die Material von Husum herbrachten, waren an neuen Dalben vertäut, und die Trasse schien einen anderen Verlauf nehmen zu sollen. Die Arbeiterhütten waren wieder aufgebaut worden, und der Anfahrtsweg zu dieser äußersten Ostspitze von Sylt hatte einen festen Untergrund aus Granitsteinen bekommen.

Noch während Asmus sich umsah, stiefelte Bauleiter Lorenzen heran, der Asmus schon von weitem erkannt hatte. »Moin, moin, Wachtmeister«, rief er erfreut. »Sollen Sie sich um den Diebstahl kümmern?«

»Wir beide, ja.« Asmus stellte Jep vor. »Erzählen Sie, was passiert ist, Herr Lorenzen.«

»Wie schon öfter: Es sind bereits zugerichtete Pfähle verschwunden, aber diesmal in größerer Menge, dazu auch behauene Basaltsteine. Die fallen weniger ins Gewicht, umso mehr die Pfähle.«

»Da war also jemand mit Pferd und Wagen unterwegs?«

»Aber ja. Ohne wäre der Abtransport nicht möglich gewesen.«

»Wie viele Pfähle sind es?«

»Dreiundzwanzig.«

Asmus hob resignierend die Hände. »Wir können uns nicht jede Scheune auf Sylt öffnen lassen. Das Diebesgut zu finden bleibt wohl dem Zufall überlassen.«

»Soll ich schon mal die Maße der Pfähle notieren?«, schlug Jep vor.

»Im Baulager befindet sich noch ein Stapel von identischen Hölzern.« Bauleiter Lorenzen drehte sich um und zeigte auf das eingezäunte Gelände.

»Ich nehme an, dass nachts abgeschlossen ist. Wurde denn das Schloss gewaltsam geöffnet oder der Zaun durchschnitten?«, erkundigte sich Asmus.

Lorenzen schüttelte sorgenvoll den Kopf. »Die Diebe hatten einen Schlüssel. Ich habe das Schloss sofort ausgewechselt.«

»Können Sie mir das alte Schloss mitgeben?«

»Natürlich.«

»Also ist es jemand, der hier arbeitet«, setzte Asmus seinen Gedankengang fort.

»Ja, aber keiner meiner Vormänner, die ich sofort befragt habe. Das sind zuverlässige Leute. Normalerweise hängen die vier Schlüssel am Schlüsselbrett in meiner Bude. So ganz pingelig sind wir mit ihnen allerdings nie gewesen. Die einheimischen Arbeiter, die abends nach Hause fahren, lassen den Schlüssel schon mal versehentlich in einer Jacke stecken. Wenn die am nächsten Tag gewaschen werden soll, ist der Schlüssel eben nicht hier ... So besteht die Möglichkeit, dass einer fehlt. Bis ich den Diebstahl bemerkte, dachte ich, dass so etwas hier passiert ist. Ich habe nur drei Schlüssel zum alten Schloss.«

»Und einen Verdacht haben Sie auch nicht.«

»Nein, meine Arbeiter sind alle ehrlich ...«

Asmus grinste.

»Abgesehen von einem einzigen ...«, beeilte Lorenzen sich zuzugeben.

»Eben.«

Jep kam mit Block und Bleistift vom Baulager zurückgerannt. »Alles erledigt.«

»Dann fahren wir wieder«, sagte Asmus und gab Lorenzen die Hand. »Wir lassen von uns hören, wenn wir etwas erfahren haben. Und Sie melden sich, wenn Ihnen zum Diebstahl noch etwas einfällt.«

»Ja, aber ich glaube nicht. Mit der Menge von Diebesgut

müsste jeder zufrieden sein«, vermutete Lorenzen. »Verkaufen kann er es nicht, der Käufer würde Unrat wittern. Aufs Festland als Fracht mit der Fähre kann er es erst recht nicht verschicken. Bleibt also nur, es im Laufe der Jahre selbst zu verbauen. Warten Sie einen Augenblick, ich hole das Schloss.«

Ein Gedanke huschte während des Wartens so schnell durch Asmus' Kopf, dass er ihn nicht festhalten konnte. Und danach wollte das Motorrad nicht starten, so dass ihn ganz andere Gedanken bewegten.

## KAPITEL 4

Da das Auffinden der Pfähle ohne jeglichen Hinweis praktisch aussichtslos war, wandte sich Asmus wieder der Untersuchung des Mordes zu. Als Erstes beschloss er, sich in der Eidumer Vogelkoje umzusehen, die noch in Betrieb war. Außerdem lag sie Westerland am nächsten, und die Fahrt würde seine Zeit am wenigsten in Anspruch nehmen.

Der Kojenmann Ingwert Feddersen wohnte, wie Asmus in Erfahrung brachte, am Süderende von Westerland in einem schmucken kleinen Häuschen und war zu Hause. Ihm schien es recht gut zu gehen. Mit fragendem Blick, aber freundlich, bat er den uniformierten Asmus in den Pesel auf den Besucherstuhl. Plötzlich malte sich Erschrecken in seinem Gesicht. »Ist meinen Kindern etwas passiert?«

»Nein, nein, ich bin nicht wegen der Kinder hier«, beeilte sich Asmus, ihm die Ängste zu nehmen. Der Mann, grauhaarig und ohne Arg in den blauen Augen, wirkte sehr umgänglich. Asmus entschloss sich spontan, Platt zu sprechen. Hier war keine Zurschaustellung von Polizeimacht angebracht, der Kojenmann würde ihn auslachen. »Ich brauche die Auskunft eines wirklichen Kenners von Vogelkojen, deshalb bin ich hier.«

»Ah, so.« Die Erleichterung war Feddersen anzusehen, und er rückte sich bequem zurecht. »Wir haben einen Gast!«, rief er nach nebenan, was offensichtlich der Hausfrau galt.

»Bin schon dabei«, antwortete eine Frauenstimme.

»Wie war der Fang in dieser Saison?«, tastete sich Asmus vor.

»Ich bin zufrieden. Allerdings waren in diesem Winter zweihundert Enten an einem Abend schon ein großer Fang. Als ich anfing, ging das mitunter in die Tausende pro Abend. Das ist aber schon dreißig Jahre her. Ich bin erst der zweite Kojenmann in Eidum.«

»Die Fänge nehmen also ab?«

»Über die Jahre gesehen, ja.«

»Gibt es jemanden, der untersucht, woher das kommt?«, erkundigte sich Asmus und rückte beiseite, als Feddersens Frau mit dem Teegeschirr kam. Aus der Kanne duftete es nach echtem schwarzem Tee, eher eine Seltenheit heutzutage. »Vielleicht könnte man die Ursache ja abstellen. Ich denke da an Wissenschaftler, zum Beispiel …«

»Dafür interessiert sich kein Mensch. Und wenn der Damm erst fertig ist und die Züge drüberrattern, werden die Fänge noch geringer werden. Enten mögen an ihren Rastplätzen nicht gestört werden. Auch unsere Interessengemeinschaft wird feststellen, dass das Instandhalten der Koje mehr kostet, als die Enten einbringen«, prophezeite der alte Kojenmann. »Heutzutage geht ja alles nur nach dem Geld.«

»In diesen Notzeiten ist das wohl so.«

»Hat nichts mit Notzeiten zu tun. Veränderung ist der Lauf der Welt.« Der Kojenmann griff sich seine Pfeife, die an der Wand hing, und begann, sie mit etwas Blassgrünem zu stopfen, das nicht wie Tabak aussah.

»Sind denn irgendwo anders Wissenschaftler aufgekreuzt?«

Feddersen stellte das stoßweise Ansaugen von Luft in das Mundstück ein und sah auf. »Was willst du denn immer mit diesen Wissenschaftlern? Durch deinen klugen Kopf geistert doch etwas Bestimmtes. Frag mich direkt, dann kommen wir besser miteinander längs.«

Er hatte recht, Asmus nickte. »In einer Pfeife der Kampener Entenkoje lag ein Herr, gekleidet wie für ein gesellschaftliches Ereignis, einen Vortrag vielleicht. Tot, mit einem hölzernen Entenkopf in der Hand.«

»Ah so! Und ihr wisst nicht, wer er ist und was er da trieb. Aber die Lockente bringt euch darauf, dass er Wissenschaftler war?«

»Du kennst Lockenten?«, fragte Asmus verwundert.

Feddersen nahm die Pfeife aus dem Mund und schmunzelte. »Warum denn nicht? Auch ein alter Koymann kann lesen.«

»Ich dachte, sie seien nur in Süddeutschland gebräuchlich«, antwortete Asmus verlegen. Bis vor zwei Tagen war ihm selbst das unbekannt gewesen.

»Damit weißt du ja schon mehr als die meisten. Die Föhrer hatten früher auch welche. Aus Holz, mit einem Korken als Hals. Die sahen lebendem Federvieh nicht wirklich ähnlich, aber den durchziehenden Enten reichte es. Vielleicht fanden die Föhrer das Schnitzen leichter als das Abrichten echter Enten.«

»Und inzwischen haben sie das aufgegeben?«

»Lebende Lockenten sind natürlicher und mit Futter auch leichter zu lenken. Hölzerne in eine Pfeife zu bugsieren, geht kaum, vor allem nicht, wenn man allein arbeitet. Offene Gewässer wie der Bodensee eignen sich für diese Attrappen besser. Die werden im Seegrund verankert, die Wildenten lassen sich in ihrer Nähe nieder und werden erschossen.«

Asmus dachte einen Augenblick darüber nach. »Ingwert Feddersen! Du bist der Fachmann, den ich zu finden hoffte«, sagte er dann feierlich. »Darf ich wiederkommen, wenn ich speziellere Fragen habe? Für heute habe ich genug erfahren. Ich würde gerne mit dir auch die Entenkoje besichtigen, wenn es geht.«

»Deine Frage habe ich dir noch gar nicht beantwortet! Nein, es war niemand hier, der sich nach Enten erkundigt hätte. Und du kannst gerne wiederkommen. Meistens arbeite ich morgens in der Koje.«

Insgeheim beschämt, verabschiedete sich Asmus von dem klugen Kojenmann, der trotz seines fortgeschrittenen Alters kein Stück an Wachsamkeit eingebüßt hatte. Auch gegenüber Lebewesen, die keine Enten waren.

Jetzt war Asmus sehr neugierig darauf geworden, was der Kampener Kojenmann ihm erzählen konnte. Hoffentlich war er wenigstens annähernd so kenntnisreich wie Feddersen. Asmus beschloss, am nächsten Tag mit Lorns nach Kampen zu fahren. Außer mit dem Kojenmann wollte er noch mit dem Verantwortlichen für die ehemalige Interessengemeinschaft sprechen, vielleicht auch mit ein oder zwei anderen Hauptinteressenten.

Sie waren beide auf eigenem Motorrad unterwegs und veranstalteten einen ziemlichen Lärm, als sie in die Dorfmitte fuhren, wo sie die Motoren abstellten. Mehrere Dörfler betrachteten den Besuch misstrauisch, bevor sie in ihren Häusern verschwanden.

»Sie mögen uns nicht«, stellte Matthiesen recht verärgert fest. »Wieso denn das? Die sind doch sonst nicht so abweisend!«

»Wahrscheinlich hat sich herumgesprochen, dass wir einen Toten gefunden haben. Sie wollen nicht befragt werden«, mutmaßte Asmus. »Das ist nicht außergewöhnlich, eher der Normalzustand, du wirst feststellen, dass niemand den Mann je gesehen hat. Menschen mögen mit vielen Dingen nichts zu tun haben.«

»Aber es ist unsere Insel!«, widersprach Matthiesen noch erboster als zuvor. »Wir sind Sylter, und sie sollten verstehen, dass es auch für sie besser ist, wenn wir den Mörder finden!«

»In diesen Zeiten herrscht wenig Vertrauen zwischen den Menschen. Vielleicht ist der Mörder einer von ihnen. Und wir sind die Polizei aus Westerland. Die Obrigkeit ...«

»Meinst du das?«

Als Hinzugezogener erkennt man schnell den Dünkel der Sylter, den Stolz darauf, anders zu sein, hätte Asmus am liebsten geantwortet. Aber er ließ es bleiben, es war völlig unnötig, einen geschätzten Kollegen vor den Kopf zu stoßen. »Ja. Lorns, sei doch so gut und klopf an die nächste Tür, um dich nach dem hiesigen Kojenmann zu erkundigen.«

»Sicher doch.« Matthiesen stieg vom Motorrad ab, sah sich um und suchte sich ein ordentlich gehaltenes Haus aus, dessen Reetdach instand gehalten wurde und das einen großen gepflegten Hausgarten besaß. Die Apfelbäume standen in voller Blüte, und ein allgemeines Summen wies auf Schwärme von Bienen hin.

Asmus' Blicke folgten Lorns bis zur Doppeltür, deren obere Hälfte geöffnet und nach kurzem Wortwechsel mit Matthiesen nachdrücklich geschlossen wurde. Lorns machte auf den Hacken kehrt und kam verärgert zu Asmus zurück.

»Die Frau wusste angeblich den Namen des Kojenmanns nicht. Eine dicke Lüge, wenn du mich fragst. Das kann sie jemandem anderen weismachen. Was ist hier bloß los?« Matthiesen knurrte vor Zorn.

»Fragen wir also einen Mann, zum Beispiel den da«, beschloss Asmus und zeigte auf einen Bauern, dessen Ackerwagen gerade um eine Ecke bog.

Matthiesen rannte auf die Fahrbahn und gestikulierte mit den Armen. Der Mann parierte seine erschrockenen Pferde zum Stehen durch, bevor sie ihm durchgingen.

Erst nach geraumer Zeit trabten die Pferde wieder an. Lorns war trotz der Auskunft, die er erhalten hatte, unzufrieden. »Auch so ein Maulfauler. Ich musste mit Haft drohen, bis er geglaubt hat, dass er zur Auskunft verpflichtet ist. Nickels Petersen ist der Hauptinteressent, der sich um die Koje kümmert, der gewählte Buchführer also«, berichtete er vergrätzt. »Fahr mir nach. Ich habe mir sagen lassen, wo er wohnt.«

Asmus nickte. Während er Lorns folgte, fragte er sich, warum es so schwierig war, in Kampen Auskunft zu bekommen. Es warf einige Fragen auf.

Matthiesen fuhr zum Nordende des Dorfes, bog nach Osten ab und fuhr auf den Hofplatz eines stattlichen Bauernhauses, das beiderseits von Gebäuden flankiert wurde. Hier gab es keinen gepflegten Wall aus aufgesetzten Steinen, nur einen Staketenzaun, der den Obst- und Gemüsegarten eingrenzte. »Merkwürdig, wenn du mich fragst.« Er regte sich noch immer auf, nachdem Asmus neben ihm angehalten und den Motor ausgestellt hatte. »Warum mauern sie in diesem Dorf denn so? Wir bekommen ihre Geheimnisse doch heraus.«

»Das könntest du besser erklären als ich.«

»Nein, in diesem Fall nicht.«

»Es ist sehr auffällig«, pflichtete Asmus ihm bei.

Nickels Petersen, ein großer Mann mit dichtgelocktem graublondem Haar, erschien selbst in der Klöntür unter einem breiten neumodischen Backengiebel, wie sie auf Sylt nicht sehr üblich waren. Er war nicht besonders entgegenkommend, fand Asmus sofort, denn er ließ sie in der Diele stehen. Als sie auf die Kampener Entenkoje zu sprechen kamen, wurde er ausgesprochen wortkarg. Mehr als *ja* und *nein* bekamen sie nicht zu hören, durften aber immerhin in der Dörns Platz nehmen, als er merkte, dass die Besucher hartnäckig beim Thema blieben.

»Der Zufall hat uns zu Ihnen gebracht«, erklärte Asmus. »Eigentlich wollten wir zuerst dem Kojenmann einen Besuch abstatten.«

»Ah so.«

»Ja. Da die Koje jetzt offiziell nicht mehr betrieben wird«, fuhr Asmus fort, »bestehen denn die Verträge der Interessengemeinschaft jetzt noch?«

Petersen bestätigte dies. »Allerdings nur die von vier Hauptinteressenten. Die Nebeninteressenten sind alle ausgeschieden«, fügte er hinzu.

»Sie könnten also den Fang mit allen Rechten und Pflichten jederzeit wieder aufnehmen?«

»Ja.«

»Haben Sie das vor?«

»Für jede Veränderung muss die Gesamtheit der Hauptinteressenten befragt werden«, antwortete Petersen ausweichend.

»Vielleicht fliegen ja Enten plötzlich wieder in alter Stärke ein«, bemerkte Matthiesen.

»Vielleicht.«

»Und den Kojenmann ... Wie heißt er noch?«

»Dücke Eskeldsen.«

»War er erfolgreich?«

»Ja.«

»Gut. Dann würden Sie Dücke Eskeldsen erneut mit der Betreuung der Koje beauftragen, wenn es weiterginge?«

»Dücke? Nein.«

»Warum?«

»Dücke ist tot.«

»Dücke ist gestorben?« Asmus wiederholte es betroffen. »Wie und woran?«

»Das müssen Sie einen Arzt fragen. Darüber weiß ich nicht Bescheid.«

»Welchen Arzt? Wie heißt er?«

»Keine Ahnung.«

Die Befragung drohte einsilbig zu werden. Asmus passte sich an. »War Dücke denn alt?«

»Um die dreißig.«

»Hat sein Herz möglicherweise nicht mehr mitgespielt?«

»Keine Ahnung.«

Das Zusammentreffen von zwei Todesfällen im gleichen Zusammenhang und diese kargen Auskünfte, die schon einer Verweigerung gleichkamen, ließen Asmus aufmerksam werden. Misstrauen wäre zu viel gesagt, aber er wunderte sich. Und wurde wütend. Etwas mehr Respekt hatte der Kojenmann bestimmt verdient. »Wäre es möglich, dass Dücke sich einer Gewehrkugel in den Weg gestellt hat?«, fragte er anzüglicher, als er wollte.

»Ich würde davon wohl gehört haben«, antwortete Petersen unbeeindruckt. »Auf Enten schießt man übrigens mit Schrot.«

»Ich weiß. Haben Sie denn wenigstens davon gehört, dass kürzlich jemand in der Entenkoje oder in der Nähe geschossen hat?«

»Nein.« Petersen war so wenig aus der Reserve zu locken wie zuvor.

»Hatten Sie in jüngster Zeit einen Besucher von außerhalb, der sich nach Enten oder einer möglichen Wiederaufnahme der Fänge erkundigt hat?«

»Ja.«

»Und wer war das?«

»Sie.«

An diesem Mann perlt alles ab wie Wasser auf einer Öljacke, dachte Asmus konsterniert. Es war Zeitverschwendung, mit ihm reden zu wollen. »Können wir das Verzeichnis der Interessenten und die Kojenbücher einsehen?«, fragte er stattdessen.

»Da muss ich erst die Gesamtheit ...«

Asmus unterbrach ihn, am Ende seiner Geduld. »Nein, das müssen Sie nicht. Wenn Sie mir die Liste nicht unverzüglich aushändigen, werde ich dafür sorgen, dass Sie wegen Behinderung polizeilicher Ermittlungen angeklagt werden. Ich begleite Sie jetzt zu Ihrem Chatoll oder zu Ihrer Truhe, wo auch immer Sie die Unterlagen der Gesellschaft aufbewahren, und Sie geben sie heraus. Vollständig bitte.«

»Neue Besen kehren gut, so sagt man ja wohl«, giftete Petersen, der plötzlich seinen wohl nur zur Schau getragenen Gleichmut verlor.

»Jemanden als Besen zu bezeichnen ist immerhin nicht strafbar. Nur äußerst unhöflich.«

»Ich habe keinen Grund, Sie höflich zu behandeln!«

»Warum eigentlich nicht?«

Darauf bekam Asmus keine Antwort. Petersen marschierte voraus in den Pesel, wo er einer Schieblade des alten Sekretärs – noch mit Tragegriffen für den Brandfall – ein Bündel Papiere entnahm, die er Asmus in die Hand drückte. Dann stapfte er hinter ihnen her zur Haustür und legte nachdrücklich die Knebel vor.

»Anscheinend hat hier jemand Dreck am Stecken«, bemerkte Matthiesen.

»Ja, das glaube ich auch. Und nicht zu wenig. Lorns, da kommt eine Frau. Sei so gut und erkundige dich, ob sie Gewehrschüsse gehört hat.«

»Warum fragst du sie nicht selber?«

»Dir gegenüber wird sie eher Auskunft geben. Wenn überhaupt einem Polizisten gegenüber.«

Die Frau mit dem Korb in der Hand, der mit einem Tuch abgedeckt war, beschleunigte sofort ihren Schritt, um auszuweichen, aber Matthiesen trat ihr in den Weg. Den folgenden Wortwechsel verstand Asmus akustisch nicht, doch er sah, wie sie mit gesenktem Gesicht den Kopf schüttelte und ein paar Schritte zurücktrat.

Matthiesen kehrte zu Asmus zurück. »Sie gab zu, Schüsse gehört zu haben, aber sie geriet in Aufregung, als ich fragte, ob sie weiß, wer schießt.«

»Immerhin. Wie viele Schüsse?«

»Das wusste sie nicht. In letzter Zeit oft. Gewehr und Schrotflinte kann sie nicht unterscheiden.«

»Was war in dem Korb?«

»Ich vermute Ente. Eine kleine Feder hatte sich verirrt.«

Asmus grinste. »Schonzeit. Sie dachte vielleicht, du würdest das Tier konfiszieren. Irgendetwas Illegales geht hier vor.«

»Das denke ich auch. Die Frau hat mir Dückes Haus beschrieben. Das sprudelte sie nur so heraus, wahrscheinlich, um mich schnell loszuwerden. Ich fahre am besten wieder vor.«

Der ausgefahrene Weg mit vielen Löchern und faustgroßen Steinen führte nach Osten in die Gegend, in die sich Asmus mit Ose verirrt hatte. Zu ihrer Rechten erhob sich die Düne mit dem geradezu unendlichen Heidebewuchs. Gleich hinter dem letzten Häuschen am Weg, das Dücke gehört hatte, stand der Bauzaun, der die Baustelle umschloss.

Auffällig war auf den ersten Blick, dass Dückes Haus kaum einen Hausgarten besaß. Wer hier draußen wohnte, musste sein Trinkwasser zwar aus dem Dorf herbeischaffen, dafür aber hatte er ausreichend Grund und Boden für einen Obstgarten, für Schafe oder Pferde. Hier konnte davon nicht die Rede sein.

Lediglich vor dem Hauseingang war die Erde frisch in Reihen umgegraben und eingeebnet, als ob es sich um neue Beete handelte. Noch wuchs nichts. Nach Norden ausgerichtet, würden sie im Sommer teilweise im Schatten des Hauses liegen. Eine denkbar ungünstige Lage für Gemüsebeete.

»Lass uns mal eben nachsehen, wie es hinter dem Haus aussieht«, schlug Asmus vor. Er folgte einem ausgetretenen Steig neben einer wallartigen Grundstücksabgrenzung. Dieser endete vor dem Zaun der Baustelle, war aber jenseits noch zu erkennen.

»Hier sind früher Schafe getrieben worden«, bemerkte Matthiesen und stieß mit dem Stiefel ein paar ältere Köttel im Gras an.

»Und der neue Zaun der Baustelle führt mitten durch Dückes ehemaligen Hausgarten«, stellte Asmus ergänzend fest. »Hier nach Südosten vom Haus aus gesehen waren früher seine Beete, nach Nordosten geschützt durch Obstbäume. Alles sehr vernünftig angelegt. Die Stämme der Obstbäume haben sie auf dem Baugrundstück schon geschlagen, wenn auch die Baumstubben noch nicht herausgeholt worden sind.«

Matthiesen trat neben ihn und blickte in das Gelände, auf dem die Bauarbeiten ihren Fortgang nahmen. An diesem Tag waren nur zwei Männer tätig. »Dücke wäre doch schön dumm gewesen, seinen Garten zu verkaufen. Jeder, der einen besitzt, kann sich in Hungerzeiten glücklich schätzen!«

»Das ist schon seltsam. Vielleicht haben sie ihm gutes Geld geboten.«

»Wer hat heutzutage so viel Geld?«

»Stimmt.« Schweizer, dachte Asmus abwesend und verwarf den Gedanken sofort. »Wir statten Dückes Frau jetzt einen Besuch ab, kondolieren und erweisen ihr unser Mitgefühl.«

Das Häuschen wirkte alles in allem ärmlich und ungepflegt. An beiden Seiten des schmalen Spitzgiebels hatte das Regenwasser Rinnen ins verfaulte Reet gegraben und an den Tropfstellen im Kopfsteinpflaster Kuhlen ausgehöhlt. Niemand hatte die Löcher verfüllt und die gelockerten Steine wieder festgeklopft. Die Farbe an der Haustür war abgeblättert, und eine Fensterscheibe hatte eine notdürftige Reparatur mit einer Pappscheibe erfahren.

Nachdem Matthiesen eine Weile beharrlich an die Tür geklopft hatte, hörten sie, wie sich jemand schlurfend näherte.

»Sind wir hier richtig bei Dücke Eskeldsen?« Asmus blickte erschrocken in das verhärmte, verweinte Gesicht einer älteren Frau.

Sie nickte. »Sie sind zu spät. Er ist tot«, krächzte sie.

»Ja, hatten Sie uns denn gerufen?«, fragte Matthiesen, auch er beklommen.

»Nein.«

»Dürfen wir hereinkommen?«, fragte Asmus. »Vielleicht ist es nicht gut für Sie, wenn man uns sieht.«

»Ja, Polizisten sind nicht immer gern gesehen.«

Sie folgten Frau Eskeldsen durch den Flur, dessen Boden aus Kopfsteinen bestand, in die Küche gegenüber der Eingangstür. In der Herdstelle flackerte ein kleines Feuer auf der gemauerten Ziegelfläche, und darüber stand ein Dreibein mit einem Kessel.

Als sie auf Hockern Platz genommen hatten und die Hausfrau sich mühsam in einen Armstuhl gequält und ihren

Stock über die Lehne gehängt hatte, sagte sie leise: »Ich kann euch nichts anbieten, ich habe nichts außer heißem Wasser. Die Kartoffeln sind verschwunden.«

Asmus und Matthiesen blickten sich an. »Warum meinten Sie, dass wir zu spät sind?« Asmus war so behutsam, wie er nur konnte, trotzdem brach die Hausfrau in Tränen aus. Da fiel ihm ein, dass sie kaum die Ehefrau eines Dreißigjährigen gewesen sein konnte. Sie war bestimmt an die sechzig Jahre alt.

Sie schüttelte den Kopf.

»Frau Eskeldsen, bitte. Wir würden Ihnen gerne irgendwie helfen.«

»Niemand bringt meinen Dücke ins Leben zurück«, schluchzte sie.

»Wie ist er gestorben?«

Sie fuhr hoch. »Gestorben? Von der Klippe ist er gestürzt! Ich weiß gar nicht, was er da zu suchen hatte! Er ist nie dort!«

»Wo sind denn hier Klippen?«, murmelte Matthiesen ungläubig.

»Auf der anderen Seite. Beim Leuchtturm. Wo sie im vergangenen Jahr das Haus Kliffende gebaut haben. Er hat den Hals gebrochen.«

»Lebten Sie hier immer allein? Mit Ihrem …?«

»Sohn«, ergänzte die Frau. »Und meiner Schwiegertochter. Sie ist weggelaufen. Sie hielt es nicht mehr aus.«

»Ohne ihren Mann.«

Frau Eskeldsen kniff ihre Lippen zusammen, bis sie kaum mehr als einen weißen Strich bildeten, und schüttelte den Kopf.

»Sind etwa die Nachbarn Ihnen gegenüber so feindlich eingestellt?«

»Nein. Dücke war beliebt. Er war ein guter Junge.«

»Warum dann?«

Sie schwieg eine Weile und sagte dann plötzlich. »Ich möchte, dass Sie gehen.«

»Haben Sie zuweilen Schüsse gehört?«, fragte Asmus, absichtlich direkt, um sie zu überrumpeln.

Frau Eskeldsen presste ihre Hände auf beide Ohren. »Nein, nein!«, schrie sie. »Gehen Sie!«

Schweigend standen sie beide auf. »Wir finden allein hinaus, bleiben Sie ruhig sitzen«, sagte Matthiesen beschwichtigend und legte Frau Eskeldsen sanft seine Hand auf die Schulter. Sie schüttelte sie ab wie ein giftiges Insekt.

Erst als sie an ihren Motorrädern angekommen waren, sprachen sie wieder. »Das war wohl die seltsamste Befragung, an der ich je beteiligt gewesen bin«, befand Asmus.

»Vermutlich hast du noch nie jemanden vernommen, der so hungrig und verzweifelt gewesen ist.«

»Ja, das stimmt. Und noch eins ist festzustellen: Dücke hat auf keinen Fall Geld dafür bekommen, dass er den größten Teil seines Grundstücks an die Bauherren abgetreten hat. Dann ginge es hier nicht derart ärmlich zu.«

»Sie könnten Dücke gedroht haben«, stellte Matthiesen sachlich fest.

»Wie auch immer. Wir werden jedenfalls auf der Stelle zu Nickels Petersen fahren. Sie werden doch wohl in der Lage sein, diese Nachbarin mit einem verstorbenen, aber beliebten Sohn durch die gegenwärtige Hungerzeit zu bringen. Sonst ist das doch auch üblich«, fauchte Asmus zornig.

»Sie schon wieder!«, knurrte Petersen, als er die Tür geöffnet hatte.

Eine völlig überflüssige Bemerkung. Asmus schob sich ohne Rücksichtnahme in den Flur, gefolgt von Matthiesen. Petersen brachte seine Zehen in Sicherheit, während seine Miene von Verdruss zu Wachsamkeit wechselte.

»Frau Eskeldsen vegetiert in ihrem Haus ohne jeden Krumen Brot. Beabsichtigen Sie, sie verhungern zu lassen?«, gauzte Asmus. »Ist das Ihr Ziel?«

»N-nein«, stammelte Petersen. »Natürlich nicht. Wir sorgen für verarmte Nachbarn.«

»Das merkt man. Erkundigt haben Sie sich jedenfalls nicht bei Frau Eskeldsen!«

»Die Geschäfte, Sie wissen ja. Außerdem ist das Sache der Frauen ...«

»Ja, ja, die Geschäfte«, unterbrach Asmus ihn, ohne seine Verachtung zu kaschieren. »Durch die Gassen laufen Frauen mit geschlachteten Wildenten in Körben, während die gehbehinderte Frau Eskeldsen nur noch Haut und Knochen ist und allmählich in ihr Grab sinkt. Warum hat sich niemand um sie gekümmert?«

Petersen zuckte die Schultern. Erstmals spiegelten seine Augen ein Gefühl wider, das Asmus zu seiner Verwunderung eher als Angst denn als Mitleid interpretierte.

»Da muss man natürlich was machen«, gab Petersen nach einer Weile verlegen zu.

»Schön, dass es Ihnen einfällt. Und was werden Sie machen?«

Petersen gewann seine Selbstsicherheit schon wieder zurück. »Nun gut. Ich werde dafür sorgen, dass man ihr eine gebratene Ente bringt. Gekochter Sudden aus unserer Küche ist bestimmt noch übrig, und eins meiner Kinder kann Möweneier für sie sammeln gehen.«

»Das hört sich schon besser an. Wo sind übrigens die Kartoffeln geblieben, die Dücke in der Koje angebaut hat?«

Jetzt war Petersen erstaunt. »Keine Ahnung. Er wird sie verkauft haben.«

»Frau Eskeldsen behauptete, sie seien verschwunden. Das hört sich nicht nach Verkauf an.«

Petersen hob die Schultern. »Darüber weiß ich wirklich nichts.«

»Na ja. Wann machen Sie sich mit der Ente auf den Weg? Und wann schicken Sie Ihre Kinder los?«

»Meine Frau bringt ihr eine gebratene Ente. Sie muss sie nur aus dem Fetttopf holen und fertigbraten.«

»Sofort.«

»Meinetwegen sofort.«

»Wir werden das überprüfen. Wir kommen in nächster Zeit öfter durch Kampen«, drohte Asmus. »Da fällt mir übrigens noch etwas ein: Wer baut eigentlich auf dem weitläufigen Gelände an der Ostseite?«

Petersen zog eine Grimasse. »Genau weiß ich es auch nicht. Eine Gesellschaft. Wahrscheinlich ein komfortables Hotel für Golfer. Für den Golfplatz wird natürlich viel Platz benötigt.«

»Selbstverständlich. Sogar Dücke Eskeldsens Obstgarten.«

Nickels Petersen schürzte die Lippen. Er wusste sehr wohl, wovon Asmus sprach, aber er gab dazu keine Meinung ab.

## Kapitel 5

»Das reicht mir für heute«, knurrte Asmus. »An manchen Tagen geht einfach alles schief.«

»Wir könnten uns aber noch mit Alwart Jensen, dem Gemeindevorsteher, unterhalten«, schlug Matthiesen vor. »Der ist ein umgänglicher Mann. Vielleicht war der Arbeitstag dann nicht ganz vergeblich.«

»Gut, machen wir das. Wo wohnt er?«

»Am Westende des Dorfes. Ich fahre wieder voraus.«

Schon von weitem sah Asmus den Mann, der auf seinem Dach hockte und das Reet ausbesserte. Hinter dem Haus erhob sich eine Düne. Da das Haus in Ordnung gehalten und der Garten groß und gepflegt war, vermutete Asmus sofort in ihm den Gemeindevorsteher. Trotz der in der Stadt sichtbaren wachsenden Armut schienen in Kampen die Folgen der Inflation noch nicht angekommen zu sein.

Ganz richtig rief der Mann auf dem Dach sofort zu ihnen hinunter, als sie die Motorräder an seinem Steinwall abgestellt hatten: »Wollt ihr zu mir, Lorns?«

»Gut geraten, Alwart«, rief Matthiesen zurück. »Wir sollten drinnen reden.«

»Ich komme.« Jensen stieg vom Deckstuhl auf die Leiter um, die er behände herunterkletterte, und lehnte sein Klopfbrett an die Wand. Eine Frau, die nahezu unsichtbar hinter Sträuchern zwischen Beeten gekauert hatte, erhob sich, um nach der freundlichen Begrüßung der Gäste ins Haus zu eilen.

»Was liegt an?«, fragte Jensen und gab ihnen beiden die Hand. »Wenn ein Polizist erscheint, ist es dienstlich, wenn zwei kommen, ernst. Herr Asmus, nicht wahr?«

Asmus nickte lächelnd. Der Gemeindevorsteher, der noch gar nicht so alt war, wie sein Amt vermuten ließ, hatte lockiges Haar wie viele Dänen und auch etliche Mecklenburger, die aus Dänemark dorthin eingewandert waren.

Jensen setzte ein verschmitztes Grinsen auf und zeigte nach oben, während er sich zum Hausgiebel mit der in Blau und Rot bemalten beschnitzten Tür in Bewegung setzte. »Die Biesterchen graben immer wieder Löcher ins Dach, vor allem, wenn sie im Frühjahr anfangen zu füttern. Da muss man schnell hinterher sein und stopfen.«

»Amseln?« Asmus wusste nicht, ob er Mäuse oder gar Ratten meinte.

»Ja, jetzt noch. Auf dem Festland haben sie Steinmarder in den Reetdächern. Deren Löcher sind wirklich ernst zu nehmen. Gehen durch bis auf den Dachboden. Deine Speckseiten darfst du da nicht aufhängen! Gnade uns Gott, wenn sie in Massen über den Damm kommen, wenn der erst fertig ist. Und das werden sie.«

»Wie ist es mit Erschießen?«, fragte Asmus, dem der zufällige Einstieg in gerade dieses Thema gut passte.

Jensen wandte sich zu ihm um. »Bei einzelnen Mardern, die im Winter über das Eis laufen, geht das. Aber nicht, wenn sie zu jeder Jahreszeit über festen Grund einwandern können. Im Nu haben sie Junge, und schlau sind sie auch. Die werden sich schnell über Sylt verteilen. Und unter den bodenbrütenden Vögeln hausen wie die Schlächter, da können Sie ganz sicher sein, Herr Asmus.«

»Ja, ich weiß«, sagte Asmus bedrückt. Seine Hauptaufgabe bestand ja gerade darin, die beiden Naturschutzgebiete zu schützen. Und wieder einmal bekam er um die Ohren gehauen, wie schwierig es mit dem Wattenmeer-Damm werden würde.

Neben der Haustür trocknete eine Gliep, das Netz, das meistens Frauen zum Krabbenfang benutzten. Jensen und seine Frau schienen fleißig zu sein und viele Fähigkeiten zu haben.

Asmus und Matthiesen nahmen am Küchentisch Platz, wo das Wasser im Kessel auf dem Herd simmerte und es angenehm warm war, im Gegensatz zu einem kalten Pesel, dessen holländische Fliesen vor Nässe tropften. Hier fühlte sich Asmus erstmals in Kampen wohl. Er überließ Matthiesen die Gesprächsführung, denn der junge Mann hatte schon bewiesen, wie schnell er in unbekannte Aufgaben hineinwuchs. Sich um rücksichtslose Radfahrer zu kümmern würde ihn auf Dauer nicht zufriedenstellen.

»Wir gehen den Fragen nach, die sich ergeben«, begann Lorns mit großer Ernsthaftigkeit, »weil in eurer Entenkoje ein Fremder erschossen wurde, erstens, und weil in der Kampener Mark manchmal Schüsse zu hören sind, zweitens. Wer schießt hier und warum?«

»Tja«, Jensen kraulte sich ratlos das blonde Haar, »man erzählt sich tatsächlich unter der Hand, dass jemand mit Schrot schießt. Gelegentlich sogar mit Kugeln. Das weiß ich. Die Schüsse selbst habe ich nie gehört. Du musst bedenken, dass ich hier am Westrand von Kampen wohne, und wir haben ja sehr häufig Westwind. In der Koje abgegebene Schüsse könnten wir hier nicht hören, die wären zu weit weg. Die Schüsse würde ich deshalb am Ost- und am Nordrand des Dorfes vermuten. Wir haben zwar alle Flinten, noch aus besseren Zeiten, aber trotzdem muss der Schütze nicht aus Kampen stammen. In anderen Dörfern ist es nicht anders.«

»Wie oft passiert das denn?«

»Eher regelmäßig als oft, hörte ich.«

»Und was ist mit dem toten Fremden?«, warf Asmus ein. »Was erzählt man sich über ihn?«

Jensen wandte sich ihm zu. »Über den erzählt man nicht, man munkelt. Und hat Angst. Eigentlich weiß niemand etwas Sicheres. Außer dem Schützen natürlich.«

»Angst?«

Jensen klopfte unbewusst mit den Fingern auf den Küchentisch. Unruhe las Asmus daraus ab. »Ja. Angst. In diesem Dorf gab es das noch nie. Einige aufgeschlossene Leute freuten sich über die Künstler, die hier bauten oder als Gäste zuzogen, wir lernten Bauweisen kennen, die wir auf Sylt vorher nicht hatten, zum Beispiel Häuser mit umlaufenden Balkonen, kurz, es war eine Art Aufbruch in eine neue Zeit, wie in Westerland. Wie mit dem Damm zu erwarten ist.«

»Dir gefällt die Veränderung? Trotz der Marder?«

»Ja. Trotz der Marder. Ich gebe es zu.«

Asmus schmunzelte. Ein offenherziges Bekenntnis. Sehr beliebt war diese Meinung wohl nicht.

»Und nun dies! Da keiner etwas weiß oder zu wissen scheint, kriecht die Furcht in jedes Haus. Kaum einer spricht mit dem anderen, nicht einmal Mutmaßungen werden geäußert. Selbst die Frauen, die normalerweise viel hören, flüstern nur miteinander.«

»Man könnte meinen, so eine Stimmung entstünde durch eine echte Bedrohung.«

»Ja! Das ist meine Vermutung«, erklärte Jensen klipp und klar. »Aber ich weiß nicht, wer der Täter ist, wer bedroht wird und warum. Wir sind in etwas Unbekanntes verwickelt und geraten mit jedem Tag tiefer hinein.«

»Danke, dass du uns wenigstens das erklärst«, seufzte Matthiesen erleichtert. »Bisher sind wir nur dieser Mauer aus Schweigen begegnet, selbst bei beliebigen Begegnungen auf der Straße. Auch bei Dückes Mutter.«

»Es war auffallend, sie wirkte verängstigt«, ergänzte Asmus.

»Na ja, etwas sonderbar war sie schon immer.«

Asmus betrachtete Jensen prüfend. Einem Menschen sonderbares Verhalten zuzuschreiben war einfacher als zuzugeben, dass ein besonderer Grund für dessen Furcht vorlag. Was wusste Jensen? »Was diesen Erschossenen betrifft: War er möglicherweise vorher im Dorf, um Erkundigungen über die Entenarten einzuziehen, die hier einfliegen? Er war ein Herr aus besseren Kreisen, so möchte man ihn beschreiben. Vorläufig halte ich ihn für jemanden, dessen Steckenpferd Enten sind.«

»Bei mir war er nicht«, antwortete Jensen. »Wenn es um Enten ging, ist er an Petersen verwiesen worden.«

»Ihn haben wir noch nicht befragt«, gab Matthiesen

zu. »Den haben wir erst mal dazu verdonnert, sich als Verantwortlicher für die Interessentengemeinschaft Kampener Entenkoje um Dückes Mutter zu kümmern, die offensichtlich am Verhungern ist, seitdem ihr Sohn zu Tode kam.«

»Ist das so? Meine Frau und ich werden sie besuchen. Mit einem Topf Suppe«, beschloss Jensen spontan.

»Wissen Sie, wie Dücke starb?« Asmus versuchte, das Gespräch wieder auf die für die Polizei wichtigen Punkte zu lenken. »Und wann starb er überhaupt?«

Jensen schüttelte bekümmert den Kopf. »Vor zwei, zweieinhalb Wochen. Er wurde in der Nähe des Alten Leuchtturms gefunden – das ist das Quermarkenfeuer Rotes Kliff. Ich habe keine Ahnung, was er auf dieser Seite des Dorfes vorhatte.«

»Seine Mutter glaubt, er sei von der Klippe gestürzt ...«

»Der kleine Leuchtturm steht mitten in den Dünen, auch wenn er Rotes Kliff heißt. Wo Dücke lag, sind weit und breit keine Klippen.«

»Das ist ja seltsam«, sagte Asmus mit argwöhnisch zusammengekniffenen Augen. »Welcher Arzt hat denn seinen Tod festgestellt?«

»Keiner«, sagte Jensen verwundert. »Sein Hals war gebrochen, wie jeder sehen konnte. Man hielt es für einen Unfall.«

»Kann man auf Dünensand ausrutschen und den Hals brechen?«

»Unter sehr unglücklichen Umständen durchaus«, bestätigte Jensen. »Mitunter liegen da noch uralte Baumstämme unterm Sand oder angeschwemmte Planken, die durch den Wind freigelegt wurden. Wenn einer da übel hinfällt ...«

»Aber wäre das nicht eher ungewöhnlich?«, erkundigte sich Asmus skeptisch.

»Ja, sehr ungewöhnlich. Aber nicht unmöglich.«

»Ich muss noch einmal auf fremde Besucher zurückkommen.« Asmus gab nicht auf, mochten die bisherigen Antworten auch unbefriedigend gewesen sein. »Sind in Kampen in letzter Zeit überhaupt Fremde aufgetaucht?«

»Ja, natürlich. Wir haben einige Gäste, meistens Künstler oder Schriftsteller. Wer so früh im Jahr kommt, interessiert sich mitunter für die Pflanzen in der Heide und in den Dünen. Mit ihren Fragen werden sie zu mir geschickt. Wenn es aber um Enten geht, werden sie, wie gesagt, an Nickels Petersen verwiesen. Früher natürlich an Dücke.«

»Nickels Petersen hat keine Ahnung von irgendetwas! Würde mich wundern, wenn ihm die Namen seiner Kinder bekannt wären«, sprudelte Matthiesen zornig heraus.

»Ja, als Gesellschafter war er immer sehr verschwiegen«, merkte Jensen nachdenklich an. »Seltsamerweise verstärkt sich das, seitdem die Bewirtschaftung beendet wurde.«

Asmus runzelte die Stirn. »Das könnte doch bedeuten, dass die Bewirtschaftung der Entenkoje in Wahrheit gar nicht aufgehört hat. Die Verantwortlichen beziehungsweise eine kleine Gruppe führen die Geschäfte vielleicht in anderer Form weiter.«

»Ja, das habe ich auch schon vermutet«, pflichtete Jensen ihm bei. »Und zwar zusammen mit Auswärtigen, obwohl die Satzung das eigentlich verbietet. Da aber einige ursprüngliche Hauptinteressenten die Gesellschaft verlassen haben, können die Verbleibenden, sofern sie sich einig sind, Nichtsylter zulassen. Aber das geht mich nichts an, deswegen kümmere ich mich darum nicht.«

»Dann bedanke ich mich sehr für Ihr Vertrauen«, sagte Asmus und reichte dem sorgenvollen Gemeindevorsteher zum Abschied die Hand. »Ich fürchte, dass es schwierig wird, diesen Todesfall aufzuklären.«

»Es wäre fatal, wenn unsere Künstler Angst um sich selbst haben müssten. Gegenwärtig sind sie es, die mit ihren Sommerhäusern auf der Nordheide Geld ins Dorf bringen.« Jensen war sichtlich bekümmert.

»Wir tun unser Bestes«, beteuerte Asmus freundlich.

»Womöglich hat der Tote etwas mit der Auflösung der Gesellschaft beziehungsweise einer möglichen Umorientierung des Geschäftes zu tun«, sagte Asmus düster, als sie im Hof der Westerländer Polizeiwache von den Motorrädern stiegen. »Dann wäre er nicht einfach jemand, der versehentlich erschossen wurde.«

»Jensen schien auch im Kopf herumzugehen, dass die Gesellschaft irgendetwas vorhat, mit dem die ausgestiegenen Hauptgesellschafter nicht einverstanden sind. Ob der Entenspezialist nun dazugehört oder nicht.«

»Wir gehen als Erstes die Besitzerlisten durch«, beschloss Asmus. »Anschließend können wir mit einem von den Ausgestiegenen sprechen. Ich würde gerne Ose dazuholen. Die Kampener mitsamt der Künstlerkolonie sind ihr durch die Bekanntschaft mit Avenarius vertrauter als uns. Oder?«

»Ja, vor allem, wenn Berliner Künstler in die Gesellschaft eingestiegen sein sollten«, bestätigte Matthiesen, der genau wie Asmus keine Scheu vor ungewöhnlichen Wegen hatte.

»Über eines wundere ich mich«, grübelte Asmus laut, während sie die Stufen zur Wache hochstiegen. »Wieso wollen ausgerechnet weder der Geschäftsführer der Kojengesellschaft noch der Gemeindevorsteher die Schüsse gehört haben? Und keiner wusste vom Elend der Frau Eskeldsen. Ist Jensen wirklich vertrauenswürdig?«

»Ich denke, doch«, antwortete Matthiesen bedächtig. »Aber es ist schwer, jemanden zu beurteilen, den man selbst nicht genau kennt. Vielleicht weiß Ose mehr.«

Im kleinen Nebenzimmer, in dem die Verhöre durchgeführt wurden und in dem Asmus seinen eigenen Schreibtisch hatte, saß Jep und kaute nachdenklich an einem Bleistift, als Asmus und Matthiesen eintraten. »Ich habe etwas entdeckt«, berichtete er stolz.

»Fein. Erzähle.« Asmus, der Jep unter seine Fittiche genommen hatte, freute sich darüber, dass der junge Mann immer mehr Interesse an seiner Arbeit fand und diese ohne Anweisungen verrichtete.

»Du erinnerst dich doch an die beim Damm geklauten Pfähle und Steine?«

»Sicher.« Asmus nahm Platz, während Matthiesen sich einen Stuhl von draußen holte.

»Es gibt eine größere Baustelle in Kampen. Eine Gesellschaft hat vor zwei Monaten Land gekauft für ein Hotel mit Golfplatz. Ich habe die Zeitungen der letzten Monate durchgesehen, und so stand es darin. Eine kleine Notiz nur.«

»Ach, was!« Ose musste darüber hinweggelesen haben, dachte Asmus.

»Ja. Es könnte doch sein, dass die so viele Pfähle benötigen ...«

Asmus tippte sich gegen die Stirn und sprang auf, um im Raum umherzuwandern. »Du weißt ja gar nicht, wie recht du hast! Ich meine, natürlich weißt du das. Ich war zufällig da und habe das Baugelände von außen besichtigt. Bevor ich von dem Diebstahl erfuhr, aber das entschuldigt meine Gedankenlosigkeit nicht. Der Bauzaun umschloss das Grundstück schon – bis auf die große Lücke zum Meer hin.« Das war es, was ihm durch den Kopf geschossen war, ohne dass er den Gedanken weiterverfolgt hatte. Das fehlende Stück Zaun.

Jep grinste erfreut.

»Wärst du wohl so gut, nach Kampen zu fahren? Das Gelände, von dem wir sprechen, liegt an der Nordostecke des Dorfes, wo die Düne zur Bucht hin abfällt. Sei so gut, und sieh nach, ob die Zaunlücke unmittelbar am Wasser beziehungsweise am Steilufer geschlossen worden ist. Wenn ja, zähle die Pfähle, die dort stehen. Wenn die Lücke noch offen ist, rechne aus, wie viele sie benötigen. Du musst am Ufer entlanggehen ...«

Jep winkte ab. »Lass nur, Asmus. Ich finde schon selbst heraus, wie ich da rankomme. Kann ich das Motorrad der Wache haben? Sofort?«

»Ja, gewiss ...« Asmus starrte Jep verblüfft nach, der aufsprang und durch die Tür rannte, als wäre er auf der Flucht.

»Was ist denn mit dem los?«, fragte Matthiesen, der seinen Stuhl schnell aus Jeps Schneise gezogen hatte.

»Hat eine Aufgabe, die er erfolgreich zu Ende bringen will.«

»Da wünsch ich ihm alles Gute. Er war lange genug gelangweilt und mürrisch.«

»Jetzt nicht mehr. Komm! An die Arbeit!«

Asmus legte die Besitzerliste der Kampener Vogelkoje auf seinen Schreibtisch, und Matthiesen rückte neben ihn. Zum Glück war die Liste einfach zu lesen, denn die verbliebenen Hauptinteressenten waren angegeben und die Ausgestiegenen durchgestrichen. Aufgeführt war zuoberst der im Herbst gewählte Buch- und Geschäftsführer Nickels Petersen.

Matthiesens Zeigefinger rückte von Zeile zu Zeile. »Kenne ich nicht«, murmelte er, »den nächsten auch nicht. Aber hier: Alwart Jensen hat dazugehört, vor kurzem erst ausgestiegen.«

»Interessant«, meinte Asmus mit gefurchter Stirn. »Vor allem, dass er es nicht erwähnt hat. Auf jeden Fall erklärt es seinen Verdacht, dass es eine neue Gesellschaft geben könnte.«

»Hier ist ein Kapitän aus List«, fuhr Matthiesen fort. »Ihm bin ich schon mal begegnet, kann aber nicht behaupten, ihn beurteilen zu können.«

»Und der? Was sagst du zu dem?« Asmus schob Matthiesens Hand beiseite, so dass die unterste Zeile zu lesen war, und grinste.

»Mein Gott!« Matthiesen starrte betroffen auf die Liste. »Gustav Sinkwitz. Unser eigener Chef. Nicht mehr Teilhaber, aber trotzdem ...«

Asmus nickte. »An sich ist seine Beteiligung unbedenklich. Aber uns zwingt es zu einer gewissen Zurückhaltung mit Informationen. Man sollte ihn später nicht beschuldigen können, im eigenen Interesse gehandelt zu haben.«

»Wird er das verstehen?«, fragte Matthiesen besorgt. »Nicht dass er dir unterstellt, du wolltest ihn auf diese Weise aus seiner Position ausbooten.«

»Ich hoffe, dass er mittlerweile erkannt hat, dass das nicht meine Vorgehensweise ist«, bemerkte Asmus ernst. »Unlautere Methoden gegen ihn hätte ich längst anwenden können. Ich weiß schließlich, wie mein Untergebener in Rostock es angestellt hat, mich rauszuwerfen und selbst Chef zu werden.«

»Du hast darüber nie viel erzählt«, sagte Matthiesen zurückhaltend.

»Nein, was gewesen ist, ist gewesen. Leider verlieren die Redlichen grundsätzlich gegen die Lügner und Betrüger, da sie nicht so weit sinken wollen, sich unter ihrem Niveau zu revanchieren. Um auf die Liste zurückzukommen: Dir ist keiner der ehemaligen Teilhaber so weit bekannt, dass du ihn als vertrauenswürdig einschätzen würdest?«

»Nein.«

»Wir können nicht riskieren, jemanden zu befragen, der womöglich anschließend Petersen Bericht erstattet. Man muss voraussetzen, dass sie aus dem Unternehmen ausgestiegen sind, weil sie an einen Geschäftserfolg nicht mehr glauben, nicht weil sie sich mit Petersen zerstritten haben. Loyalität ihm gegenüber besteht deshalb wahrscheinlich weiterhin.«

»Ja.«

»Dann muss jetzt als Erstes Ose her. Zum Glück haben sie wegen des Klinikdienstes ihres Vaters einen Fernsprecher.«

Um ein Telefonat zu führen, musste Asmus in den Büroraum seines Chefs gehen. Noch war der beantragte, genehmigte und bestellte Fernsprecher im Verhörzimmer nicht installiert. Sinkwitz saß am Schreibtisch und blätterte in Unterlagen. Neugierig und hellhörig, wie er zu sein pflegte, sah sich Asmus zu vorsichtiger Wortwahl gezwungen.

Er meldete sich. »Ose, wir brauchen dich in der Wache wegen deiner Naturschutzkenntnisse. Hättest du Zeit? Können wir dich sofort abholen?«

»Natürlich«, sagte sie.

»Gut, wir kommen, so schnell es geht.« Asmus hängte auf.

»Was ist denn am Naturschutz so brandeilig?«, fragte Sinkwitz misstrauisch.

»Weniger der Naturschutz«, antwortete Asmus diplomatisch, der die Verachtung seines Chefs dafür kannte, »als die Tatsache, dass wir so schnell wie möglich nach Kampen zurückmüssen, nachdem wir diese weniger wichtige Frage mit Ose Godbersen geklärt haben. Wachtmeister Jep Thamsen ist bereits dort, um dem Diebstahl am Damm nachzugehen.«

»Ah so. Ja, der Diebstahl ist wichtiger als eine aufgegebene Vogelkoje. Verschwenden Sie nicht allzu viel Zeit damit.« Sinkwitz entließ Asmus mit einer Handbewegung.

Asmus war schon an der Tür, als Sinkwitz ihn nochmals zurückrief: »Ach, übrigens: Am Sonntag findet ein Aufmarsch zur Kirche statt. Sie und Matthiesen sind zur Begleitung eingeteilt. Sagen Sie ihm das.«

Asmus nickte, schloss schnell die Tür hinter sich und prustete seine Verärgerung hinaus. Dann informierte er Matthiesen und bat ihn, Ose abzuholen, während er sich wieder in die Statuten und Besitzerlisten der Gesellschaft vertiefte.

Geduld war nicht immer Asmus' Sache, zumal er keine neuen Erkenntnisse aus den Unterlagen gewann. Aber endlich trafen Ose und Matthiesen ein und erlösten ihn.

»Was ist los?«, fragte sie neugierig. »Lorns war sehr verschwiegen.«

»Du musst dir eine Reihe von Namen ansehen und sagen, ob du von ihnen jemanden genauer kennst. Es geht um die Hauptinteressenten der Vogelkoje, vor allem um die ausgeschiedenen. Und um die Frage, von wem wir möglicherweise ehrliche Auskünfte über die Gesellschaft bekommen würden.«

»Aha.« Ose setzte sich neben Asmus und las.

Matthiesen und Asmus warteten geduldig.

»Zu tun hatte ich öfter mit Alwart Jensen«, sagte Ose schließlich. »Ich habe gelegentlich Ferdinand Avenarius zu ihm begleitet, wenn der einen Vorschlag zu machen hatte. Etwa die Verschiebung eines Weges um einen halben Meter, um eine bestimmte Pflanze zu schützen. Kleinigkeiten aus der Sicht eines Gemeindevorstehers.«

»Aber?«, fragte Asmus, der einen Vorbehalt zu hören glaubte.

»Alwart versprach immer alles, aber es geschah nichts. Er steht sich mit jedem gut, ist immer freundlich. Ich nehme an, ihr würdet von ihm nur Positives über jemanden erfahren. Die Vorbehalte behält er für sich, um niemanden zu kränken oder zu Unrecht zu beschuldigen.«

»Sympathisch. Nur hilft uns das nicht weiter. Die ausgeschiedenen einheimischen Hauptinteressenten von Kampen lassen wir besser beiseite. Was sagst du zu diesem Herrn Schäfer aus Potsdam?«

Ose sah hoch. »Der ist nur an Bildern interessiert. Er hat in der Vogelkoje gemalt. Du könntest ihm erzählen, dass die Enten in Wahrheit Wasserspechte sind, und er würde es glauben.«

»Untauglich für uns«, befand Asmus. »Und der Kapitän aus List?«

»Der war immer sehr aufgeschlossen für alles. Er ist zwar geborener Sylter, aber mit niemandem verbandelt, das ließ schon sein Beruf als Kapitän auf großer Fahrt nicht zu. Sonst weiß ich nichts über ihn.«

»Tja«, sagte Asmus. »Dann müssen wir zu ihm fahren, Lorns. Er ist anscheinend der Einzige, an den wir uns wenden können. Unter großer Vorsicht, natürlich.« Er hob lauschend den Kopf. »Ich glaube, Jep kommt gerade zurück. Der hat bestimmt Neuigkeiten. Aber wir machen Feierabend. Bis morgen früh!«

## Kapitel 6

In aller Frühe machten sie sich am nächsten Morgen mit beiden Motorrädern auf den Weg nach List, Ose auf dem Soziussitz des Motorrads der Wache.

Der alte Kapitän Volkert Hendriksen wohnte im eigenen Haus neben der Fiskalischen Austernstube von List. Das kleine Gärtchen neben den Obstbäumen war vernachlässigt, und die drei Besucher erfuhren auch bald, warum: Die Ehefrau, die sich immer um Gemüse und Blumen gekümmert hatte, war im Spätwinter verstorben.

Hendriksen war sehr korrekt gekleidet, als stünde er noch täglich auf dem Frachtdampfer *Hanna Fischer* aus Rostock. Zu einem Gespräch mit Menschen, die wie er nicht nur Sylt kannten, sondern etwas mehr von der Welt gesehen hatten, war er mehr als bereit. Insbesondere hatten er und Asmus gemeinsame Erfahrungen und Kenntnisse aus Rostock, vor allem über die dortigen Reedereien und Schiffe. »Vermissen Sie denn Rostock nicht?«, fragte der Kapitän schließlich mitfühlend.

»Wer aus politischen Gründen strafversetzt wird, kann keine Ansprüche stellen«, war Asmus' knappe Antwort. Es war deutlich, dass er darüber nicht sprechen wollte.

»Ich kenne auch Polizisten, die sich offen zu Preußen oder dem Kaiser bekannt haben und allein deswegen aus dem Amt gejagt wurden. Das waren natürlich genau diejenigen, die Mumm in den Knochen hatten und tüchtig waren. Leider fehlen diese mutigen Männer der Gesellschaft nun, muss man sagen.« Hendriksen hatte anscheinend unbekümmert vor, beim Thema zu bleiben. »Seit Beginn der Weimarer Republik haben sich viele Opportunisten nach vorne gemogelt. Kriegsgewinnler gewissermaßen. Mit einer solchen Führungsriege ist niemandem gedient. Aber wer weiß schon, wie lange der republikanische Spuk anhalten wird.«

Während Matthiesen große Augen wegen der ungewohnt offenen Kritik machte, lächelte Asmus verstohlen. Der Kapitän hatte wohl die Fronten klären wollen, bevor sie zum eigentlichen Thema kamen. »Ich weiß, was Sie meinen.

Wir wollten gerne mit Ihnen über Ihre Erfahrungen als Gesellschafter der Kampener Vogelkoje sprechen«, sagte er geradeheraus.

»Die Vogelkoje«, wiederholte Hendriksen erstaunt. »Wenn Sie deswegen mit drei Mann kommen – Entschuldigung, mit zwei Mann und einem Fräulein –, läuft da offensichtlich etwas schief. Die Koje liegt doch auf der Helling aufgepallt, dachte ich.«

»Vielleicht. Wir wissen es nicht endgültig. Möglicherweise schwimmt sie auch längst in fremden Gewässern.« Asmus hielt es für geraten, sich dem seemännischen Sprachgebrauch des Kapitäns anzupassen.

»Eieiei.«

»Wenn, dann natürlich zum Nachteil der ausgeschiedenen Teilhaber.«

»Das versteht sich von selbst. Wie viele Interessenten sind denn übriggeblieben?«

»Vier. Mit Nickels Petersen weiterhin als Geschäftsführer.«

»Der war immer ein Schlitzohr«, blaffte Hendriksen. »Habe gelegentlich einen Strauß mit ihm ausgefochten bei den Versammlungen, wenn ich schon mal anwesend war.«

»Haben Sie seinetwegen die Interessentengemeinschaft verlassen?«

»Ach was. Mit Leuten kann ich umgehen. Nein, der geschäftliche Misserfolg war abzusehen. Wenn die norwegischen Enten jetzt einen anderen Kurs nehmen, kommen sie nicht mehr zurück. Wenn ich in Stockholm kein Holz mehr laden konnte, weil die Wälder erschöpft waren, sondern nach Helsinki ausweichen musste, wäre ich auch nicht eben mal in Stockholm vorbeigedampft, um zu gucken, ob es dort wieder Holz gibt. Die Logik ist ganz einfach.«

Asmus lachte. »Ja, das ist sie. Sind Sie über Unregelmäßigkeiten bei den Abrechnungen gestolpert?«

»Nein, eigentlich nicht. Streit bekam ich mit Petersen wegen seiner harten Hand gegenüber dem Kojenmann. Petersen setzte den Lohn und die Prämien herunter, die der vorige Geschäftsführer Dücke bezahlt hatte. Andererseits musste Dücke, wenn er für größere Hilfsarbeiten Leute verpflichtete, ihnen fünf Sechstel vom Lohn aus eigener Tasche bezahlen statt wie üblich zwei Drittel.«

Petersen war offensichtlich ein ganz unangenehmer Geschäftsmann, nicht nur ihnen gegenüber, weil er möglicherweise Polizisten nicht mochte, dachte Asmus.

Hendriksen machte eine ärgerliche Handbewegung. »Es gab noch mehr, was mir nicht gefiel: Petersen verringerte das Reetdeputat, das Essen wollte er dem Kojenmann nur noch einmal pro Woche bringen lassen und so fort. Er erwies sich als rechter Geizkragen und Pfennigfuchser. Das darf man nicht machen. Wenn Leute für einen arbeiten sollen, müssen sie zufrieden sein. Unzufriedene arbeiten schlecht. Es zahlt sich nicht aus, ausgerechnet an ihnen sparen zu wollen.«

»Auch meine Erfahrung«, sagte Asmus zustimmend, musste aber zu seinem Bedauern feststellen, dass der Kapitän sich wahrscheinlich mehr für die Behandlung von Untergebenen interessierte als für den Betrieb innerhalb der Koje. »Und jetzt ist Dücke tot.«

»Etwa erschossen?«

Asmus zuckte verblüfft zusammen. »Wie kommen Sie darauf?«

»Ich muss gelegentlich in Westerland vorbeischauen. Mein ehemaliger Beruf ... Nichts Aufregendes. Fahre also recht oft die Straße nach Süden und höre häufig in Höhe der Koje Schüsse, auch mal nördlich oder südlich davon.«

»Nein, erschossen wurde Dücke nicht«, verneinte Asmus, mit den Gedanken woanders. Das offensichtlich regelmäßige Schießen in der Umgebung der Koje musste einem bestimmten Zweck dienen. Möglicherweise war der Unbekannte nur das erste Opfer. »Er hat den Hals gebrochen.«

Ose beachtete die Erklärung nicht. »Will da einer die Enten absichtlich vertreiben?«, fragte sie erbost. »Mit Schüssen schafft er es bestimmt.«

»Den Schützen haben Sie vermutlich nie zu Gesicht bekommen. Waren Sie mal in der Koje während der Fangsaison, Kapitän? Soviel ich weiß, dürfen die Teilhaber …«

»Ja, ja, beides stimmt. Ich war einmal am Abend während des Ringelns der gefangenen Enten dabei. Kein Handwerk, bei dem ich ein zweites Mal zusehen wollte. Ich bin mehr oder minder geflüchtet.«

»Kann ich gar nicht glauben«, sagte Asmus lächelnd. »Dann wissen Sie aber aus eigener Inaugenscheinnahme wohl nicht umfassend über den täglichen Betrieb in der Vogelkoje Bescheid?«

»Nein, ganz gewiss nicht!«

Das war das Stichwort für den Aufbruch. Denn der alltägliche Betrieb war ja das, was sie interessierte, vor allem Interna in der Beurteilung von jemandem, der nicht gerade der Busenfreund von Petersen war. Schade. Asmus erhob sich.

»Sie haben nichts von dem erfahren, was Sie eigentlich wissen wollten, stimmt's?«, erkundigte sich Hendriksen ein wenig besorgt. »Ihr Besuch war vergeblich.«

»Nicht ganz«, beteuerte Asmus beruhigend. »Mit Ihrer Information über die Schüsse sind wir ein Stück weitergekommen. So deutlich hat niemand in Kampen etwas darüber sagen wollen. Und dass systematische Schüsse nicht in eine Vogelkoje gehören, ist klar. Da gibt es anscheinend Leute, die einen bestimmten Plan verfolgen.«

»Plan, ja. Dazu fällt mir noch etwas ein, das Sie vielleicht interessiert. Einige Teilhaber haben die Gesellschaft nämlich gar nicht wegen der ausbleibenden Enten verlassen, sondern weil Petersen entschlossen schien, Auswärtige aufzunehmen, wenn sie den Betrieb wieder aktivieren sollten.«

»Wollte er das denn?«

»Ich hatte den Eindruck. Und wie ich Petersen kenne, würde er sich im Hinblick auf auswärtige Teilhaber durchsetzen. Man muss auch bedenken, dass Auswärtige vom Festland weder Orts- noch Personenkenntnis haben und zu einer echten Kontrolle der Geschäfte nicht in der Lage sind. Die verbliebenen Hauptinteressenten waren bemerkenswert vertrauensselig. Dieses Vertrauen hatte Petersen nicht verdient.«

»Das ist ein sehr interessanter Aspekt«, versicherte Asmus.

Der Kapitän stand auf und reichte ihm die Hand. »Informieren Sie mich, wenn Sie die Sache aufgeklärt haben? Von Seemann zu Seemann gewissermaßen.«

»Das mache ich«, versprach Asmus, der sich bewusst war, wie sehr er seinen eigenen Vorsatz, vorsichtig mit Informationen zu sein, verletzt hatte. Aber es gab einfach Menschen, bei denen man mit rückhaltloser Offenheit weiter kam als mit Verschwiegenheit. Kapitän Hendriksen war so einer.

»Dann also auf zu Nickels Petersen«, sagte Matthiesen forsch, während er einen verlangenden Blick zur Fiskalischen Austernstube hinüberwarf, wo gekocht wurde, wie der Rauch aus dem Schornstein bewies. »Er ist der Einzige, der uns Auskünfte geben könnte. Vielleicht, wenn er in die Enge getrieben wird.«

»Ohne mich!«, versetzte Ose entschieden. »Mit dem will ich nichts zu tun haben. Setzt mich doch bei Dückes Mutter ab. Ich werde bei ihr mal nach dem Rechten schauen, Brennholz hacken, Suppe warm machen ... Sie braucht das bestimmt, sie ist hinfällig, seit sie die Hüfte gebrochen hat.«

Asmus nickte. »Was Petersen betrifft, hast du völlig recht. Er würde sich wahrscheinlich sogar gegen deine Anwesenheit verwahren, da es sich um echte Polizeiarbeit handelt. Aber ich wusste gar nicht, dass du mit den Eskeldsens so bekannt bist, dass du dich um den Haushalt kümmern kannst.«

»Alles weißt du auch nicht.« Ose lächelte verschmitzt. »Zum Glück.«

»Gute Idee jedenfalls. Wir liefern dich bei Frau Eskeldsen ab, Ose. Lorns, mir ist klar, dass du hungrig bist, aber wir müssen vorankommen«, sagte Asmus bedauernd.

»Schon gut.« Matthiesen schnitt trotzdem ein Gesicht. »Ich könnte ja bei Dückes Mutter mitessen, wenn die Jensens die Suppe schon geliefert haben.«

»Du wirst dich hüten, du Vielfraß«, versetzte Ose empört.

Ose sprang vor Eskeldsens Haus vom Motorrad, worauf Asmus und Matthiesen sofort weiterfuhren. Nickels Petersen war noch weniger über ihren Besuch erfreut als beim ersten Mal, bat sie aber immerhin ins Haus. Offensichtlich dämmerte ihm, dass er einem Gespräch nicht mehr ausweichen konnte.

Asmus plante hingegen weniger ein Gespräch als ein Verhör. Wie sie es vor dem Betreten der Wohnung schon verabredet hatten, bat er Matthiesen ausdrücklich, mitzuschreiben. Petersens unwirscher Seitenblick versicherte Asmus, dass er um den Unterschied wusste.

»Wir haben inzwischen mit etlichen Leuten gesprochen und eine Menge erfahren«, begann Asmus. »Unverständlich ist mir geblieben, warum Sie mit Auskünften zu Dückes Tod so auffallend sparsam waren.«

»Ich gehöre nicht zu den Schwätzern.«

»Polizisten schwatzen nicht, insbesondere nicht in Uniform«, warf Matthiesen ein, während er eifrig schrieb.

»Also«, sagte Asmus in aufforderndem Ton.

Petersen hob schweigend die Schultern.

»Waren Sie anwesend, als Dücke zu Grabe getragen wurde?«

»Ja. Wie alle. Das gehört sich so.«

»Eben. Eine Trauergesellschaft, die sich aus Kampen nach Keitum aufmacht. Und dann wollen Sie nicht gewusst haben, dass er den Hals gebrochen hatte?«

»Ich erteile keine ärztlichen Auskünfte. Als Vorgesetzter des Wärters wäre das gewissermaßen eine offizielle Mitteilung gewesen. Ich werde mich hüten, die zu geben.«

Der Mann war aalglatt. Kein Wunder, dass man ihn zum Geschäftsführer gewählt hatte. »Ich wundere mich auch«, fuhr Asmus fort, »dass Sie die Schüsse nicht gehört haben, die fast jeder bestätigt. Sogar Auswärtige.«

Das schnelle Blinzeln verriet Petersen. Natürlich wusste er Bescheid. Trotzdem sagte er: »Ich höre schlecht.«

»Das habe ich mir schon gedacht«, bestätigte Asmus gleichmütig. »Dann komme ich zu etwas, was ergiebiger sein dürfte.«

Petersen wirkte nun noch wachsamer.

»War Dücke nach der offiziellen Schließung der Koje noch oft dort?«

»Was heißt offiziell?«, protestierte der Geschäftsführer. »Wollen Sie damit etwa andeuten, wir hätten sie heimlich weiterbetrieben?«

»Ich deute nie an. Ich spreche Klartext«, verbesserte Asmus kühl. »Mit offiziell meine ich nach Abwicklung aller Kosten und aller Einnahmen, der Endrechnung also. Zum Beispiel dürfte Dücke nach der Schließung im Frühjahr noch Holz verkauft haben ...«

»Ja, das hat er. Außerdem hat er im Spätsommer ein letztes Mal Gras gemäht und Heu und Gerste für die Rechnung der Gesellschaft verkauft sowie seine Kartoffeln geerntet, die ausschließlich ihm gehörten.«

»Die übrigens verschwunden sind – ein weiterer Grund dafür, dass Frau Eskeldsen hungerte. Hat Dücke im darauffolgenden Herbst noch Enten gefangen?«

»Das durfte er laut Statuten nicht. Wir haben auch überprüft, ob er möglicherweise Futtergerste für sich zurückbehalten hat, statt sie an andere Vogelkojen zu verkaufen.«

»Hat er?«

»Nein, das hätte er nicht gewagt. Aber Kontrolle muss sein. Bis zur letzten Minute.«

»Aha.« Asmus musste sofort an die Schilderung des Kapitäns denken, für die er jetzt gewissermaßen den Beweis erhalten hatte. »Sie haben nicht etwa schießen lassen, um die Enten zu verjagen, damit kein anderer sie bekommt?«

»Nein.«

»Das wäre dann für den Augenblick alles, Herr Petersen. Wenn sich noch Fragen ergeben, kommen wir wieder.«

»Tun Sie das, Wachtmeister.«

Matthiesen klappte sein Notizbuch hörbar zu und steckte den Bleistift in eine Brusttasche.

Ose befinde sich hinter dem Haus, wo sie Geschirr abwasche, wie Frau Eskeldsen ihnen erklärte, als sie in die Küche schauten. Sie sah schläfrig satt und ganz zufrieden aus, soweit sie das trotz ihrer Trauer konnte.

Das Kopfsteinpflaster draußen war nass vom Waschwasser, das Ose aus dem Sood geschöpft hatte. Ein Teller, ein Löffel und eine Tasse tropften schon ab. Ose spülte sie noch kurz mit dem heißen Wasser ab, das im Kessel auf dem Herd simmerte, trocknete sie ab und war fertig zum Gehen.

»Alwart Jensen und seine Frau haben die Suppe gestern gebracht«, berichtete Ose, als sie auf das Motorrad stieg. »Die Suppe enthielt sogar Speckstückchen, stell dir vor! Lieb von Frau Jensen, dass sie den Speck nicht rausgefischt hat. Frau Eskeldsen hatte sich sogar in den Keller hinuntergewagt, um den Topf so kühl wie möglich aufzubewahren. Nur an Feuerholz hat niemand gedacht, und die Ditten waren aufgebraucht. Als Erstes habe ich also Holz gehackt.«

»Hat Frau Eskeldsen arge Beschwerden mit der Hüfte?«

»Ja. Die ist steif. Umso schlimmer muss es ihr ergangen sein, als sie Dücke für das Begräbnis vorbereitet hat. Kein Nachbar kam, um beim Waschen und Anziehen zu helfen. Stell dir vor! Ich weiß gar nicht, wie sie das allein geschafft hat.«

Asmus, der den Zustand des Vorderreifens überprüfte, dessen Profil ihm etwas zweifelhaft erschien, nickte einverständlich. »Zumal jeder Tote mindestens doppelt so schwer erscheint wie der Lebende.«

»Ja.«

Sie waren schon kurz vor dem Dorf, als Ose Asmus, bei dem sie auf der Rückfahrt mitfuhr, auf die Schulter tippte, um seine Aufmerksamkeit auf sich zu ziehen. »Nis, hör mal zu. Ich habe noch etwas von ihr erfahren, was mich irgendwie stutzig machte. Frau Eskeldsen erwähnte, dass Dücke Blut aus den Ohren und der Nase gelaufen sei. Dazu etwas Helles. Sie meinte Schnodder und dass Dücke eben auch in den Ohren Schnodder gehabt habe. Das habe ich noch nie gehört.«

»Schnodder in den Ohren gibt es nicht«, behauptete Asmus entschieden. »Wir fragen deinen Vater.«

»Du meinst also auch, dass daran etwas merkwürdig ist?«

»Zumindest muss geklärt werden, was es bedeutet. Hoffentlich hält der Reifen bis nach Keitum und dann Westerland.«

Blaicke Godbersen saß am Küchentisch und pulte Porren, die ersten dieses Jahres, wie sie sagte, und darum noch klein. »Wenn ihr lange genug hierbleibt, kann ich dir Porrenfrikadellen mitgeben, Nis«, bot sie an.

Auch Borg, der sehr unregelmäßigen Dienst hatte, war zu Hause, hatte es sich in der Dörns gemütlich gemacht und trank Tee, während er die Zeitung las. »Dieser Hitler sitzt immer noch«, bemerkte er. »Aber wer weiß, welche Verbindungen er hat und ob er nicht plötzlich wieder freikommt.« Dann sah er hoch. »Moin, Ose, moin, Nis. Ist etwas?«

Ose trug ihr Anliegen vor.

Borg hörte aufmerksam zu. »Zusammengefasst ergibt sich also, dass ein durch Laien festgestellter Schädelbruch vorliegt und aus Nase und Ohren des Betreffenden nicht nur Blut, sondern auch eine helle, klare Flüssigkeit lief. Richtig?«

»Richtig.«

»Das hört sich ganz nach einem Schädelbasisbruch an. Dass Blut aus den Ohren fließt, bedeutet, dass Blutgefäße verletzt sind, was nicht besonders erstaunlich ist. Die klare Flüssigkeit ist Gehirnflüssigkeit, was viel schwerwiegender ist. Da sind die Hirnhäute gerissen, und der Zugang zum Gehirn ist nach außen offen. In der Regel ist eine so schwere Verletzung tödlich.«

»Der Tote soll inmitten der Dünen verunglückt sein«, konkretisierte Asmus. »Rücklings auf den Sand gefallen.«

»In den Dünen auf Sand gefallen. Eine Schwerstverletzung dieser Art halte ich als Folge davon für unmöglich«, sagte Borg bedächtig.

»Warum?« Asmus wirbelten sofort Konsequenzen durch den Kopf.

»Eine solche Verletzung kann man sich nur durch sehr große Gewalt zuziehen. Etwa, dass bei einem Brand ein herunterkrachender Rehmbalken jemanden an Kopf und Nacken trifft. Oder ein Kutschenrad, das über einen Liegenden hinwegrollt.«

»Einfaches Ausrutschen im Dünensand und der Fall auf einen Baumstamm wären nicht ausreichend?«

»Völlig ausgeschlossen.«

»Das bedeutet ja, dass Dückes Nacken einem Knüppel im Weg gewesen sein könnte, der mit Kraft geschwungen wurde.« Überraschend, aber irgendwie war es nicht unlogisch, dachte Asmus. Zwei Tote im Zusammenhang mit der Entenkoje. Erst der Kojenmann, dann ein Besucher der Koje, dessen Anliegen bisher unbekannt war.

»Heißt das, Dücke wurde ermordet?«, erkundigte sich Ose unsicher und blickte zwischen ihrem Vater und Nis hin und her.

Beide nickten.

Am folgenden Tag, dem Sonntag, begaben sich Asmus und Matthiesen in Galauniform zum Treffpunkt der am Aufzug beteiligten Vereine am Reichsbahnhof. Der Weg zur Kirche war von dort nicht weit.

Der Zug war dabei, sich auf Befehl einiger schwarz uniformierter Männer zu ordnen.

»Hier ist anscheinend alles vertreten, was eine Uniform trägt und eine Fahne besitzt«, raunte Asmus seinem Kollegen zu. »Alle Rechten – oder sagen wir, die Nationalen – wittern Morgenluft, auch wenn Hitler noch sitzt.«

Matthiesen nickte.

Ohne Uniform waren die Männer und Frauen des Turnvereins angetreten, die als letzte Organisation im Zug gehen sollten. Die züchtig in weiße Kleider gehüllten Frauen trugen Lorbeerkränze in den Händen, drei Männer trugen Schwimmanzüge und die Übrigen Sporthosen.

Dann kam die freiwillige Feuerwehr mit runden Helmen, blauen Jacken und kräftigen Lederkoppeln. Davor wurde es kriegerischer und militärischer: zuerst der Schützenverein unter seiner Fahne. Die Krieger- und Kampfgenossen würden als Veteranen in ihren grauen Uniformen marschieren, ebenso wie eine kleine Abordnung des gegenwärtigen Militärs. Die Spitze des Zuges nahm der Ringreiterverein ein. Die Pferde traten unruhig auf der Stelle, nicht gewohnt, so viele Menschen hinter sich zu wissen.

Alles, was national empfand und dachte, war angetreten. Und Gewehre gab es auf der Insel wahrlich mehr als genug. Asmus musterte unauffällig die Zuschauer, an denen Matthiesen und er vorbeimarschierten, um sich an die Spitze des Zuges zu setzen. Auch dort schien die Stimmung gut zu sein. Kleine Kinder schwenkten Fähnchen, und die Eltern schwatzten angeregt miteinander und mit Nachbarn und zeigten hierhin und dorthin.

Von Kampfstimmung oder Nervosität war nichts zu spüren. Ausgeschlossen war natürlich nicht, dass einzelne Kommunisten den Versuch wagen würden, zu stören, denn dafür waren sie in ganz Deutschland bekannt. Auf Sylt pflegten sie extra zu diesem Zweck vom Festland importiert zu werden. Aber Asmus sah nur Einheimische, die meisten vermutlich aus Morsum, wo es entsprechend den Wählerlisten viele Kommunisten gab. Aber Sylter, die bei der Wahl die Kommunisten ankreuzten, waren noch lange keine Störer.

Einzelne dänische Flaggen wurden geschwenkt, auch in Kinderhand, aber diese nicht aus Protest, sondern als fröhlicher dänischer Beitrag zu einem Festtag. Niemand hatte etwas dagegen. Die Westerländer konnten trotz aller Propaganda unterscheiden zwischen den Dänen, die seit alters auf der Insel heimisch waren, und den Festlandsdänen, die sich als Aufkäufer von Häusern verarmter Sylter betätigten. Wegen der Inflation waren die Wechselkurse für Dänen ungeheuer günstig.

Endlich wurde das Zeichen zum Abmarsch gegeben. Die Pferde, meist schwere Ackergäule, senkten die Köpfe und stapften los. Unter »Hurra«-Gebrüll an der ganzen Strecke gelangte der Zug schließlich an der Kirche an.

Asmus und Matthiesen blieben draußen. Während des Festgottesdienstes würde drinnen nichts passieren. Bei den Pferden, die von einer Schar halbwüchsiger Jungen gepasst wurden, sah das möglicherweise anders aus.

Aber alles blieb friedlich. Als die Besucher des Gottesdienstes sich schließlich vor der Kirche voneinander verabschiedeten und in alle Himmelsrichtungen zu ihren Häusern, Wohnungen oder Ortschaften strömten, war nichts geschehen, außer dass Asmus das Kaninchenessen verpasst hatte. Er ärgerte sich.

## Kapitel 7

Am Montagmorgen hatte Asmus endlich Gelegenheit, mit Jep zu reden.

»Mein Verdacht war bestimmt richtig«, berichtete Jep triumphierend. »Für das Stück Uferzaun haben sie zweiunddreißig Pfähle verbaut. Und dort, wo später das Haus, das Hotel oder was auch immer hingestellt werden soll, liegen Basaltsteine. Es sieht aus, als sollten sie später zu einer Terrasse gelegt werden.«

»Donnerwetter, Jep! Das hast du aber gut gemacht«, sagte Asmus anerkennend. »Wo könnten sonst Basaltsteine hergekommen sein als vom Damm?«

Jep nickte zufrieden. »Ich kam mit einem der Männer ins Gespräch, dem Dachdecker. Wir waren beide in derselben Schule in Wenningstedt, Lars hat eine Reihe hinter mir gesessen, weil er eine Klasse über mir war. Ich sagte ihm, dass die Terrasse bestimmt schön würde – mit dem Blick über das Wasser, und in der Morgensonne würden die Gäste gern dort frühstücken. Wieso frühstücken und wieso Gäste?, fragte er. Die vom Festland angeheuerten Schnepfen dürften sich dort höchstens eine Zigarettenpause gönnen, dann ginge es wieder zurück zur Arbeit in den Saal.«

»Du meine Güte«, sagte Asmus betroffen. »Das hört sich ja eher nach Fabrik als nach Hotel an.«

»Genau. Und nicht nach Sylt, sondern nach Berlin.«

»Was das wohl zu bedeuten hat?«, grübelte Asmus.

»Ich habe mir da auch meine Gedanken gemacht. Was hältst du davon, wenn ich Lars zu Hause besuche? Vielleicht erzählt er mir noch mehr. Ich würde der Familie gern etwas mitbringen, die haben's auch sehr knapp. Nur weiß ich nicht, was. Ich habe selbst nichts«, bekannte Jep verlegen. »Einen geräucherten Aal oder Fisch? Aber die kosten ...«

»Hat er noch etwas von zu Hause erzählt?«

»Er erwähnte, dass er ein Töchterchen von sechs Wochen hat und dass seine Frau nicht genug Milch hat. Mehr nicht.«

»Hm«, sagte Asmus nachdenklich. »Aber deine Idee ist ganz hervorragend, Jep. Ich werde mich bei Ose erkundigen. Vielleicht weiß sie Rat, das tut sie meistens.«

»Ja? Fein!«

»Du wirst ein richtig guter Polizist, Jep, weißt du das? Hauptwachtmeister Sinkwitz wird sehr bedauern, dass er lauter Schupos verliert, wenn ihr euch alle zum Wechsel zur Kriminalpolizei meldet.«

Jep strahlte.

In diesem Augenblick betrat Hauptwachtmeister Sinkwitz den Raum. »Moin. Gibt es etwas Neues?«, fragte er kurz und knapp, ohne sich mit Höflichkeiten aufzuhalten.

»Wachtmeister Thamsen hat etwas zu berichten.« Da Jep keine Anstalten machte, zu reden, sah sich Asmus genötigt, ihn etwas anzuschieben. Auch, um das Gespräch nicht auf die Vogelkoje kommen zu lassen. Aus unbekanntem Grund sah Sinkwitz nicht gern, dass sie sich damit intensiv beschäftigten. Hatte dies womöglich mit seiner ehemaligen Teilhaberschaft zu tun? Na ja, vielleicht ging dieser Kelch heute noch an ihm vorbei.

»Was denn, Jep?«, fragte Sinkwitz ungeduldig. Sein rechter Fuß klopfte den Takt zu einer Musik, die nur er hörte.

»Ich glaube, ich habe die Diebe des Baumaterials gefunden, Hauptwachtmeister. Pfähle und Steine sind anscheinend in einer großen Baustelle in Kampen verbaut worden.«

»Aha. Der Aufruf zu Investitionen hat also doch etwas gebracht. Was wird denn gebaut?«

»Das weiß ich noch nicht. Angeblich ein Hotel mit Golfplatz. Aber das stimmt nicht. Ich bleibe dran«, beteuerte Jep eifrig.

»An sich hatte ich Asmus den Auftrag erteilt«, dachte Sinkwitz laut. »An Weitergabe war nicht gedacht.«

Jep warf Asmus einen hilflosen Blick zu.

»Meine Schuld, Hauptwachtmeister«, gab Asmus freimütig zu. »So eng hatte ich das nicht gesehen. Wachtmeister Thamsen ist auf die mögliche Lösung gekommen und hat sie erfolgreich überprüft.«

»Meinetwegen«, knurrte Sinkwitz. »Wenn er glaubt, dass er es kann, soll er weitermachen ...«

»Ich bin selbst zugegen, Hauptwachtmeister«, meldete sich Jep tapfer.

Sinkwitz beachtete seinen berechtigten Einwand nicht, sondern fasste Asmus scharf ins Auge. »Sie sind mit diversen Protokollen und Journaleintragungen im Verzug. Ich erwarte, dass Sie die heute noch erledigen.«

Verflixt, das hatte natürlich kommen müssen. »Ich gehe heute Nachmittag Streife in Westerland«, sagte Asmus unbeeindruckt. »Anschließend setze ich mich an den Schreibtisch.«

»Endlich! Ohnehin verbitte ich mir die ständige Fahrerei mit den Motorrädern. Ihr verschwendet Treibstoff in einem Ausmaß wie ... Wie in Rostock, nehme ich an. Dafür ist nicht genug Geld da.«

»Ich werde den Treibstoff künftig selber bezahlen.«

Sinkwitz nickte, drehte sich zackig wie ein Militär um und rauschte zur Tür hinaus.

»Puh«, stöhnte Asmus, als seine Schritte verklungen waren.

»Hast du Gehaltserhöhung bekommen?«, erkundigte sich Jep staunend.

»Die paar Milliarden für Benzin werde ich wohl irgendwie auftreiben. Ich esse einfach weniger«, beschloss Asmus.

Asmus hatte überhaupt nicht vorgehabt, freiwillig Streife zu gehen, statt sich mit wichtigeren Dingen wie den zwei Morden zu befassen. Jedoch bot ihm das die Gelegenheit, sich endlich auf die Suche nach dem Hotel zu machen, in dem der Erschossene gewohnt hatte. Während er seinen Tschako aus dem Spind holte, versuchte er, mit diesem Gedanken seinen Groll über Sinkwitz zu verdrängen. Nur was den Schriftkram betraf, hatte er recht gehabt.

Dann kehrte Asmus gedanklich wieder zu seinem Fall zurück.

Seltsam war, dass keine Vermisstenanzeige eingegangen war, weder aus einem Hotel noch von einem privaten Vermieter. Seiner Kleidung nach war das Hotel wahrscheinlicher. Es war nicht anzunehmen, dass der Tote privat bei seinem Mörder logiert hatte.

Asmus blieb nichts weiter übrig, als Hotels und Logierhäuser abzuklappern. Und nach einem Kutscher zu fahnden, der vor etwa zwei Wochen einen Gast zur Vogelkoje gefahren hatte.

Die drei besten Hotels hatte er ohne jedes Ergebnis aufgesucht und machte sich dann in der Friedrichstraße auf den Weg zur Strandpromenade, wo immer einige Kutschen auf Gäste warteten. Wie üblich blies ihm ein strammer Wind entgegen. Blinzelnd erkannte er Ose und Mutter Blaicke, die ihm entgegenkamen.

Ose schwenkte triumphierend einen Leinenbeutel, als sie Asmus sah.

»Moin, ihr beiden. Was macht ihr denn hier?«, erkundigte er sich.

»Wir waren auf Entenjagd«, erzählte Ose strahlend.

»Und seid fündig geworden, wie man sieht.«

»Ja, dein Vermieter hatte noch eine einzige Dose, ein Vorinflationsmodell gewissermaßen.«

»Lass mich mal in den Beutel gucken«, bat Asmus begierig. »Die Dose nicht herausholen! Wir wollen hier nicht zum Stadtgespräch im Zusammenhang mit Enten werden.«

»Da hast du recht, Nis. Die Delikatesse ist nur von Billionären zu bezahlen.«

»So teuer?« Da geht die nächste Tankfüllung dahin, dachte Asmus wehmütig, während er in den aufgehaltenen

Beutel spähte. »Wildenten-Konserven-Fabrik im Nordseebad Wyk auf Föhr.«

»Und auf dem Bild in der Mitte sieht man die Pfeife mit der Reuse. Es ist dasselbe Etikett wie das in der Koje.«

»Die Männer vom Biwak könnten durchaus aus Föhr stammen«, überlegte Asmus. »Vielleicht, um selbst festzustellen, ob sich die Aktivierung der Gesellschaft lohnt, und gegebenenfalls bei Petersen ihr Interesse als auswärtige Teilhaber anzumelden.«

»Möglich. Aber so war es nicht«, verkündete Ose. »Die Kerle sind keine Föhrer.«

»Woher weißt du das?«

»Von Kaufmann Bonde Sibbersen, als wir uns nach den Wildenten erkundigten.«

Asmus blickte sich wie von ungefähr um. Gerade rechtzeitig, denn am Ende der Friedrichstraße spazierte Sinkwitz mit den Händen auf dem Rücken höchst persönlich heran. »Eine Kurzfassung«, drängte er. »Ich muss weiter.«

»Sie sind Süddeutsche.«

»Versuch, am kommenden Sonntag zum Essen zu kommen, Nis«, warf Blaicke hastig ein. »So schnell wird ja nicht gerade wieder ein Umzug stattfinden. Es sind vier Krickentenkeulen, und wir werden sie zusammen genießen.«

Asmus salutierte und wanderte gemächlich in Richtung Strand weiter. Süddeutsche. Interessant.

Mit den Kutschern zu reden hatte keinen Zweck, solange Asmus seinen Chef in seinem Rücken vermuten musste. Stattdessen bog er zweimal nach links ab, was sich zum Abschütteln seines Verfolgers als erfolgreich erwies, denn es waren beides kurze Querstraßen.

Hier zeigte sich mehr als in der unmittelbaren Umgebung der Friedrichstraße das Elend, das mit der Inflation einherging. Wahlplakate der Deutschnationalen mit dem Adler hingen heruntergerissen an Laternen und Häuserwänden, Müll und anderer Dreck verschmutzten die Winkel zwischen den Mauern, und aus einem der anscheinend durchgehend offenen Nachtlokale torkelte ihm ein Betrunkener entgegen. Etliche Häuser verfielen, weil den Besitzern offensichtlich das Kapital zum Renovieren fehlte.

Dann stand Asmus jedoch plötzlich vor einem Logierhaus mit dem Namen Schwarzer Hahn, einem Giebelhaus, das recht klein, aber anständig gehalten war. Asmus beschloss, hier sein Glück zu versuchen, zumal er auf diese Weise Sinkwitz endgültig entgehen konnte.

Trotz der vermutlich wenigen Zimmer leistete man sich einen Portier, der sich höflich erhob, als Asmus an den Tresen trat, und nach seinem Begehr fragte.

Asmus salutierte und stand stramm. Dies war kein Ort und keine Gelegenheit, sich lässig zu geben. »Ich suche nach einem Herrn Manfred Müller, der hier vor drei, vier Wochen gewohnt haben könnte.« Jeder Name war brauchbar außer einem einheimischen.

Der Portier schlug widerspruchslos sein Meldebuch auf. Nach drei Seiten klappte er es wieder zusammen. »Einen Herrn Manfred Müller hatten wir nicht.«

»Es könnte sein, dass er einen anderen Namen angegeben hat«, versuchte Asmus es aufs Neue. »Er soll etwas skurril sein. Ein Vogelkundler.«

»Ein Vogelkundler? Ja, einen hatten wir vor kurzem. Warten Sie.« Wieder begann die Suchprozedur, und schließlich blieb der Zeigefinger an einer Zeile hängen. »Er heißt Maximilian Degenhardt.«

»Aus?«

»Stockach am Bodensee. Und etwas merkwürdig war er schon, bei allem Respekt.«

»Wie meinen Sie das?« Asmus blieb äußerlich ruhig, hielt aber vor Spannung den Atem an.

»Neben seiner nagelneuen Reisetasche hatte er einen uralten abgeschabten Schultornister mit, den er hütete wie seinen Augapfel. Ausgebeult war er auch.«

»Aber was er enthielt, wissen Sie nicht?«

»Nein, er hat ihn hier bei mir nicht geöffnet.«

»Vielleicht einen Vogel ...« Der Portier war für Scherze nicht zu haben, das merkte Asmus sofort. »Nach wie vielen Tagen ist er abgereist?«

»Am dritten Tag. Unter etwas ungewöhnlichen Umständen. Ein Dienstmann kam, frühmorgens schon, um im Namen unseres Gastes dessen Gepäck zu holen und die Rechnung zu begleichen. Herr Degenhardt habe sich den Fuß böse verknackst oder gar gebrochen und warte in Munkmarsch an der Fähre, um nach Hause zu fahren. Es eile, wegen der Ebbe und weil das Schiff früh abfahren müsse. Und die Quittung wollte Herr Degenhardt auch ausgehändigt bekommen.«

»Hat der Dienstmann also Tasche und Tornister mitgenommen?«

»Nur die Reisetasche. Den Tornister hatte Herr Degenhardt am Morgen unter dem Arm, als er unser Haus verließ.«

»Wie war er gekleidet?«

»Mit Anzug, Jackett, Weste und Hose, distinguiert wie alle unsere Gäste. Erlesen, vornehm, ohne übertrieben zu wirken.«

»Hm. Offensichtlich wollte er ursprünglich am Morgen noch nicht abreisen?«

»Nein. Aber ein Vogelkundler, der auf der Heide oder am Strand umherstreift, braucht seine heilen Knochen.«

»Da haben Sie natürlich recht.« Asmus erkundigte sich noch nach einigen weiteren Details, aber wesentlich mehr erfuhr er nicht. Er schrieb sich die Adresse von Degenhardt ab und bedankte sich für die Hilfe.

Während Asmus auf dem Rückweg zur Wache war, hatte er einiges zu bedenken. Alles in allem neigte er zur Annahme, dass Degenhardt tatsächlich der Tote in der Koje war. Die in Baden geprägte Münze in seiner Tasche und der Anzug aus Basel passten zu seinem Heimatort Stockach.

Unwillig setzte sich Asmus an die ungeliebten Schreibarbeiten. Wenigstens lag auf seinem Schreibtisch ein Brief von der Föhrer Vogelkoje. Ein wissenschaftlicher Besucher sei dort nicht aufgetaucht. Trotzdem blieb Asmus einstweilen bei seiner Vermutung, dass der Tote harmlos war und tatsächlich etwas skurril.

Bis er mit den Protokollen fertig war, war es später Abend geworden. Dennoch wollte er gerne von Ose erfahren, was sie ihm nicht mehr hatte mitteilen können, und schwang sich wieder auf sein Motorrad, um nach Keitum zu fahren.

Glücklicherweise war sie noch auf, während die Eltern schon zu Bett gegangen waren. Asmus küsste sie lange und heißblütig, bis sie ihn verlegen in einen Lehnstuhl schob. »Eigentlich willst du ja nur die Fortsetzung meiner Neuigkeiten hören«, neckte sie ihn.

»Ja, stimmt. Aber ›nur‹ ist falsch.«

Ose setzte sich ihm gegenüber und schob ihm einen Teller mit Keksen hin. »Möchtest du Tee haben?«

Er schüttelte den Kopf. »Fang an!«

»Die einzigen Kunden, die bei ihm Entendosen gekauft haben, sind zwei Männer aus Süddeutschland, wie gesagt. Bonde Sibbersen hört viele Dialekte, sagt er, weil häufig Gäste bei ihm Delikatessen und Andenken kaufen. Wie zum Beispiel Krickenten in Dosen oder friesische Kekse oder Köm. Und für ein Schwätzchen mit einem Einheimischen sind Gäste mit viel Zeit immer zu haben.«

»Leuchtet ein. Weiter.«

»Die beiden Männer sind seit vergangenem Herbst mehrmals auf Sylt gewesen. Wie lange jeweils, weiß Bonde nicht. Aber bei jedem Besuch haben sie bei ihm entweder vier Dosen mit jeweils zwei kleinen Krickentenkeulen oder zwei Dosen Krickenten und eine mit zwei großen Grauenten, Spießenten also, gekauft.«

Asmus blieb vor Staunen still. Erst nach einer Weile quälte er sich ein »Das ist ja interessant! Wirkt sehr geplant für eine bestimmte Aufgabe. Mit einem Biwak wäre das gut vereinbar« ab.

»Finde ich auch. Obendrein waren sie nicht die üblichen, typischen Gäste. Bonde nannte sie auffällig verschwiegen. Er wollte nämlich wissen, ob sie mit der Hausfrau ihres Vermieters abgemacht hätten, die Küche benutzen zu dürfen, oder ob sie die Enten von ihr schmoren lassen wollten. Er hatte den Eindruck, dass die Dosen nicht als Mitbringsel für zu Hause gedacht waren.«

»Das hört sich an wie Proviant für zwei, drei Tage. Ein auffälliges Interesse für Enten. Und regelmäßige Besuche lassen sich interpretieren als ständige, wiederkehrende Beobachtung von Enten nach Art und Zahl. Vielleicht jeden Monat einmal. Wann waren sie das letzte Mal bei Bonde, weißt du das zufällig?«

»Zufällig nicht, ich habe Bonde gefragt. Mitte März.«

Asmus atmete tief durch. Ose hatte gerade seine These zerstört, der zufolge die beiden Männer den Unbekannten erschossen haben konnten. Sein Tod musste im späten April erfolgt sein. Es sei denn, die beiden Entenkeulenliebhaber hatten sich nicht bei jedem Besuch mit Dosen verproviantiert. »Tja«, sagte er resigniert. »Es ist spät. Ich muss nach Hause.«

»Und? Keine Anerkennung?«

»Ganz große, Ose!« Asmus' Kuss geriet herzhaft. »Das bringt uns weiter, weil wir eine Verbindung zwischen den Dosenkäufern und dem Toten jetzt nahezu ausschließen können. Über den gibt es übrigens auch etwas zu berichten. Gesichert ist nichts, aber ich glaube, es ist eine vielversprechende Spur. Ein Dienstmann hat im Auftrag eines Gastes vom Schwarzen Hahn, der Degenhardt heißt und Vogelkundler war, die Rechnung beglichen und das Gepäck abgeholt. Degenhardt wurde zum letzten Mal vom Portier gesehen, als er morgens das Haus mit einem alten ausgebeulten Tornister verließ.«

»Mit Lockente drin«, verkündete Ose selbstsicher.

»Es ist nicht auszuschließen«, stimmte Asmus vorsichtig zu. »Der verkleidete Dienstmann wäre sehr geeignet als Mörder.«

»Aber gedungen.«

»Natürlich. Er könnte auch ein echter Dienstmann gewesen sein, was ihn besonders unauffällig machen würde. Sprachgebrauch, Benehmen, Selbstsicherheit. Der Portier hat sich über die Abwicklung des Ausklarierens im Auftrag jedenfalls nicht gewundert.«

»Vielleicht kann man ihn ausfindig machen.«

»Vielleicht. Aber zuerst sollten wir beide zur Vogelkoje fahren, um nach dem Tornister zu suchen. Wenn wir ihn finden, ist der Beweis erbracht, dass der Tote Degenhardt ist.«

»Wir beide?«, fragte Ose freudig nach.

»Du weißt in der Koje besser Bescheid als Matthiesen, außerdem ist es unauffälliger, wenn ich ihn in der Wache lasse. Sinkwitz passt die ganze Angelegenheit nicht, das hat er bereits angedeutet. Wenn ich hier neu wäre, würde er mir das Nachforschen untersagen, glaube ich. Angeblich den Mord nach Husum melden, die dann aber wegen eines unbekannten Fremden keine Zeit haben. Oder so ähnlich.«

»Warum? Sinkwitz kann doch nicht darin verwickelt sein?«

»Nein, aber als ehemaliger Hauptinteressent hat er vielleicht das Bedürfnis, die Gesellschaft zu schützen. Oder Petersen erwartet es von ihm.«

»Ich begleite dich nach draußen. Morgen um neun Uhr?«

»So ungefähr«, bestätigte Asmus und startete das Motorrad.

Am nächsten Morgen schüttete es wie aus Kübeln. Asmus zog die Ölkleidung an, die er sonst nur auf seinem Boot trug, und fuhr rutschend und schlitternd nach Keitum.

Ose war ausgestattet wie er. Jedoch hätte in ihre Hose und Jacke noch eine zweite Person gepasst. Aber unter dem Südwester sah sie allerliebst aus. Asmus küsste sie, und sie teilten sich ihre gemeinsamen Regentropfen.

»Von unserem Nachbarn geliehen«, erklärte Ose und zupfte lachend an den weiten Hosenbeinen.

»Stopf sie lieber in die Stiefel, damit sie nicht in die Speichen geraten«, riet Asmus und gab ihr noch einen nassen Kuss. »Und halt dich kräftig fest. Heute ist nicht gut fahren.«

Der tiefe Graben, der die ganze Koje umrundete, war bis oben hin mit Regenwasser gefüllt. Die Zugbrücke zogen sie hinter sich wieder hoch und wanderten dann auf dem Pirschweg an der Pfeife entlang, in der der Tote gelegen hatte.

Es goss weiterhin ohne Unterlass. »Blöd, dass ausgerechnet heute die Pfeifen voll mit Wasser sind«, erklärte Ose, die hinter Asmus herlief, missgestimmt.

Asmus drehte sich zu ihr um und schob seinen Südwester in den Nacken. »Ja, Pech. Aber ich brauche schnellstmöglich einen Erfolg, um Sinkwitz zu überzeugen, damit ich weiter untersuchen darf.«

»Das ist mir klar. Wollen wir eben mal die Feuerstelle der beiden Entenkeulenliebhaber aufsuchen? Die unterhalb des Seedeiches.«

»Machen wir«, murmelte Asmus und leckte sich einen Tropfen von der Lippe. »Geh du voran.«

Ose versperrte Asmus die Sicht, als sie plötzlich stehen blieb. »Die sind noch mal hier gewesen!«

Asmus trat an ihre Seite. Die Feuerstelle war eindeutig die, in der der Dosendeckel gelegen hatte. Aber auf der alten Asche lagen frische Hölzer, die einseitig angebrannt und dann gelöscht worden waren. »Ja. Die waren jetzt vor kurzem noch mal hier. Einmal im Monat, wie bisher. Offensichtlich wissen sie gar nichts vom Tod des Mannes in der Pfeife. Jeder vernünftige Mensch meidet einen solchen Ort, um nicht zum Ziel von polizeilichen Befragungen zu werden.«

»Wenn du meinst ...«

»Ja, da bin ich mir sicher. Lass uns weitergehen, zu dem Abzugsgraben und dann an der nächsten Pfeife entlang zum Teich.«

Sie fanden nichts. Natürlich nicht, dachte Asmus. Als Versteck waren die Pfeifen, die jetzt voll Wasser waren, ohnehin nicht geeignet.

»Lass uns im Entenhaus nachsehen, wo die gezähmten Enten untergebracht waren«, schlug Ose vor.

Aber das Entenhaus war von Kot gesäubert worden und sehr übersichtlich. Da hätte man schon die Bodendielen herausreißen müssen, um noch ein Versteck zu finden.

Es blieben die Hütte des Kojenmanns und der ganze verwilderte Hain, in dem man noch nach dem Tornister suchen konnte. Ose seufzte laut und demonstrativ.

»Wir könnten uns eine kurze Pause im Haus des Kojenmanns gönnen, bevor wir das Wäldchen durchsuchen«, schlug Asmus mitfühlend lächelnd vor. Schließlich war Ose nicht an den Polizeidienst gewöhnt.

»Ja, da vorne blinkt sie schon durch das Gebüsch«, stimmte Ose erleichtert zu. »Da ist der Tornister bestimmt nicht. Aber das macht nichts. Hauptsache, wir können ein paar Minuten im Trocknen ausruhen.«

Noch war das Dach dicht, wie sie drinnen erkennen konnten, aber die Vernachlässigung war unübersehbar. Heruntergerieselte Reethalme bedeckten die Dielen, das kleine Fenster schloss das Tageslicht durch die Spinnennetze nahezu aus, und der Herd war von verkrusteten Speiseresten überzogen und wegen Feuergefahr wahrscheinlich nicht mehr benutzbar. Tisch und Stuhl fehlten.

Asmus schob das Reet für Ose zu einem Häufchen zusammen, wonach sie sich auf den Dielenboden niederließen. »Gott sei Dank«, seufzte sie erleichtert. »In der Koje habe ich schon schönere Tage erlebt. Wenn die Enten einfallen, ist es einfach wunderbar. Stell dir vor, der ganze Teich ist voll von Enten! Und das Gequake, besonders wenn ein weiterer Schwarm einfällt! Die reden miteinander. Ich wünschte, ich könnte sie verstehen. Die Natur erfindet kein sinnloses Brabbeln.«

Asmus lächelte versonnen. »Ich weiß, was du meinst. Mir ging es früher so, wenn auf See Nebel herrschte und Gänse, die ich gar nicht sehen konnte, in Ufernähe weideten. Ihr Schnattern hörte sich immer so zufrieden an. Sie waren satt, Fressfeinde drohten nicht, und schießende Jäger waren wegen des Nebels auch nicht unterwegs.«

»Wir sitzen im Herbst oft auf unserer Bank am Steilufer, um den Ringelgänsen zu lauschen.«

Asmus, dessen Blicke unaufhörlich von den Dachbalken bis zum Boden durch die Hütte schweiften, rappelte sich plötzlich auf. Eigentlich war er versucht, den Petroleumkocher auf dem Herd anzuzünden, der nicht nur mehr Licht, sondern auch einen Hauch von Gemütlichkeit verbreiten würde.

Aber neben dem Herd, der entsprechend Oses Erklärung im Winter nicht benutzt wurde, um die Enten nicht durch Essensgerüche zu warnen, stand der Vorratskasten für Holz. Die Klappe war nicht vollständig geschlossen, ohne dass ein sichtbares Holzscheit sie aufgesperrt hätte.

Er schlug den Deckel auf. Das braunweiße Fell einer Tornisterklappe fiel ihm als Erstes ins Auge, an ihr zog er einen Tornister heraus. Wie der Pförtner gesagt hatte, war er alt und ausgebeult.

Ose machte große Augen, während Asmus einen kompakten kopflosen hölzernen Entenkörper aus dem Tornister beförderte. Brust und Rücken waren schwarz, die Seiten schlohweiß. »Das ist das fehlende Teil zum Entenkopf«, staunte sie.

»Und der Tote ist Maximilian Degenhardt aus Stockach«, bemerkte Asmus zufrieden.

## KAPITEL 8

Am Sonntagmorgen war das schlechte Wetter fortgezogen. Flieder, Weißdorn, Dünenrosen und Kälberkraut blühten überall, und die ersten Blütenblätter segelten schon von den Apfelbäumen herab, als Ose und Asmus durch den elterlichen Garten spazierten.

»Der Schnittlauch hat schon erste Blüten«, bemerkte Ose beglückt. »Sind sie nicht schön? Ich mag das Frühjahr am liebsten.«

»Solltest du nicht deiner Mutter beim Zubereiten der Enten helfen?«

»Sie sind gerade erst aus der Kirche zurückgekommen. Gönnen wir ihr eine Pause. Außerdem will sie keine Hilfe, sie sagte, den Inhalt einer Dose zu erwärmen ist keine Arbeit für zwei.«

»Lass uns trotzdem reingehen«, bat Asmus.

Sie fanden die Eltern in der Küche an der Arbeit vor.

Borg hatte gerade die Dose, ohne sich zu verletzen, geöffnet, und Blaicke hatte sie nach der Anweisung auf dem Etikett vorsichtig umgestülpt, worauf die vier Schlegel auf einen Teller gerutscht waren.

Asmus schaute Blaicke über die Schulter. Sie befreite das Fleisch von dem Überfluss an Entenfett, in das die Schlegel eingebettet waren, schmorte es dann in Butter, gab etwas Tunke aus der Dose hinzu und verfeinerte diese schließlich mit Sahne und machte alles mit Mehl sämig.

»Ihr habt euch richtig in Kosten gestürzt.« Asmus war es schon fast peinlich.

»Wenn schon, denn schon«, erwiderte Blaicke fröhlich. »Wozu eine teure Delikatesse kaufen, wenn man dann an den Zutaten spart. Schwieriger ist es schon, zu wissen, wo man heutzutage Sahne und Butter herbekommt.«

»Aber dafür hast du ein Händchen«, sagte Borg und kraulte ihr zärtlich den Nacken. »Der Duft der Keulen ist ja überwältigend! Kein Wunder, dass sie als Delikatesse gehandelt werden.«

Während der Mahlzeit schwiegen sie. Jedes Gespräch hätte sie vom Genuss abgelenkt.

Später war dazu beim Nachtisch noch Gelegenheit. »Obwohl die Schlegel so köstlich sind, ist das Zubereiten doch nicht eigentlich schwierig, oder?«, erkundigte sich Asmus bei seiner zukünftigen Schwiegermutter.

»Nicht im Geringsten. Du hast ja selbst gesehen, wie einfach es war. Die kannst du dir auch auf deinem Boot auf der Petroleumflamme oder am Strand mit Schwemmholz fertigbraten. Sahne und Butter sind nicht zwingend, und gesalzen waren die Schlegel bereits. Du musst nur genügend Entenfett zur Verfügung haben.«

Asmus nickte befriedigt. »Das wollte ich wissen. Das funktioniert dann auch auf dem Lagerfeuer in jedem gewöhnlichen Topf.«

»Ja. Die Keulen schmoren mehr, als dass sie braten. Ose kann sie für euch leicht zubereiten. Obwohl es natürlich wesentlich preisgünstiger ist, Fische zu angeln.«

Ose brach in Lachen aus. »Mutter, es handelt sich hier um ein rein theoretisches, polizeiliches Problem. Ich glaube, wir werden noch jahrelang Fisch, Muscheln und Gartengemüse essen, statt unser Geld für Dosenenten auszugeben.«

»Das beruhigt mich außerordentlich.« Blaicke schenkte Asmus ein strahlendes Lächeln. »Du bist ja doch ein durch und durch vernünftiger Mensch. Mir ging ganz kurz durch den Kopf, ob du wirklich der Richtige für Ose bist.«

Asmus nickte verlegen. »Ich wollte dich nicht erschrecken, Mutter Blaicke. Beim nächsten Mal erkläre ich mich vorher.«

»An wen werden eigentlich die Enten verkauft, wenn keine Arztfrau mit knapper Kasse zur Verfügung steht?«, wollte Borg wissen.

»Aber Borg! Über Geld spricht man nicht.«

»In Wyk hat man Hausfrauen verpflichtet, die die Enten in Heimarbeit ausnehmen und nachts rupfen«, warf Ose schnell ein, um die Diskussion zu beenden. »Die Daunen dürfen sie für sich behalten und auf eigene Rechnung abgeben. Die frischen Enten werden auf Föhr, in Husum, Schleswig, Tondern und bis nach Ripen verkauft. Die eingedosten gehen nach Hamburg und Bremen in Delikatessengeschäfte, etliche auch zur Hamburg-Amerika-Linie. Die Wildenten kommen dort aber nur auf den Kapitänstisch, natürlich nicht zu den Auswanderern unter die Wasserlinie. Auch

Sibbersen bestellt regelmäßig Dosen, die er vor allem an Badegäste mit Geld verkauft. Die sind allerdings merklich weniger geworden. Hat mir alles Bonde Sibbersen erzählt.«

»Und die Sylter Enten?« Asmus war überrascht, dass sich die geschäftstüchtigen Sylter Kaufleute eine Geldquelle wie die Reedereien der Luxusdampfer entgehen ließen.

»Anscheinend waren die Föhrer früher im Geschäft. Ich vermute, dass die Sylter Fänge hauptsächlich frisch an die Besitzer von Restaurants und Logierhäusern geliefert werden, ein Teil aber auch mit den Enten von Fanö per Eisenbahn nach Kopenhagen geht.«

»Wir werden uns bei Ingwert Feddersen, Koymann der Eidumer Koje, erkundigen«, beschloss Asmus. »Zu dem wollte ich ohnehin.«

»Mutter, Asmus braucht noch einen Rat«, flocht Ose ein. »Sein Kollege muss einen Arbeiter bestechen, um eine Auskunft zu bekommen, die sehr wichtig sein könnte, aber natürlich nicht mit Geld, sondern mit einem Geschenk als Dank.«

Blaicke wandte sich an Asmus. »Weißt du etwas über euer Bestechungsopfer? Das wäre hilfreich.«

Asmus zog die Schultern in die Höhe. »Er ist jung verheiratet und hat einen Säugling, in den er ganz vernarrt ist. Die Mutter hat aber nicht genügend Milch für die Kleine. Und wir können ihm schließlich keine Ziege schenken. Das wäre zu auffällig. Mehr weiß ich von ihm nicht.«

»Das ist nicht weiter schwierig«, sagte Mutter Blaicke zu aller Überraschung. »Während Ose sich mit Bonde unterhalten hat, habe ich seine Regale mit Delikatessen inspiziert. Unter anderem hat er Kindermehl der Firma Nestlé. Teuer zwar, sicherlich vor allem für die Badegäste gedacht, aber zwei, drei Dosen sollte man sich leisten können. Verdauungsstörungen sind immer noch besser als Verhungern. Oder was meinst du, Borg?«

»Die Mutter sollte es ausprobieren«, riet der Arzt. »Das Verdauungssystem von Säuglingen ist lernfähig.«

»Das ist eine hervorragende Idee«, begeisterte sich Asmus, dem ein Stein vom Herzen fiel. Irgendwie hatte er das Gefühl, dass Lars eine lohnende Quelle wichtiger Informationen sein konnte. »Unser Jep könnte seinem Schulfreund sagen, dass die Wache zusammengelegt hat, nachdem wir von seiner Not erfahren hatten. Wir sind alle jung und so weiter ...«

»Das wird ihn überzeugen.«

»Ich glaube es wirklich. Ich muss übrigens zur Wache zurück«, gab Asmus unter Bedauern bekannt.

»Stinkwitz?«, fragte Blaicke mit gerümpfter Nase. »Entschuldigt, aber für den Mann habe ich keinen besseren Namen.«

»Na ja, in erster Linie sind es die schriftlichen Arbeiten, bei denen ich nicht nachkomme«, gab Asmus preis. »Zu viele Gespräche außerhalb von Westerland wegen des Toten in der Koje. Und ständig gibt es neue Fragen, vor allem, wenn ein weiterer Toter auftaucht, der in Wahrheit erschlagen wurde.«

»Wer? Ich habe in der letzten Woche niemanden auf meinem Sektionstisch gehabt.«

»Das hätte wohl auch vor vier Wochen der Kojenmann sein sollen, von dem wir bereits gesprochen haben. Der mit dem Genickbruch. Ich fürchte, es gibt einen Zusammenhang mit dem erschossenen Fremden.«

»In gleicher Sache, gewissermaßen.«

»Genau.« Asmus erhob sich seufzend. »Du hast wohl noch keine Antwort des Zoologen zum Entenkopf?«

Borg schüttelte den Kopf und zündete sich eine Zigarette an.

»Schlimm ist auch, dass mein Chef meine Untersuchungen nicht billigt. Er will nicht wahrhaben, dass sich unter unseren Augen ein Verbrechen vollzieht, in dessen Mittelpunkt die Entenkoje von Kampen steht. Ich hoffe, es passiert nicht noch mehr, aber sicher bin ich nicht.«

»Bring dich nur nicht in Gefahr, Asmus!« Blaicke war richtig erschrocken, ließ sich aber nicht aufhalten, während sie durch ihre Küche wirbelte, um ein kleines Fresspaket für Asmus zusammenzustellen. Wie immer.

»Du bist die Beste, Mutter Blaicke.« Asmus hauchte ihr einen Kuss auf die Wange und nahm die gekochten Kartoffeln, drei Eier und geräucherten Schinken dankbar entgegen. Dann wedelte er Rauchschwaden aus Borgs Zigarette fort, die ihn in Augenhöhe erreichten, und zog Ose mit sich, um sich draußen von ihr etwas ausgiebiger zu verabschieden.

Montagvormittag nach seinem Einkauf des Milchpulvers bei Sibbersen erreichte Asmus ein Telegramm mit dem Inhalt, dass es einen Maximilian Degenhardt in Stockach nicht gebe. Was sofort den vorläufigen Schluss nahelegte, dass Degenhardt irgendwie zu den Machenschaften in der Koje gehörte und jedenfalls nicht der harmlose Mann war, dessen Steckenpferd Enten waren.

Asmus stellte wie erwartet fest, dass der Entenkopf in den Körper passte, den sie im Tornister gefunden hatten. Gewissermaßen am Bug des Entenrumpfes befand sich eine Öse, an der ein abgerissenes Stück Schnur hing – offensichtlich wurde die Lockente irgendwo festgebunden. Die flache Unterseite enthielt außer einem schweren Kiel – vermutlich aus Blei – mehrere breite Bohrlöcher, die sich Asmus nicht erklären konnte. Er bockte die kompakte kleine Holzente zwischen zwei Kaffeebechern auf und deponierte sie auf seinem Schreibtisch.

»Hübsches Vieh«, sagte Jep, der gerade zur Tür hereinkam. »Was ist das denn für eine Ente?«

»Das ist die Frage. Ich warte auf die Antwort eines Zoologen. Von hier ist sie jedenfalls nicht.«

»Sieht aber aus, als könnte sie lecker sein. So knubbelig. Die Keulchen sind bestimmt nicht ohne.«

Asmus grinste. »Du denkst auch nur an Essen!«

»Na ja ...«

»Gut, dir kann geholfen werden.« Asmus bückte sich und holte seine Aktentasche auf die Knie hoch. Er zog zwei Dosen heraus, die er unter Jeps Augen auf der Schreibtischplatte deponierte. »Kindermehl, Milchpulver für Säuglinge. Deine Wahl: Entweder du löffelst es selber aus. Oder wäre das etwas für deinen Schulfreund Lars?«

»Mensch ...«, sagte Jep langgedehnt. »Das ist ja ein Geschenk des Himmels für ihn. Er wird reden wie ein Wasserfall, vermute ich. Seine Gedanken kreisen doch nur um das kleine Mädchen, er war richtig besorgt.«

»Ich hoffe, es klappt«, sagte Asmus zuversichtlich.

»Am liebsten würde ich mich gleich auf den Weg machen. Geht das?«

»Hauptwachtmeister Sinkwitz ist noch nicht da. Ich nehme es auf meine Kappe. Fahr los, Jep!«

»Klar!«

Gegen Mittag war Sinkwitz immer noch nicht gekommen. Asmus war das Warten leid und machte sich zu Fuß in die Stadt auf, während Matthiesen die Stellung hielt.

Vor der Uferpromenade, in Höhe der Treppe zum Strand hinunter, warteten drei Kutschen. Zwei Kutscher standen schwatzend beisammen. Asmus wählte sich den dritten, den jüngsten, um ihn zu befragen, denn ihn kannte er am besten.

»Moin, Wachtmeister Asmus!« Der junge Mann zog höflich die Mütze vom Kopf und sprang vom Kutschbock.

»Moin, moin, Mans. Wie geht das Geschäft?«

»Noch nicht wieder so gut wie vor der Inflation, aber es bessert sich langsam, glaube ich.«

»Tatsächlich? Woran merkst du das denn?« Asmus wollte es fast nicht glauben. Die Straßen waren immer noch leerer als früher, wie Matthiesen es ihm geschildert hatte.

»Man spricht immer ungeduldiger von der angekündigten Währungsreform. Die Fremden unter sich, meine ich. Ich bin von Gästen auch schon mit der Rentenmark bezahlt worden. Und die Ausländer kehren zurück.«

»Donnerwetter, Mans! Du bist ja ein ganz Aufmerksamer. Besser geeignet, unsere Zukunft vorherzusagen als die Wirtschaftsminister und unser Reichsfinanzminister.«

Der Kutscher nahm sein Lob zufrieden entgegen, während er dem Pferd einen Futtersack umband.

»Aus welchen Ländern kommen denn die Ausländer?«

»Ich hatte vor drei Tagen einen Fahrgast, der Englisch sprach. Weiß aber nicht, aus welchem Land er kam. Und vor einigen Wochen fragte ein anderer mich, ob ich als Bezahlung Schweizer Franken entgegennähme. Sehr gern!, habe ich gesagt. Und dann schenkte er mir noch einige Rappenmünzen als Trinkgeld.«

Mans war ja Gold wert, dachte Asmus. Er wagte nicht daran zu glauben, dass der Gast auch noch mit der Vogelkoje etwas zu tun hätte, aber es schadete ja nicht zu fragen. »Wohin hast du ihn denn gefahren?«

»Nach Kampen.«

»Zur Vogelkoje?«, fragte Asmus erwartungsvoll. Doch Mans schüttelte zu seiner Enttäuschung den Kopf.

»Ich habe ihn vor dem Haus von Nickels Petersen abgesetzt, wie er es verlangte. Der war früher Geschäftsführer der Kojeninteressenten.«

Also doch! Asmus triumphierte innerlich.

»Der Herr wollte ihn wahrscheinlich um Rat fragen. Er hatte einen Schultornister dabei. Ist vielleicht Lehrer. Fahrten zu Petersen habe ich aus dem Grund schon öfter gemacht.«

»Hast du den Schweizer noch ein zweites Mal gefahren?«

»Nö. Auch nicht mehr gesehen. Er war kein Strandläufer. Wenn die zu ihren Hotels zurückkehren, kommen sie früher oder später alle hier bei uns vorbei.«

»Mans, wenn ich noch mehr Auskünfte brauche, wie es unserer Wirtschaft geht, komme ich wieder zu dir. Weißt du auch über unser Wetter Bescheid?«

»Da fragen Sie besser mein Pferd, Herr Wachtmeister.« Mans grinste über beide Ohren. »Wenn es regnet, lässt es den Kopf hängen.«

»Man sollte tatsächlich immer die Kutscher bitten, einem die Welt zu erklären«, meinte Asmus schmunzelnd und wanderte gemächlich weiter.

Hinter der nächsten Ecke nahm Asmus die Beine in die Hand und war in wenigen Minuten am Schwarzen Hahn angekommen. Zum Glück hatte der ihm schon bekannte Portier Dienst – vielleicht war er auch der einzige des Hauses.

»Wachtmeister Asmus«, sagte er und sprang auf. »Kann ich noch etwas für Sie tun?«

»Können Sie. Sie erinnern sich, dass Sie erfolgreich für mich Herrn Maximilian Degenhardt in Ihrem Meldebuch ausfindig gemacht haben?«

»Gewiss. Stimmte etwas nicht?«, fragte er bestürzt.

»Oh, es stimmte aufs Tüpfelchen«, beruhigte ihn Asmus, Stockach als nicht mehr existenten Wohnort unterschlagend, wofür der Portier schließlich nichts konnte. »Ich habe nur eine weitere Frage. Hat Degenhardt seine Rechnung in Schweizer Franken oder in Rentenmark beglichen? Oder gar in Billionen oder Notgeld?«

Erstmals wirkte der Portier verunsichert. »Keine Schweizer Franken. Ich habe Anweisung, bei der Bezahlung auf Rentenmark zu bestehen – die Gäste kommen schließlich alle vom Festland, wo es genügend Banken gibt, und sind begütert ...«

»Ja, und?«

»Der Dienstmann hatte nur Papiermark. Ich musste sie nehmen ... Wegen des Fahrplans ... Und der Ebbe ... Die Fähre hätte auf den Dienstmann mit Koffer und Quittung nicht gewartet.«

»Das versteht sich«, stimmte Asmus nachdenklich zu. »Wie haben Sie das Problem gelöst?«

»Umgerechnet, so wie es am Ausgabetag der Rentenmark veröffentlicht worden war«, sagte der Portier treuherzig. »Eine Rentenmark gleich einer Billion Papiermark.«

»Du liebe Zeit!«, rief Asmus aus.

»Ja.«

»Und was sagte der Hotelbesitzer dazu?«

»Er drohte mir mit Entlassung, wenn es noch mal passiert.« Der Portier ließ die Ohren hängen. »Aber er ist Däne, zum Glück. Er drohte nur.«

»Haben Sie denn dem Gast nicht vorher klargemacht, in welcher Währung bezahlt werden muss?«

»Doch, doch, das habe ich. Aber dies hier war ja ein Notfall.«

»Ja«, stimmte Asmus wortkarg zu und fragte sich, ob es das wirklich war. Wer einen Kutscher mit echten Franken bezahlen konnte, hatte auch für die Hotelrechnung vorgesorgt. »Können Sie den Dienstmann möglicherweise beschreiben?«

»Doch, das kann ich. Für diese kargen Zeiten war er reichlich fett. Will sagen: untersetzt und klein. Er zog seine Mütze ab und klemmte sie unter den Arm. Da sah ich, dass die Haare blond waren, genau wie die Augenbrauen. Und die waren lang und nach oben gezwirbelt.«

»Das hilft mir vielleicht weiter. Dann bedanke ich mich einstweilen bei Ihnen, und wenn es Ihnen dienlich ist, können Sie dem Hotelbesitzer gern übermitteln, dass Sie mir, der Polizei also, eine große Hilfe waren.«

Der Portier gewann wieder an Sicherheit. »Das mache ich. Das wird ihn darin bestärken, in mir einen ehrlichen Mann zu sehen.«

Asmus nickte salutierend und verließ das Haus.

Schon auf der Straße war Asmus davon überzeugt, dass der Dienstmann die kostbaren Franken für sich behalten und dafür Papiergeld abgeliefert hatte. Das wäre für jeden eine ausgezeichnete Gelegenheit gewesen, sich eine harte Währung zu verschaffen. Der Verdacht lag nahe, dass er auch der Mörder war. Aber was hätte er – in diesem Fall – in der Entenkoje zu suchen gehabt?

Die Entenkoje konnte nur für die ehemaligen Interessenten Bedeutung haben, insbesondere für Petersen; für den Schützen, von dem immer noch nicht klar war, wer er war und warum er schoss; und für die Dosenliebhaber, die möglicherweise nur zur Information in der Koje gewesen waren und ihrerseits ihren Auftraggeber benachrichtigt hatten, dass es noch mehr Leute gab, die sich in der Koje herumtrieben. Und schließlich für Dücke, der inmitten dieses Ansturms von Besuchern zu Tode gekommen war.

Als Asmus durch die Friedrichstraße auf dem Rückweg war, wurde er von einer Gruppe von Männern und Frauen aufgehalten, die einander untergehakt hatten und die volle Breite der Straße versperrten. Ein Demonstrationszug, wie sie sich in letzter Zeit häuften. Badegäste mit missmutigen

Gesichtern drückten sich an die Schaufenster, um nicht von der Kolonne überrollt zu werden.

Der Anführer schwenkte ein großes, rotes Banner, in dessen Mitte sich eine Faust auf weißem Feld befand.

Von Zeit zu Zeit ertönte der Schlachtenruf: »Nazi verrecke! Prolet, schlag zu!«

Ob Sinkwitz von dieser Demonstration nichts gewusst hatte? Er bezeichnete sich selber als Kommunisten.

Aber niemand schlug zu. Die Passanten äußerten sich nicht laut. »Müssen Sie die denn dulden?«, fragte einer Asmus etwas verzweifelt.

»Tut mir leid, dass Sie sich belästigt fühlen. Diese Leute waren nicht angemeldet, deshalb wussten wir davon nichts. Außerdem wissen Sie sicher, dass die Kommunisten große Gewinne bei der Reichstagswahl verzeichnen konnten, wenn auch vielleicht auf Sylt nicht ganz so viel wie anderswo. Solange sie nicht gewalttätig werden, haben wir keinen Grund, gegen die Leute vorzugehen.«

»Das ist auch eine Antwort«, schnaubte der Gast erzürnt, der seinem Äußeren nach zu den Begüterten gehörte und sicher eine bürgerliche Partei gewählt hatte.

Die Männer hingegen waren in Arbeitskleidung, manche in schweren, lehmverschmierten Stiefeln. Vermutlich unter Unterstützung eines Wortführers vom Festland hauptsächlich Bauarbeiter vom Wattenmeer-Damm in Morsum. Und da diese sich glücklich schätzen durften, überhaupt Arbeit zu haben, würden sie wahrscheinlich schnell dahin zurückkehren.

Dann waren sie vorbei, die Gäste und die Westerländer, mit ihnen Asmus, setzten sich in Bewegung, als sei nichts geschehen. Als er wieder in der Wache eintraf, wartete Jep schon ungeduldig auf ihn. Er habe viele Neuigkeiten, sagte er. Asmus winkte ihn mit einer Kopfbewegung in seinen Büroraum.

»Sinkwitz ist noch nicht da«, teilte ihm Jep mit, ohne seine Lautstärke zu mindern. »Und Lorns würde gerne mithören, damit er auf dem Laufenden bleibt.«

Bei offenbleibender Tür, damit sie sowohl den zurückkehrenden Hauptwachtmeister als auch jemanden hören konnten, der möglicherweise eine Anzeige vorzubringen hatte, versammelten sie sich zu dritt im kleinen Befragungsraum.

»Was hast du erfahren?«, fragte Asmus, da er sicher war, dass Jep sachdienliche Informationen mitgebracht hatte, so stolz, wie er wirkte.

»Lars war richtig erleichtert, als ich ihm das Milchpulver vor die Nase hielt. Den hättet ihr sehen sollen! An so eine Hilfe hatte er nicht im Traum gedacht.«

Asmus lächelte. »Ja, gut.«

»Ja, es kann dramatisch sein, wenn einer kein Geld für eine Ziege oder Ersatznahrung hat!«, verteidigte sich Jep. »Meine Frau hat noch vier Monate vor sich, und wir hoffen, dass sie stillen kann.«

»Ach so«, sagte Asmus und verstand alles.

Jep setzte sich zurecht. »Das Wichtigste also zuerst: Es handelt sich um eine Gesellschaft von Geldgebern vom Festland, die in Kampen eine Fabrik errichtet. Sie soll viel Geld haben.«

»Also wirklich kein Hotel mit Golfplatz oder Ähnlichem.«

»Weit entfernt davon. Was in der Zeitung stand, war Unsinn. Ich weiß nicht, wer dem Journalisten das erzählt hat. Lars auch nicht, aber er hat gehört, dass alles ordnungsgemäß beantragt wurde und eine Baugenehmigung für mehrere Gebäude vorliegt.«

»Und wer hat sie bewilligt?«

»Keine Ahnung. Irgendjemand in Westerland oder vom Festland.«

»Muss wohl so sein. Und was für Gebäude bauen sie?«

»Ein Verwaltungsgebäude und die Fabrikhalle. Den Unterstand für die Werkzeuge und die Hütte für den Wächter kann man wohl kaum dazuzählen.«

»Wie viele Männer beschäftigt die Gesellschaft eigentlich?«

»Derzeit drei ständige Arbeiter: den Wächter und zwei Bauarbeiter. Dann Lars, der zusammen mit seinem Lehrjungen das Hauptgebäude und das Fabrikgebäude decken soll und sich gegenwärtig um den Aufkauf von Reet kümmert, später wird er die Grassoden für den First besorgen.«

»Sind das alles Sylter?«

»Nein, nur Lars und sein Lehrling. Der Wächter Dres und die beiden Bauarbeiter kommen vom Festland.«

»Dummerweise habe ich diese Fabrik ganz aus den Augen verloren.« Asmus ärgerte sich über sich selber. Allumfassende Information war immer wichtig.

»Warum? Mit unserer Koje hat doch dieser Bau gar nichts zu tun.«

»Wer weiß, Lorns?«, fragte Asmus düster. »Obwohl ich im Augenblick vor allem zur Belebung der Wirtschaft an eine Fabrik zur Verarbeitung von Austern denken würde. Von hier wurden immer Austern exportiert. Was dafür spräche: Die Fabrik liegt nicht weit von den ehemals fiskalischen Austernbänken, und der neue Bahndamm zum Festland würde einen blitzschnellen Transport der frischen Austern in alle Welt gewährleisten. Wesentlich schneller als mit einer Fähre, deren Abfahrtszeiten von Ebbe und Flut abhängig sind.«

»Das hört sich plausibel an«, bemerkte Matthiesen anerkennend.

»Vernünftig«, stellte auch Jep fest.

»Ansonsten würde ich noch an eine Schnapsfabrik denken. Weißt du noch, wie wir die Schnapsschmuggler im Königshafen gejagt haben, weil die dänische Branntweinsteuer so hoch geworden war, Lorns?«

»Ja, sicher.«

»Anschließend schossen die Importsteuern in Deutschland in die Höhe, und man konnte bei uns den Sprit wegen des hohen Zolls kaum noch bezahlen. Und nun hat sich das Karussell erneut gedreht. Die Dänen haben gerade im vergangenen Jahr in Berlin eine deutsche Produktionsstätte gegründet: *De Danske Spritfabbriker*. Der Schnaps ist für Deutsche damit wieder erschwinglich geworden.«

»Ja und?«

»Man stelle sich einmal vor, die Dänen würden in dieser Kampener Fabrik Aquavit herstellen, aus dem geeler Köm gemacht wird. Er würde genau dort destilliert, wo er gebraucht wird, die Transportwege wären kurz und billig und vor allem schnell. Ganz Schleswig und Holstein könnten sie auf diese Weise versorgen.«

»Mensch, Nis!« Anerkennung sprach aus beiden Kollegen. »Irgendwie könntest du recht haben.«

»Ist nicht gesagt«, wiegelte Asmus ab. »Eine Fabrik für Aquavit stünde vielleicht noch besser in Husum.«

»Na ja, wofür auch immer, uns braucht sie nicht zu interessieren. Irgendwann spricht sich sowieso herum, was da hergestellt werden soll«, behauptete Jep.

Asmus machte trotz allem eine zweifelnde Miene.

# Kapitel 9

Am nächsten Morgen schaute Dr. Godbersen auf dem Weg zur Klinik bei Asmus vorbei. »Die Antwort meines befreundeten Zoologen ist da«, sagte er und wedelte mit einem ganzen Bündel von Papier.

»Und?«, fragte Asmus gespannt und schob dem Arzt einen Stuhl hin.

»Es handelt sich höchstwahrscheinlich um eine männliche Reiherente. Der runde Kopf und das Federbüschelchen sind charakteristisch für diese Art. Sollte der Körper noch auftauchen, so wäre der ziemlich klein für eine Ente, aber wuchtig. Sofern der Erpel mit seinem Prachtkleid ausgestattet wurde, hätte er auffallend weiße Seiten und wäre ansonsten rein schwarz.«

»Na, sein Prachtkleid hat er wirklich an.« Asmus atmete erleichtert aus, weil die Auskunft so klar war und die Art so eindeutig zu bestimmen war. Er zeigte auf die Ente, die inzwischen in einem Regal zwischen Büchern ruhte. »Wir haben den Körper gefunden. Wo kommt die Ente denn vor?«

»Überall in Europa, bis nach Sibirien.«

»Oh«, sagte Asmus enttäuscht. Damit hatte er wiederum nicht gerechnet.

»Ich verstehe, was du meinst.«

»Ja, ich kann die Herkunft natürlich nicht bestimmen, wenn sie überall vorkommt.«

»Warte, ich bin noch nicht fertig«, sagte Borg bedächtig. »Diese Entenart breitet sich seit Jahrzehnten in Europa nach Westen aus und brütet mittlerweile sogar in Kolonien von Möwen und Seeschwalben.«

»Ob unser Vogelkundler sie hier ansiedeln wollte?«, grübelte Asmus laut, um die Vermutung gleich zurückzunehmen. »Sollte ein Scherz sein.«

»Das weiß ich nicht. Aber eines weiß ich genau: Wer in der Nähe von Seeschwalben nistet, muss robust und resistent gegen Lärm sein. Ich kenne keine aggressiveren Vögel als Seeschwalben zur Brutzeit. In der Klinik habe ich schon gelegentlich Verletzungen durch deren spitze Schnäbel behandelt. Selbst gehe ich nur mit einem kräftigen Stock über der Schulter am Ufer spazieren.«

»Auch meine Erfahrung«, pflichtete ihm Asmus bei.

»So. Und jetzt zu der Reiherente als Lockente im Speziellen. Auch dazu hat mein Zoologe nützliche Kenntnisse. Attrappen von Reiherenten hat er bisher nur am Bodensee gesehen, wo Schweizer und Deutsche mit ihrer Hilfe jagen. Die schießen die Enten. Netze und Pfeifen kennen sie nicht.«

»Aha.«

»Und noch eins: Die genaue Nachbildung der Ente einschließlich der Farbgebung ist für manche Arten wichtig. Anderen Arten ist sie egal, die kann man auch mit einem Strohwisch locken.«

»Föhrer Enten zum Beispiel. Die Reiherente braucht also eine genaue Abbildung«, fasste Asmus zusammen.

»Offenbar. Rein zoologisch ist noch interessant, dass die in unseren Entenkojen gefangenen Arten fast ausschließlich Schwimmenten sind, während die Reiherenten Tauchenten sind. Die Unterschiede sind so speziell, dass du selbst nachlesen solltest, mein Lieber.« Borg tippte auf die Papiere, ließ seine Füße kreisen und stand auf. »Ich muss in die Klinik.«

»Ja, gleich. Erwähnt der Kollege zufällig Löcher im Boden der Ente?«

»Ja, die erklärt er als Gewichtserleichterung. Ein Jäger, der weit laufen muss, um zu den Enten zu kommen, ist dankbar für jedes Gramm, das er nicht tragen muss. Der hat auch sein Gewehr mit Munition und auf dem Rückweg die

Beute zu schleppen und das bei häufig unwegsamem Gelände. Manchmal müssen einzelne Löcher auch dazu herhalten, Blei aufzunehmen, um die Enten so zu beschweren, dass sie in der richtigen Position auf dem Wasser liegen.«

»Womit der Gewichtsvorteil zum Teil wieder aufgehoben wird. Aber natürlich besser, als wenn sie kentern und kieloben schwimmen.«

»Ja, gewiss.«

»Und auch einfacher zu transportieren als mit einem schiffskielartigen Eisenbolzen in der Bodenplatte. Sieh dir unser Exemplar an. Kein Wunder, dass der Mann mit einem kräftigen Tornister auf Reisen ging.«

Borg hob die aufgebockte Ente von ihren Pallhölzern, die jedoch aus Büchern statt aus Bohlen bestanden, und betrachtete sie von allen Seiten.

»Die Löcher beweisen jedenfalls, dass unsere Lockente aus einem ganz anderen Jagdgebiet mit völlig anderer Tradition kommt«, erklärte Asmus zufrieden. »Ich habe auch aus eigenen Gründen Anlass, auf das Bodenseegebiet zu tippen.«

»Dann lasse ich dich jetzt mit Überlegungen zur Jagd auf dem Bodensee allein. Tschüs, Nis.«

»Tschüs und danke«, murmelte Asmus, der sich bereits in die zoologische Abhandlung vertiefte.

Der Entenfang mit hölzernen Lockenten war so ausführlich beschrieben, dass Asmus beschloss, keine weitere Dienstzeit dafür aufzuwenden. Eine zoologische Abhandlung konnte er auch abends zu Hause lesen. Unter Bedauern schob er sie in den Schreibtisch und holte Tschako und Degen vom Regal.

Die Zeit zum Verlassen der Wache war günstig gewählt, denn Sinkwitz telefonierte, wie üblich so laut, dass er den Apparat gar nicht hätte benutzen müssen.

Im großen Raum, in dem Matthiesen die Tagesgeschäfte wie Anzeigen und andere Klagen bearbeitete, trug Asmus sich in das Tagesjournal ein, und sein Kollege las mit. »Du fährst mit dem Zug?«

»Ja, ich will nur nach Munkmarsch, dann komme ich zurück«, antwortete Asmus. »Eine dienstliche Fahrkarte ist billiger als Treibstoff, den ich selber bezahlen muss. Ich habe gehört, wie Jep das Dienststellenmotorrad startete. Ich müsste also mein eigenes nehmen.«

Matthiesen stieß einen Seufzer aus. »Und ich armes Schwein muss ständig hier die Stellung halten. Oberwachtmeister Jung hat es auch nicht mehr nötig. Was macht der bloß immer?«

»Ich habe keine Ahnung. Trägt er sich denn nicht in das Journal ein?«

»Nein, eben nicht. Jedenfalls nicht ausführlich. Wenn er da nur Schulz oder Müller hinschmiert, kann er es genauso gut lassen.«

»Stimmt. Sinkwitz will wohl nicht, dass wir erfahren, was er bei Schulz oder Müller zu tun hat. Mach's gut, und halt die Ohren steif!«

Die Fahrt der Schmalspurbahn zum Hafen Munkmarsch dauerte nur wenige Minuten. Die Dünen hatten ihre Lage seit dem Herbst, in dem Asmus noch auf seinem Boot gewohnt hatte, kaum verändert, weil sie zumeist bewachsen waren. Er freute sich, mal wieder zu seinem ersten Wohnort auf Sylt zurückzukehren. Ganz nebenher konnte er auch sein Boot inspizieren und den Sitz der Festmacher überprüfen. Seit einigen Wochen war die *Franziska* wieder im Wasser.

Und seinen Freund Hans Christian, den Besitzer der Werft Bahnsen, würde er auch besuchen. Letztens hatte er etwas hinfällig gewirkt.

Auf der Werft wurde gearbeitet, wie die Hammerschläge bewiesen, aber Bahnsen war nicht zu sehen. Asmus steuerte deshalb auf den Eingang des Fährhauses zu, neben dem wie üblich die Abfahrtszeiten der Fähre angegeben waren. Leider war der Aushang bereits ausgetauscht gegen die Zeiten der kommenden zwei Wochen.

Mart, Betreiber des Fährhauses mit kleinem Ausschank und Hafenmeister in einer Person, befand sich in der Fahrkartenausgabe. Er ließ Asmus ein, kaum dass er die Uniform sah.

»Moin, moin, Wachtmeister«, grüßte er verhalten, wie immer auf Vorwürfe, schwierige Fragen oder schlicht Komplikationen gefasst, die seinen Tagesablauf durcheinanderbringen würden.

Asmus grinste, um Marts Nervosität zu zerstreuen. »Ich brauche nur die Abfahrtszeit der *Freya* vor etwa drei Wochen. Ich kann dir den Tag sagen.«

»*Frisia*«, verbesserte Mart. »Die *Freya* lag in der Werft von Husum für eine größere Reparatur. Dass wir zeitweise nur eine Fähre hatten, hat den Fahrplan etwas durcheinandergebracht.«

»Gut. Es war der Donnerstag in der letzten Aprilwoche.«

Mart schlug ein schwarz eingebundenes Buch auf. »April, April, letzte Woche, Donnerstag«, murmelte er vor sich hin. »Hier hab ich die *Frisia*. Sie ist mit Verspätung abends halb sechs abgedampft. Die Verbindung am Morgen wurde gestrichen.«

»Dann saß hier wahrscheinlich alles voll mit wartenden Fahrgästen?«

»Nicht die Spur. Kein einziger. Wir waren ja vorbereitet. Im Reichsbahnhof, im Ostbahnhof und im Südbahnhof von Westerland hingen Anschläge über die geänderten Abfahrtszeiten aus, im Kurhaus auch, und die großen Hotels waren alle benachrichtigt. Die kleinen Logierhäuser schicken in diesen Fällen täglich ihren Laufburschen zum nächsten großen Hotel.«

»Weißt du, ob der Schwarze Hahn die Information erhält?«

»Selbstverständlich. Darauf legt sein Direktor Wert. Der ist vom Festland, aus Kopenhagen, glaube ich. Der Schwarze Hahn ist klein, aber fein. Der gehört zu unserer Benachrichtigungskette.«

»Ich wusste gar nicht, dass ihr so etwas habt«, sagte Asmus beeindruckt.

»Erst seit dem Winter. Das hat sich jemand ausgedacht, für den die Bequemlichkeit der Gäste das Wichtigste ist«, verkündete Mart hochtrabend. »Für uns schließlich auch, wir wollen alle Badegäste zurückgewinnen, die vor dem Krieg kamen und weggeblieben sind, aber inzwischen wahrscheinlich auf Juist oder Norderney Sommerurlaub machen.«

»Viel Aufwand. Glaubst du nicht, dass die Fährlinie eingestellt wird, sobald der Damm fertig ist?«

»Wer weiß, wer weiß?«, fragte Mart unerschüttert und nicht im Geringsten eingeschüchtert. »Wir werben damit, dass die Gäste das Vergnügen haben, im plombierten Eisenbahnwaggon durch das Ausland, Dänemark also, zu dampfen, dann die offene See mit einem Raddampfer durchpflügen und sich schließlich wahlweise mit einer Schmalspurbahn oder einer Kutsche durch die Dünen nach Westerland bringen lassen können. Manche Erwachsenen betrachten das als den Beginn eines Urlaubsabenteuers und ihre Kinder sowieso.«

»Meine Güte! Ihr werbt sogar!« Asmus wunderte sich über die wahrscheinlich eingelernte Anpreisung. Aber vielleicht war sie gar nicht so verkehrt, und jedenfalls folgte sie amerikanischen Gepflogenheiten, die sich allmählich auch in Deutschland durchsetzten.

»Jawohl«, sagte Mart stolz.

»Das war's dann schon«, sagte Asmus freundlich.

»Wirklich? Ich habe gar nichts begangen?«

»Ich wüsste nichts. Du denn?«

»Neiiin«, lehnte Mart so energisch ab, dass sich Asmus sofort der Verdacht aufdrängte, es gebe da etwas.

Aber derzeit interessierte es Asmus nicht. Er hatte erfahren, was er wollte. Die Geschichte von Degenhardts eiliger Abfahrt stimmte nicht. Degenhardt hätte es gewusst, aber wahrscheinlich nicht der Dienstmann, der keiner war. Und der Portier hatte nicht daran gedacht und auch keinen Verdacht geschöpft, zumal sein Interesse nur der Rechnung gegolten hatte.

Der Mann mit der Bodensee-Lockente hatte eine falsche Heimatadresse angegeben, war am Donnerstag nicht mit der Morgenfähre abgefahren, hatte angeblich mit Papiermark bezahlt, obwohl Schweizer Franken wahrscheinlicher waren, und hatte einen Besuch bei Petersen gemacht, den dieser verschwiegen hatte.

Degenhardt war ein größeres Rätsel, als es am Anfang den Anschein gehabt hatte.

Während der Zug durch die Dünen ratterte, legte Asmus sich alle möglichen Erklärungen zurecht, aber keine befriedigte ihn wirklich. Als er kurze Zeit später im Bahnhof ankam, musste er nicht mehr wie noch im vergangenen Jahr vom Ostbahnhof zum Südbahnhof hetzen, um in den Zubringerzug nach Hörnum zu springen. Jetzt gab es einen gemeinsamen Kleinbahnhof, und Asmus stieg gemütlich in den Zug nach Hörnum, von wo bald das Schiff nach Hamburg ablegen würde. Die einzige andere Möglichkeit, die Insel zu verlassen, war das Dampfschiff. Degenhardt hätte sich mit der Kutsche hinbringen lassen können, nachdem die *Frisia* erst abends fahren sollte.

Die Lokomotive stand bereits unter Dampf, aber Asmus schaffte es noch rechtzeitig. Warum konnten sie eigentlich die Abfahrtszeiten nicht aufeinander abstimmen?

Bei den wenigen Leuten, die nach Hörnum wollten, fand Asmus leicht einen Fensterplatz. Während der ruckelnden Fahrt notierte er sich alles, was er von Mart erfahren hatte. Die Informationen, was er von wem zu welcher Zeit erfahren hatte, durften nicht durcheinandergeraten.

Als der Leuchtturm von Hörnum in Sicht kam, fiel Asmus wieder der Angestellte der Dampfschiffgesellschaft mit den unwillig gegebenen Auskünften ein, mit dem er es im vergangenen Jahr zu tun gehabt hatte.

Aber es kam anders. Der junge Mann, der an diesem Tag die Fahrgäste abfertigte, bat ihn freundlich, bis zur Abfahrt des Dampfers zu warten, dann habe er Zeit.

So lange spazierte Asmus durch den Hafen, betrachtete sich die Fischerboote und blieb schließlich neben dem Dampfschiff stehen. Es handelte sich deutlich um ein reines Passagierschiff, das offensichtlich keine Fracht beförderte. Auch das sprach dafür, dass – was auch immer in der künftigen Fabrik von Kampen hergestellt werden sollte – nicht über Hörnum nach Hamburg, sondern zunächst mit der Munkmarsch-Fähre zum Festland befördert werden würde. Und später mit dem Zug über den Wattenmeer-Damm.

Das zweimalige Tuten des Dampfers signalisierte, dass er nun nach Backbord ablegen würde, und Asmus schlenderte ins Kontor zurück.

Was er für Asmus tun könne, fragte der freundliche Angestellte.

»Es ist wahrscheinlich eine schwierige Frage«, gab Asmus gleich zu Anfang zu. »Ich suche nach einem Herrn Degenhardt, der am letzten Donnerstag im April entweder an Krücken herangehumpelt ist oder in einem Rollstuhl an Bord gebracht wurde.«

»Haben wir gleich«, antwortete der Angestellte und blätterte blitzschnell ein paar Listen durch. »An dem Tag brachten tatsächlich zwei Sanitäter einen Mann auf einer Trage an Bord.«

Asmus zog überrascht die Augenbrauen nach oben. Damit hatte er nicht gerechnet.

»Aber er hieß nicht Degenhardt. Der Kranke kam von der Westerländer Klinik, um in das Neue Allgemeine Krankenhaus in Eppendorf gebracht zu werden. Irgendwas mit dem Herzen hatte er, und seine Frau war sehr aufgeregt.«

»Nun, das ist er nicht«, befand Asmus mit einiger Erleichterung, weil er sich also doch nicht derart vergaloppiert hatte, wenn auch damit sein Problem nicht gelöst war.

»Einen Herrn Degenhardt finde ich weder vorher noch später.« Der Mann hatte inzwischen mehrere Seiten überflogen. »Sofern Sie sich nicht im Monat geirrt haben, ist er mit uns nicht abgereist.«

»Das ist in Ordnung. Das wollte ich vor allem bestätigt haben. Ich danke Ihnen vielmals für die Hilfe. Ich werde gerne wiederkommen.«

»Tun Sie das, Herr Wachtmeister.« Sein einladendes Grinsen folgte Asmus bis zur Tür.

Am Haltepunkt der Kleinbahn in Dikjen-Deel hätte Asmus aussteigen können, um zur Eidumer Vogelkoje zu gelangen, aber dann hätte er Ose enttäuscht, weil es ihr gemeinsamer Ausflug sein sollte. Ohne einen Toten erwarten zu müssen und ohne erschreckende Schüsse in der Umgebung.

Ob er Matthiesen und Jep schicken konnte, um dem Schützen aufzulauern? Oder würde man ihm Vorwürfe machen, weil er zwei junge Leute der Gefahr aussetzte und selber in der sicheren Wache blieb?

Ja, das würde man. Und falls etwas passierte, würde er sich

selber als Erster anklagen. Unter diesen Umständen sollte er besser allein auf die Suche gehen – mit Matthiesen im Hintergrund, der ab einer bestimmten Zeit einzugreifen hatte.

All diese Gedanken führten dazu, dass er sich einen Augenblick auf Petersen konzentrierte. Der musste mit dem Vogelkundler gesprochen haben. Es würde wichtig sein, zu erfahren, worüber. Auch stand immer noch die Frage aus, wer Dückes Mutter weisgemacht hatte, Dücke sei von den Klippen gestürzt. Man sollte meinen, die Benachrichtigung über den vermeintlichen Unfall sei als dessen ehemaligen Vorgesetzten Petersens Aufgabe gewesen. Außerdem hatte Alwart Jensen so freimütig und auch erstaunt ihnen gegenüber die Falschmeldung korrigiert, dass er die Witwe ganz sicher nicht angelogen hatte. Zumal eher das Weglassen unangenehmer Dinge als das Lügen seine Gewohnheit zu sein schien. Und schließlich war noch immer offen, warum Sinkwitz so merklich zurückhaltend war, wenn es um die Vogelkoje ging. Übte Petersen möglicherweise Druck auf ihn aus?

Ja, Petersen war in diesem Fragenkatalog ein wichtiger Bestandteil.

Doch ein Schönwettergebiet hatte sich über Sylt ausgebreitet, mit herrlich sonnigem, warmem Wetter wie häufig im Mai. Früher, in Rostock, pflegte Asmus dann segeln zu gehen. Seine *Franziska* hatte nur noch wenig Wasser gezogen, nachdem Bahnsen sie im April gewartet hatte. Der hatte Fugen geteert und ein Want erneuert, und das waren alles in allem nicht viele Schäden an seinem alten Boot gewesen. Einen leisen Seufzer konnte Asmus sich nicht verkneifen, während hohe Dünen und niedriges Kraut an ihm vorbeizogen.

Feddersen und seine Eidumer Koje mussten als Ersatz fürs Segeln herhalten – was Asmus gar nicht boshaft meinte. Der Koymann war schließlich eine so kenntnisreiche und angenehme Persönlichkeit gewesen, dass er ihn gerne aufsuchen würde, ganz gleich bei welchem Wetter. Im Übrigen war alles besser, als diesem sauertöpfischen, maulfaulen Geschäftsführer der Vogelkoje von Kampen gegenüberzusitzen, dem Asmus jedes Wort zwischen den Zähnen würde hervorziehen müssen.

Am nächsten Morgen waren Asmus und Ose auf dem Motorrad zur Eidumer Koje unterwegs, die offen war und betreten werden konnte, weil keine Fangzeit war.

Sie hatten sogar das Glück, Ingwert Feddersen anzutreffen. Die Axtschläge, mit denen er Altholz schlug, waren bis zum Eingang zu hören, und sie fanden ihn nicht weit davon entfernt, wo er das Holz zum Stapel aufschichtete. Der Hain war lichter und weniger wild als der der Kampener Koje.

»Nanu, der Herr Nis Asmus«, sagte Feddersen und schien überhaupt nicht ungehalten, unterbrochen zu werden. »Und Sie sind?« Er richtete seinen Blick auf Ose.

»Ich bin Ose. Tochter des Arztes Borg Godbersen aus Keitum.«

»Ach, von Borg. Wie geht es ihm? Gut? Und dich habe ich vor zwanzig Jahren in der Wiege gesehen, Ose, erkenne dich aber nicht wieder. Schreibe es meinem greisen Alter zu. Willkommen in meiner Koje.«

Asmus und Ose brachen in Lachen aus. Asmus fasste Ose bei der Hand. »Wir werden im Spätsommer heiraten.«

»Glückwunsch, ihr beiden! Aber gewiss seid ihr aus einem anderen Grund hier, als eure Hochzeit zu verkünden. Wollt ihr die Koje besichtigen?«

»Ja, gerne. Ich habe noch einige Fragen an den Fachmann Feddersen«, erklärte Asmus, »und Ose ist mitgekommen, weil sie von Enten sehr viel mehr als ich versteht. Sie kann die besseren Fragen stellen.«

Ingwert nickte zu einem dicken Baumstamm am Rand des Kojenteiches hinüber. »Setzen wir uns dorthin. Das ist mein Lieblingsplatz außerhalb der Fangsaison. Stockenten haben wir hier immer, und die Kleinen sind gerade jetzt so putzig anzusehen. An leisen Besuchern stören sie sich zu dieser Jahreszeit nicht.«

»Sie sind lernfähig?«, fragte Asmus.

Ingwert machte es Freude, sein Wissen preiszugeben, und die gönnte er ihm von Herzen.

»Oh, ja. Enten sind nicht blöde. Vögel insgesamt nicht. Habt ihr schon mal Hühner gehalten und gesehen, wie klug sie sich auf der befahrenen Straße verhalten? Oder Rotkehlchen beobachtet, wenn ihr ein Beet umgrabt? Rotkehlchen werden so zutraulich, dass man fast darauf achten muss, nicht über sie zu stolpern.«

»Ja, ich weiß es«, stimmte Ose zu. »Nis hat eher mit Möwen zu tun.«

»Die klauen schon mal, wenn ich im Cockpit Essen auf der Back liegen lasse und kurz nach unten gehe. Zutraulich sind sie ganz bestimmt nicht.«

Ingwert lachte leise und schien sehr angetan von den Voraussetzungen, die seine Besucher mitbrachten.

Sie machten es sich auf dem Baumstamm am Ostrand des Teichs bequem. In deren Mitte befand sich eine Schilfinsel, und vereinzelt breiteten sich Seerosenblätter auf dem Wasser aus.

Ingwert war Asmus' staunendem Blick gefolgt. »Ich dulde Bewuchs, den ich allerdings in Grenzen halte. So wirkt der Teich für die Enten natürlicher«, erklärte er schmunzelnd. »Für die Fische auch. Ich habe in meinem Hain auch mehrere Spechthöhlen aufgehängt – es gibt in anderen Gegenden Vereine, die sich um Vögel sorgen und ihnen Nistkästen bauen. Die Idee finde ich so gut, dass ich sie übernommen habe.«

Ose legte spontan ihre Hand auf die des alten Koymanns. »Nicht jeder, der die Natur schützt, ist so bekannt wie Ferdinand Avenarius. Die Enten, die Vögel und die Fische in deinem Teich schätzen deine Fürsorge wahrscheinlich mehr als einen Aufsatz in einer Zeitschrift.«

Kurze Zeit später schwamm eine Stockente heran mit fünf Kleinen im Kielwasser.

»Da sind meine Lieblinge schon.« Ingwert holte mit zufriedener Miene seine Tabakpfeife heraus, um sie zu stopfen. »Zu dieser Jahreszeit darf ich das«, lieferte er als Erklärung dem erstaunten Asmus ab. »Bis zum Beginn der Saison stören sie sich nicht an meinem Geruch, zu dem auch Tabakrauch gehört. Wie gesagt, sie sind lernfähig. In der Fangzeit trage ich ein Räucherfass mit schwelendem Torf mit mir, um sie zu überlisten. Das gehört zu meinem Broterwerb.«

»Tatsächlich.« Asmus konnte diesen Tieren seine Bewunderung gar nicht versagen. Stumm beobachtete er sie.

»Was willst du wissen, Nis?«

»Zuerst eine Frage, um meinen Kenntnisstand aufzubessern: Wohin verkauft die Eidumer Koje den Fang?«

»Wir haben zwei Wege: einmal über die Hamburglinie nach Hamburg und einmal über Tondern nach Kopenhagen. Glücklich sind wir mit beidem nicht. Die Dampfergesellschaft nimmt nicht gerne unsere Fracht auf, weil sich unser Platzbedarf nicht gut kalkulieren lässt, wie sie sagen, aber das könnte vorgeschoben sein. Die Fähre von Munkmarsch wiederum verkehrt vor allem im Herbst und Winter zu unregelmäßig, und dann dauert die Fahrt zu lang, um die Enten als frisch zu verkaufen. Deswegen fiebern wir der Fertigstellung des Wattenmeer-Damms entgegen. Die Rantumer Koje und unsere haben schon Verträge für die Fracht mit der Eisenbahn abgeschlossen.«

»Dann gehört ihr ja zu den wenigen, die sich trotz allem über den Damm freuen«, scherzte Asmus. »Jetzt zum Ernst. Wie lange hast du Dücke Eskeldsen gekannt?«

»Dücke?«

»Ja.«

»Viele Jahre. Ich habe ihm die Arbeit in der Koje beigebracht.«

»Nicht sein Vater?«

»Nein. Dückes Vater war Fischer mit eigenem Boot, und der älteste Sohn hat Gewerbe und Schiff übernommen. Dücke mochte die offene See nicht, wohl aber Wasser ohne großen Wellengang. Er liebte die Arbeit in der Koje.«

»Hast du gehört, dass er tot ist?«

»Ja.«

»Hast du auch gehört, wie er zu Tode kam?«, forschte Asmus.

»Am Roten Kliff. Hat sich den Hals gebrochen. Muss irgendwie mit einem Abbruch von Gestein nach unten gerutscht sein.«

Asmus schüttelte den Kopf. »Stimmt nicht. Er wurde in den sanft welligen Dünen am Leuchtfeuer Rotes Kliff gefunden.«

»Was?« Ingwert war entsetzt. »Das ist unmöglich!«

»Aber als Tatsache bestätigt«, bekräftigte Asmus. »Ich frage mich allerdings, wie wahrscheinlich es ist, dass es so ablief.«

»Genau. Dücke ist doch kein dusseliger Badegast. Selbst dem fiele es schwer, sich in den Dünen den Hals zu brechen. Kann es sein, dass ihm jemand einen Schlag über den Schädel verpasst hat?«

»Ich wundere mich, dass du sofort einen solchen Verdacht für möglich hältst, Ingwert.«

»Na ja.« Ingwert zögerte lange. Asmus' Schweigen nötigte ihn zum Weitersprechen. »Es gibt eben Umstände, unter denen man auf seltsame Gedanken kommt.«

»Welche?«

Der Koymann druckste herum, grunzte und zog an seiner Pfeife. »Dücke war kein Dummer. Er meldete seine Fangzahlen korrekt. Wie bei allen Kojen gingen sie mit den Jahren herunter. Aber nie sprunghaft. Unsere Interessenten denken deshalb nicht ans Aufhören, denn das Geschäft lohnt sich trotzdem. Nur von der Kampener Koje hieß es plötzlich, dass die Einnahmen die Ausgaben nicht deckten. Dücke bezweifelte das.«

»Willst du damit sagen, dass Petersen die Fangzahlen fälschte?«

Ingwert holte tief Luft und musste wegen des Rauches husten. »Keine Ahnung. Aber Dücke hatte den Eindruck. Die Abrechnungen, die er bekam, stimmten nicht. Der Lohn, der vertraglich zugesichert war, war in Ordnung. Aber nicht die Zusatzprämie für die gefangenen Vögel. Die war nach Dückes Rechnung zu niedrig.«

»Damit ich das richtig verstehe«, sagte Asmus, »jede gefangene Ente bringt zusätzlich Geld ...«

»Fürs erste Tausend die gleiche Summe – das ändert sich wegen der Inflation wöchentlich –, fürs zweite und jedes weitere Tausend etwas mehr. Und diese Summe stimmte nicht. Petersen verschwieg Tausende von Enten.«

»Unterschlug sie, mit anderen Worten«, berichtigte Asmus.

»Ja.«

»Und das war nicht nur zum Schaden von Dücke, sondern veranlasste die Interessenten, über die Fortführung des Geschäfts nachzudenken.«

»Stimmt. Aber Dücke und ich vermuteten, dass er eben einen Schaden durch ein reines Versehen beim Abrechnen erlitten hatte. An Absicht hatten wir nicht gedacht.«

»Und dann?«

»Dücke wollte mit Petersen reden. Seitdem habe ich mit ihm nicht mehr gesprochen.«

»Nicht erstaunlich, da er sich zufällig den Hals brach.«

»Ja. Eben. Das ließ auch mich eine andere Erklärung vermuten als ein Versehen.«

## KAPITEL 10

Das Wetter blieb warm und der Wind handig aus Süd. Bestes Segelwetter. Trotzdem fuhren Asmus und Matthiesen zu Nickels Petersen nach Kampen. Zu viele Fragen hatten sich angehäuft, die nur er beantworten konnte. Abgesehen vom Verdacht der Fälschung von Fangzahlen.

Die wenigen Kampener, die sie sahen, verzogen sich in die Häuser, als sie das Geknatter des Motorrads hörten. Zwei Gäste, als Fremde gut in ihren sportlichen Knickerbockerhosen auszumachen, standen schwatzend beieinander. Einer von ihnen schüttelte deutlich missbilligend den Kopf, die Augen empört fest auf Asmus gerichtet. Seine weißen, bis zu den Schultern herabwallenden Haare gerieten durcheinander. Künstler aus der Sommerhauskolonie, dachte Asmus spontan.

Dann fiel ihm etwas ein. Diese ungehörige Stellungnahme von Gästen würde er abstellen. Er drosselte die Geschwindigkeit und stellte den Motor ab. »Bin gleich wieder da«, raunte er Matthiesen zu und schritt zu den Gästen zurück.

»Moin, die Herren«, grüßte er nicht besonders freundlich und salutierte lässig. »Haben Sie etwas gegen unsere Anwesenheit? Habe ich die Frisur des Herrn durcheinandergebracht? Das täte mir leid.«

Der Langhaarige wirkte verblüfft und trat einen Schritt zurück. »Nun …«

»Nun?«, fragte Asmus.

»Sie waren so laut …«, fiel ihm ein.

»Ich störe? Wissen Sie, mit dem Fahrrad kann man auf einer so großen Insel wie Sylt als Polizist von Westerland aus kaum für Ordnung sorgen. Das geht in einem Berliner Bezirk, hier nicht.«

»Ich verstehe«, murmelte der Künstler betreten.

»Ich muss dann gehen«, sagte der andere hastig.

»Einen Augenblick. Ich könnte mir Ihre Papiere herausgeben lassen, um sie zu kontrollieren, wissen Sie das?«

»Ja. Aber ich habe sie …«

»… beim Spaziergang als Sommerfrischler nicht dabei, das ist mir klar. Ich will Sie auch nicht überprüfen. Ich wollte Ihnen nur mitteilen, dass ich diese Geste der Missbilligung als ungezogen empfunden habe.«

»Wissen Sie überhaupt, wer ich bin?«, schnauzte der Weißhaarige, der sich inzwischen erholt hatte.

»Nein, und solange Sie keine Ordnungswidrigkeit begehen, interessiert es mich auch nicht. Möchten Sie meinen Namen erfahren, damit Sie sich über mich beschweren können?«

»Möchte ich nicht! Eher würde ich mich gerne über die Schüsse beschweren, die mich bei meiner Arbeit stören.«

»Sehr gerne«, sagte Asmus und frohlockte innerlich, während er sein Notizbuch herauszog. Seine Taktik hatte ja einen ganz unerwarteten Erfolg, mit dem er wahrlich nicht gerechnet hatte. »Sind es Gewehr- oder Schrotschüsse?«

»Das weiß ich doch nicht.«

»Mehr hell oder mehr dunkel?«, fragte Asmus beschwichtigend.

»Ich glaube hell. Knallend, irgendwie.«

»Aus welcher Richtung kommen sie?«

»Immer von der Meerseite.« Der Weißhaarige winkte Richtung Festland.

»Aus Osten also. Haben Sie den Schützen mal gesehen?«

»Nein, und auch niemand anders hat ihn gesehen, das ist es ja«, brach der Mann klagend aus. »Aber glauben Sie, ich brächte nur zwei Zeilen zu Papier, wenn ich immerfort lausche, weil ich auf den nächsten Schuss warte? Und dann kommt er nicht einmal. Das macht mich noch nervöser.«

»Und wie oft kommen die Schüsse?«

»Mindestens einmal täglich, zu unregelmäßigen Zeiten«, antwortete der andere, der etwas vernünftiger und weniger empfindlich schien. »Jagt da vielleicht jemand Seehunde?«

»Nein. Das ist im Mai verboten. Hat er heute schon geschossen?«

»Noch nicht.«

»Gut, wir werden uns unverzüglich auf die Suche nach dem Schützen machen«, versprach Asmus. »Wenn Sie mir Ihren Namen verraten, kann ich Sie benachrichtigen, damit es auch mit mehr als zwei Zeilen klappt.« Mit gezücktem Bleistift sah er den Dichter, oder was immer er sein mochte, auffordernd an.

»Na gut.« Der Weißhaarige zögerte. »So viel Unterstützung hatte ich gar nicht erwartet. Aber wenn Sie meinen … Tiglat-Pileser Müller. Tiglat …«

»Pileser mit Bindestrich, ich weiß. Ein assyrischer Königsname dürfte aber Ihr Künstlername sein, als Taufname wäre er nie durchgegangen.« Er brachte den Namen schnell zu Papier.

»Herr Wachtmeister …«, stammelte Müller überwältigt. »Ich bin selten jemandem begegnet, der diesen Namen einordnen konnte.«

»Nun, auf Sylt sind wir Polizisten gebildet. Sie können uns Ihre Sorgen immer anvertrauen. In Berlin wahrscheinlich eher nicht.« Asmus salutierte und drehte sich um, um beinahe Matthiesen auf die Füße zu treten, der hinter ihm stand und den er nicht hatte kommen hören. Matthiesen verkniff sich nur mit Mühe das Lachen.

»Hast du den Tiger-Dings mit Absicht geärgert?«, rief Matthiesen in Asmus' Ohr, als sie sich weit genug entfernt hatten.

»Der erlaubte sich, uns wegen des Motorengeräusches mit Kopfschütteln zu tadeln. Solchen Hochmut muss man brechen«, antwortete Asmus über seine Schulter hinweg. »Der Kerl ist schließlich kein assyrischer König, auch wenn er sich dafür hält.«

»Da hast du recht. Aber ich hatte wirklich Angst um dich. Sinkwitz würde eine Beschwerde mit Wonne gehört haben.«

»Die Gefahr ist gebannt. Sieh mal, die Klöntür von Petersen ist oben zu. Da ist wahrscheinlich niemand zu Hause.«

Sie betraten trotzdem das Grundstück. Auf ihr Klopfen rührte sich nichts, worauf sie um das Haus herumgingen. Vor dem Obstgarten befand sich ein Teich, in dem Stockenten gründelten. Einige watschelten unter den Bäumen herum und suchten sich dort ihr Futter, wo auch ein Entenhaus auf Stelzen stand. Ein offenes Tor führte auf eine größere Weide, zu der die Enten Zugang hatten.

Jenseits des Walls, der den Garten vom Nachbargrundstück trennte, tauchte mit neugieriger Miene eine Frau mit Kopftuch auf. Da sie nicht ungesehen verschwinden konnte, sah sie sich wohl zu einer Auskunft genötigt. »Die Petersens sind in aller Frühe aufs Festland gefahren«, rief sie herüber.

»Wissen Sie für wie lange?«

»Nein, keine Ahnung.«

»Aber wohl für länger«, fügte eine männliche Stimme von jemandem, der nicht sichtbar war, hinzu. »Sie hatten zwei Koffer mit.«

»Vielen Dank für die Auskunft«, sagte Asmus laut.

»Vermutlich wissen sie, bis wann sie Gerste zufüttern sollen«, raunte Matthiesen Asmus zu. »Wenn nicht, müssen sie die Enten trotzdem wegen der Raubvögel nachts einsperren und morgens rauslassen. Die wollen nur nicht reden.«

»Da wir jetzt schon hier in Kampen sind, machen wir uns auf die Suche nach dem Schützen«, ordnete Asmus etwas verärgert an. »Er muss etwas mit der Entenkoje zu tun haben. Also auf zur Koje, da beginnen wir und ziehen dann Kreise um das Gelände.«

Mit großer Sicherheit war ihr Motorrad gehört worden. Wahrscheinlich verbarg sich der Kerl bereits, der alle zum Narren hielt. Oder er versteckte nur das Gewehr und wanderte pfeifend, mit den Händen in den Hosentaschen, nach Hause.

Ein Mann mit dieser Beschreibung begegnete ihnen natürlich nicht, als sie die Landstraße nach Norden entlangfuhren. Das Motorrad stellten sie wie üblich vor dem breiten, das Kojengelände umfassenden Graben ab und betraten die Koje über die Brücke.

Hier drin war es wunderbar still, abgesehen davon, dass bei genauem Hinhören Vögel zwitscherten und leises Entenquaken sie empfing, als sie sich dem Teich näherten.

»Geh du in der anderen Richtung um den Teich, so nah am Ufer wie möglich«, flüsterte Asmus. »Wir treffen uns dann irgendwo. Solltest du den Kerl bemerken, brüll nach mir und versteck dich oder lauf weg.«

Matthiesen nickte und fasste nach seinem Säbel, der ihm hier kaum nützen würde.

Eine halbe Stunde später trafen sie sich. Sie beschlossen, das Entenhaus für die gezähmten Lockenten und das Haus des Kojenmanns sorgfältig zu durchsuchen. Natürlich war dort nicht der Schütze, aber vielleicht sein Gewehr versteckt.

Das Entenhaus war sauber und unergiebig, genau wie Asmus es bei seinem ersten Besuch vorgefunden hatte. So war es auch zu erwarten gewesen, denn wahrscheinlich waren die Lockenten im Herbst der Kojenschließung direkt aus der Tammkuhle an die Interessenten verkauft und danach das Entenhaus gesäubert worden.

Wenige Schritte weiter befand sich das Haus des Kojenmanns. Asmus blieb in der Tür stehen und sah sich um. Nichts war verändert worden. Das Nest aus Reethalmen, das er für Ose zusammengeschoben hatte, war noch da. Der Deckel des Feuerholzkastens war zu und die Kiste für ein Gewehr sowieso zu kurz. Er sah nach oben. Möglicherweise konnte man auf einem der Dachbalken eine Flinte verstecken.

Trotz allem irritierte irgendetwas Asmus, er wusste nur nicht, was. Er sah sich um. Matthiesen stand am Herd und pumpte entsprechend seiner Anweisung den Petroleumkocher zum Vorglühen auf, damit sie mehr Licht hatten. Dann angelte er in der Hosentasche nach seinem Sturmfeuerzeug, schob die Schutzhülse hoch und rieb am Feuerstein.

Die Flamme war sofort da.

Plötzlich wusste Asmus, was ihn beunruhigt hatte: der Geruch. »Halt!«, brüllte er, schnappte sich den Kocher und warf ihn zur offenen Tür hinaus.

»Was?«, stammelte Matthiesen, ließ die Flamme brennen, bis er sich fast den Daumen verbrannte, und pustete sie dann aus. »Was ist los?«

»Im Kocher ist Benzin! Kein Petroleum. Hast du es nicht gerochen?«

»Doch, jetzt, wo du es sagst«, antwortete Matthiesen matt und ließ seine Hände wie gelähmt sinken, wobei das Feuerzeug auf die Dielen fiel. »Was sollte das denn?«

»Ich vermute, uns außer Gefecht setzen.« Asmus hob das Feuerzeug auf und reichte es Matthiesen. »Es hätte eine Verpuffung gegeben, und dir wären Flammen ins Gesicht und auf die Uniform geschlagen. Und wahrscheinlich wäre auch das trockene Reet auf dem Fußboden in Brand gesetzt worden. Wer weiß, ob wir aus der brennenden Hütte noch hinausgekommen wären.«

»Du lieber Himmel!«

»Ja. Man fragt sich wirklich, ob es jemanden gibt, der einen Petroleumkocher versehentlich mit Benzin auffüllt. Ich glaube nicht.«

»Du vermutest einen Anschlag.«

»Ja, natürlich.«

»Dann fragt es sich, auf wen«, machte Matthiesen geltend. »Wir sind ja nur zufällig hier.«

»Das sehe ich anders«, widersprach Asmus entschieden. »In die Koje geht keiner aus Kampen, da die Leute wegen der Schüsse Angst haben. Wahrscheinlich kommen auch keine Gäste auf eigene Faust hier rein, solange Petersen abwesend ist. Aber dass die Polizei mehrmals hier gewesen ist, dürfte bekannt sein. Wahrscheinlich vermutet man auch, dass wir zurückkehren werden, bis der Schütze gefasst ist. Die Koje ist das Zentrum dieses noch nicht erklärbaren Geschehens.«

»Du erklärst das aber einleuchtend«, murmelte Matthiesen entsetzt. »Und da du dafür eine Nase hast, glaube ich dir.«

»Danke.« Asmus verließ die Hütte und grub neben dem Pfad ein tiefes Loch in den feuchten Waldboden, in das er das restliche Benzin hineinkippte. »Nicht gerade wenig«, stellte er fest. »Wenn das Feuer den Wald erfasst hätte, wäre es imposanter geworden als ein Holzstoß zum Biikebrennen.«

»Das stellst du so kühl fest!« Matthiesen war immer noch blass um die Nase.

»Na ja, wir werden uns doch von diesen Verbrechern nicht ins Bockshorn jagen lassen. Jedenfalls steht mit diesem Anschlag fest, dass es um etwas Größeres geht als um zehn Enten. Oder tausend. Zwei Morde und ein Anschlag auf unser Leben dürften selbst Sinkwitz beweisen, dass hier eine Sauerei vertuscht werden soll. Die Sauerei nennt man auch: schmutziges Geschäft.«

»So etwas hatten wir hier früher nie«, beteuerte Matthiesen.

»Das glaube ich dir. Aber seitdem Investoren auf die Insel gerufen wurden, wird hier nach der Währungsreform das große Geld erwartet, und wir dürfen uns auf Verbrechen gefasst machen, wie sie in jeder Großstadt gang und gäbe sind.« Asmus schaufelte das Loch wieder zu und trat die Erde fest. »Lass uns weitermachen und den Schützen suchen. Allerdings glaube ich nicht, dass wir erfolgreich sein werden. Er ist uns immer einen Schritt voraus.«

So war es. Denn als sie die Gegend nördlich der Entenkoje durchkämmten, hörten sie den hellen Knall einer Schrotflinte, aus der wahrscheinlich zwischen Koje und Kampen geschossen worden war.

»Der hält uns mit seinen Schüssen zum Narren«, schimpfte Matthiesen erbittert.

»Schrot? Du bist ganz sicher?«

»Ja, natürlich! Ich bin mit diesem Klang aufgewachsen. Vögel, Kaninchen, Enten – alle werden damit geschossen. Projektile, Kugeln also, werden nur auf dem Watt bei der Seehundsjagd verwandt.«

»Irgendjemand erwähnte, dass auch mal mit Kugeln geschossen worden war«, sagte Asmus bedächtig. »Hier ist anscheinend beides im Spiel.«

»Vermutlich von verschiedenen Leuten.«

Asmus nickte. »Lass uns zurückfahren. Der Schütze ist nicht in der Koje, und bis wir Kampen erreichen, hat er sich wahrscheinlich in einen harmlosen Dorfbewohner verwandelt. Ich möchte mich noch einmal mit Dückes Mutter unterhalten.«

»Glaubst du wirklich, wir bekommen aus ihr etwas heraus?«, fragte Matthiesen zweifelnd.

»Wir werden sehen.«

Frau Eskeldsen saß in ihrem bevorzugten Lehnstuhl. Als Asmus mit Matthiesen auf den Fersen plötzlich in der Küche erschien, zuckte sie zusammen und blieb mit geducktem Kopf sitzen, die Augen argwöhnisch zusammengekniffen.

»Erinnern Sie sich noch an mich, Frau Eskeldsen?«, fragte Asmus. »Ich habe vor ein paar Tagen Ose abgeholt. Und jetzt habe ich wohl zu leise geklopft, Sie haben mich nicht gehört.«

»Ja, ja«, murmelte sie. »Ose.«

»Dürfen wir uns setzen? Wir haben noch ein paar Fragen zu Dücke.«

»Ja, ja.«

Asmus platzierte sich so, dass das Gesicht der alten Frau im Licht lag, das nur spärlich durch die kleinen schmutzigen Fensterscheiben hereindrang. Gleichzeitig hatte er den Herd im Blick, auf dem ein Feuerchen brannte. Auf dem Dreibein darüber stand ein schwarzer Topf.

»Dücke ist am Roten Kliff abgestürzt, nicht wahr?« Asmus vermied absichtlich das Wort Quermarkenfeuer, sie hätte es nicht verstanden.

»Ja.«

»Wissen Sie noch, wer es Ihnen mitgeteilt hat?«

Sie schwenkte ihren mageren und dünn graubehaarten Kopf von einer Seite zur anderen. Im Haus trug sie anscheinend keine Haube, obwohl sie altersmäßig zu der Generation gehörte, die die Sitten des vergangenen Jahrhunderts pflegte.

Asmus wartete geduldig.

»Vielleicht die Männer, die ihn brachten«, nuschelte sie schließlich.

Es klang wie ein Vorschlag, den Asmus annehmen sollte. Doch den Gefallen tat er ihr bei aller Behutsamkeit nicht. »Aber Sie wussten doch gewiss schon vorher, dass ihm etwas passiert war?«

»Ich weiß nicht mehr.«

Das war endgültig. Mehr würde er dazu nicht erfahren. »Hat Dücke Ihnen mal etwas über die Fangzahlen in der Koje erzählt? Er musste doch besorgt sein, weil sie zurückgingen und seine Anstellung bestimmt beendet würde.«

»Sie gingen nicht zurück!«, fauchte sie aufgebracht. Doch danach presste sie die Lippen zusammen, als hätte sie zu viel gesagt.

»Nein? Taten sie das gar nicht?« Asmus konnte sehr sanft fragen.

Frau Eskeldsen hatte anscheinend nichts gehört oder beschlossen, nicht mehr zu antworten, und so wiederholte Asmus die Frage.

»Er hat mir verboten, darüber zu sprechen«, sagte sie gleichgültig. »Ich muss jetzt essen.«

»Wir gehen schon. Und danke, dass Sie so geduldig mit uns waren.«

Im nächsten Augenblick waren sie bereits draußen an der Pforte.

»Sie hat ja rein gar nichts gesagt«, knurrte Matthiesen. »Der Besuch heute war vergeblich.«

»Viel haben wir nicht erfahren, da hast du recht, aber Entscheidendes. Vor allem haben wir etwas gesehen. Sie war noch nicht dazu gekommen, das Bündel Geldscheine, das auf dem Kaminsims lag, in ihrem Tresor oder im Geldkasten zu verstecken. Ich schätze, die Petersens haben ihr, sichtbar für alle im Dorf, Essen gebracht. Und Nickels hat sich vergewissert, dass sie schweigen würde. Wenn Dücke schon bei ihm wegen der Fangzahlen vorstellig geworden ist, hat er bei seiner Mutter ganz sicher Luft abgelassen.«

»Ich hatte sie so verstanden, Dücke habe ihr verboten, darüber zu sprechen«, meinte Matthiesen.

»Vielleicht auch. Aber ganz sicher Nickels Petersen, jetzt wo wir immer häufiger in Kampen sind. Vielleicht hatte er sich bislang gedacht, niemand würde sich um den Unfall von Dücke scheren. So etwas kommt eben vor. Inzwischen scheint er begriffen zu haben, dass wir uns in die Sache verbissen haben, und sah sich genötigt, Frau Eskeldsens Schweigen zu erkaufen. Oder er hat das Geld einfach als Bezahlung für die verschwundenen Kartoffeln ausgegeben.«

Matthiesen schüttelte sich vor Unbehagen. »Weißt du was, Nis? Für heute reicht's. Lass uns nach Westerland zurückfahren. Den Rest des Tages würde ich von Herzen gern einfach Streife gehen und mich meines Lebens zwischen sorglosen Badegästen freuen.«

»Einverstanden. Ich muss auch einiges zu Papier bringen, bevor Sinkwitz mich wieder mahnt. Aber morgen fahren wir als Erstes zum Kapitän nach List. Er wird bestimmt aufgeschrieben haben, wie hoch sein jährlicher Anteil am Erlös war. Seine Zahlen können wir gut mit den Fangzahlen in Petersens Papieren vergleichen.«

Die Papiere, die ihnen Petersen notgedrungen überlassen hatte, lagen gebündelt in einem Aktenordner, in dem sich kein anderer Vorgang befand. Asmus holte sie aus der Schieblade im Schreibtisch und fing an zu blättern.

In den sogenannten Kojenbüchern fand er die Statuten, die Interessentenlisten und den Vertrag mit Dücke Eskeldsen. Sonst nichts. »Lorns, komm doch mal herüber«, rief er. Die Tür war offen, und Matthiesen unterhielt sich im vorderen Raum mit Jep, dem er von dem Beinaheunglück im Kojenhaus erzählte.

Matthiesen schlenderte herein. »Ist was?«

»Kannst du dich an die Listen mit den Fangzahlen erinnern?«, fragte Asmus. »An den Tag, als wir abends zu dritt zusammensaßen und die Kojenbücher studiert haben?«

»Natürlich. Drei oder vier Seiten waren es, schätze ich.«

»Ich wollte mich nur vergewissern, dass du die gleiche Erinnerung hast wie ich. Die Blätter fehlen.«

»Die Fangzahlen?«

»Ja, die Seiten mit den Fangzahlen sind fort.«

Matthiesen sah Asmus so ungläubig an, dass er sich sein Lachen verkneifen musste. Dabei war das Ganze alles andere als komisch. Jemand sabotierte ihre Ermittlungsarbeit.

Matthiesen machte Feierabend, Asmus blieb noch in der Wache, um sich den leidigen schriftlichen Arbeiten zu widmen. Wie er sie hasste!

Obendrein stand plötzlich Sinkwitz in der Tür, obwohl es gewiss nicht seine Gewohnheit war, abends zu arbeiten.

»Endlich treffe ich Sie mal an«, nörgelte er. »Was machen Sie eigentlich bei Tage? Gehen Sie segeln?«

Asmus ersparte sich und ihm eine Antwort.

»Ein Gast hat sich über den Nepp in der Blauen Maus beschwert. Die Preise für ein Glas Champagner oder Cuba libre seien doppelt so hoch wie in Berlin, behauptete er. Für die Provinz sei das nicht zu akzeptieren, weil keine aufregenden Tänzerinnen aufträten und es überhaupt an anregender Unterhaltung fehle.«

»Frivoler Unterhaltung, meinen Sie?«

»Egal! Sie überprüfen morgen den Laden!«

»Ich habe aber ...«

»Es handelt sich um einen Befehl, Wachtmeister Asmus.«

Asmus holte tief Luft.

## Kapitel 11

Am selben Abend fuhr Asmus noch zu den Godbersens nach Keitum. Matthiesen wollte allen Ernstes Streife gehen, nachdem er so nahe am Abgrund gestanden hatte; Asmus selber sehnte sich nach Oses Nähe. Er wollte nicht mehr an das denken, was hätte passieren können: Sie beide in Brand gesteckt, das Kojenhaus voller Rauch – wer wusste schon, ob sie wirklich hinausgekommen wären.

Später wäre es damit begründet worden, sie hätten sich während des Dienstes eine Mahlzeit auf dem Kocher warm machen wollen und seien leichtfertig mit dem Gerät umgegangen. Nur Ose und die Männer auf der Werft Bahnsen wussten, dass Asmus exakt den gleichen Petroleumkocher auf seinem Boot hatte und gewohnt war, ihn zu bedienen.

Es war schon spät, aber der Abend war lau, und der Wind war völlig eingeschlafen. Ose kam um das elterliche Haus herumgerannt, wo sie offensichtlich im Garten gesessen hatte, während das Knattern des Motors erstarb und Asmus abstieg.

»Ist etwas passiert?«, fragte Ose beunruhigt und warf sich Asmus in die Arme.

Er nickte und sog dabei den Duft ihres frisch gewaschenen Haares nach Kamillenblüten ein. »Ich hätte heute um ein Haar Lorns verloren.«

»Um Himmels willen!«

»Diese Sache, die Sinkwitz so gleichgültig lässt, entwickelt sich zu einem lebensgefährlichen Unternehmen, in dem die Täter bedrohlicher werden, je mehr wir uns der Aufklärung nähern.«

»Tut ihr das denn?«

»Ich glaube, ja.«

»Aber du bist doch dann genauso gefährdet.«

»Ja, aber es ist die Arbeit, für die ich ausgebildet wurde und in der ich meine Erfahrungen habe. Lorns hat als Schupo gelernt, zwischen streitbaren Berliner Kinderfräulein und rasenden Fahrradfahrern zu schlichten. Ich bin trotzdem mit seiner Arbeit sehr zufrieden, damit du mich nicht falsch verstehst ... Ich könnte keinen besseren Lehrling haben.«

Ose griff nach Asmus' Hand und zog ihn mit sich. »Komm, Nis, wir setzen uns in den Garten.«

Die Bank stand in der Nähe des Uferabbruches, so dass der Blick ungehindert über die See schweifen konnte. Eine Glocke von Düften umgab sie, als sie still nebeneinander Platz genommen hatten: blühender Flieder und Pflaumenbaum, feuchte Erde und eine unbestimmbare Mischung aus Kräutern und Blumen.

»Der Mond lässt das Meer heute Nacht schimmern, gelegentlich blitzt das Wasser auf, und ich stelle mir vor, dass da eine Schweinswalmutter mit ihrem Jungen schwimmt«, sagte Ose fast ehrfürchtig.

»Vielleicht ist es ja auch Ekke Nekkepenn, der nach dir Ausschau hält ... Wassermänner lieben schöne Frauen, heißt es.« Liebevoll ließ Asmus die Finger durch Oses offenes Haar gleiten.

»Nein, ich möchte lieber an Wale denken«, entschied Ose. »Glaubst du denn an Wassermänner?«

»Oh, ja. Manche Wassermänner sind freundlich und hilfsbereit, Ose, du musst ihnen nichts Falsches unterstellen. Zuweilen geleiten sie ein Schiff durch den Sturm in den sicheren Hafen. Ich denke, ich habe manchmal schon solche Begleitung gehabt. Zwei Mal bei achterlichem Starkwind, als ich mich in der Schlei in Sicherheit bringen wollte. Vor Schleimünde liegt eine Barre, und es läuft bei bestimmten Winden eine scheußliche Grundsee. Aber der dort zuständige Nöck ritt auf den Wellen, die meine *Franziska* wie einen Korken herumwarfen, besänftigte sie und schob mich heil in den Hafen von Maasholm hinein.«

»Wirklich?«

Asmus nickte und lächelte versonnen. Er würde jetzt gerne da draußen neben einem Priel ankern und sich vom auflaufenden Wasser in den Schlaf wiegen lassen.

Er mochte gar nicht daran denken, dass ihm trotz aller Erfahrung im Beruf heute Nacht im Halbschlaf wieder schießwütige Enten und fetttriefende Konservendosen auf Krankenbahren im Kopf herumgeistern würden.

»Ich hole dir einen Becher Johannisbeersaft«, versprach Ose beschwichtigend, die Asmus' Unruhe spürte.

Am Morgen war Asmus, ohne von Entendosen geträumt zu haben, endlich einmal ausgeschlafen und guter Dinge, bis ihm einfiel, dass er als Erstes die Blaue Maus überprüfen sollte.

Das Nachtlokal befand sich in der Nähe der Promenade, in der vordersten Häuserzeile, von der man Aussicht auf die See hatte. Verschwendung, dachte Asmus, als er vor dem

Haus stand. Diese Gäste interessierten sich bestimmt nicht für die See.

Die Tür war offen, und er trat ein. Eine junge Frau von stämmiger Gestalt und schwarzen Haaren unter dem Kopftuch wischte gerade den Boden zwischen zierlichen Tischen, die ihrer Sitzgelegenheiten beraubt worden waren. Die Polsterstühle standen aufgereiht an den Wänden.

»Moin. Ist wohl der Besitzer zu sprechen?«, fragte Asmus.

Die Frau unterbrach ihre Arbeit und stützte das Kinn auf den Schrubberstiel. »Jetzt? Am Morgen? Die Mäuse sind nur nachts da, blau oder nüchtern, auch die Obermäuse.«

Asmus grinste. »Gibt es eine Getränkekarte?«

»Die gibt es.« Die Frau wies hinter sich zur Theke. »Bedienen Sie sich, Herr Kriminalkommissar.«

Asmus schritt zur Theke. Es gab zur Auswahl eine bewundernswert ausführliche Reihe von Cocktails und anderen alkoholischen Getränken, aber keine Preisangaben. »Ab wann ist abends geöffnet?«, erkundigte er sich.

»Ab fünf.«

»Gut, danke! Fröhliches Putzen weiterhin.« Asmus verließ das Lokal, hörte aber noch ihr herzhaftes Lachen, nachdem die Tür längst zugefallen war.

Asmus kehrte zur Wache zurück. In List würde Matthiesen und ihn ein ergiebigeres Gespräch in angenehmerer Umgebung erwarten. Kapitän Volkert Hendriksen würde sich vermutlich ungeschmälert auf die Seite des Rechts stellen, wenn er weitere Tatsachen erfuhr. Ein zu Untergebenen so harter Mann wie Petersen hatte von ihm bestimmt weder Nachsicht noch Treue zu erwarten.

Zum Glück war Hendriksen zu Hause. Er verabschiedete

gerade zwei Nachbarn in dänischer Sprache und freute sich sichtlich, die beiden Polizisten zu sehen.

»Haben Sie etwa schon alles aufgeklärt?«, fragte er, während er seine neuen Gäste an den Küchentisch bat, drei Gläschen Aquavit eingoss und jedem eines hinschob. »Skål«, sagte Hendriksen, was Asmus erwiderte, während Matthiesen bei »Prost« blieb.

»Nein, im Gegenteil«, antwortete Asmus. »Es wird immer komplizierter. Wir haben es inzwischen mit zwei Morden zu tun und ernstzunehmenden Anzeichen für geschäftlichen Unterschleif bei den Kojenabrechnungen. Deswegen sind wir hier.«

»Sieh an. Die Abrechnungen haben mich nie interessiert«, erklärte Hendriksen ohne Bedauern. »Damit hatte ich in meiner Zeit als Kapitän hinreichend zu tun, und ich wollte mich gewiss nicht aufs Neue mit Ein- und Ausgaben beschäftigen. Ich fand einfach das Gesellschaftsmodell interessant, weil es den Teilhaberschaften an einem Schiff so ähnlich ist.«

»Ja, richtig!«, flocht Asmus ein.

Hendriksen wandte sich direkt an ihn. »Nicht wahr? Es weckt irgendwie verwandtschaftliche Gefühle bei uns Seeleuten.«

»Genau! Und wenn ich bedenke, wie viele uralte, leckende Frachter auf Weltreise geschickt wurden, um mit Mann und Maus unterzugehen, und wie anschließend von den Partenreedern hohe Versicherungssummen kassiert wurden, habe ich das Gefühl, dass sich diese Gesellschaftermodelle immer in irgendeiner Weise rentiert haben.«

»Bei uns war es nicht so!«, stieß Hendriksen verstimmt aus.

»In unserer Reederei auch nicht, soweit ich das Geschäft durchschaute«, versicherte Asmus in sanftmütigem Ton. »Aber Sie wissen, was ich meine.«

»Ja, natürlich«, versetzte Hendriksen widerstrebend. »Es gab etliche Schurken unter den Reedern.«

»Um Ihnen unser Problem konkret zu schildern«, fuhr Asmus fort, »wir haben zwar die schriftlichen Unterlagen der Koje vom Geschäftsführer Petersen erhalten, uns aber wegen der Dringlichkeit der Außenereignisse nicht lange damit beschäftigen können. Jetzt war Zeit dafür, und wir entdeckten, dass die Liste mit den Fangzahlen fehlt, von der wir zu dritt glauben, sie gesehen zu haben.«

»Interessant. Haben Sie in Ihrer Mannschaft etwa einen Saboteur?«

»Davon gehe ich nicht aus. Aber für jemanden, der sich mit unserem normalen Tagesablauf vertraut gemacht hat, wäre es nicht schwierig, aus der manchmal vollkommen unbesetzten und offenen Wache Unterlagen zu entwenden.«

»Da haben Sie aber viel Vertrauen in Menschen.«

»Richtig. Aber wer würde der Polizei schon vertrauen, wenn wir allen Leuten mit Misstrauen begegneten?«

»Da haben Sie natürlich recht. Sie möchten also von mir Zahlen haben.«

»Richtig. Nickels Petersen ist zum Festland gereist, für wie lange, wissen wir nicht, aber die Fangzahlen der Koje brauchen wir sofort. Und ich vermute in Ihnen den zuverlässigsten und einzigen unvoreingenommenen Teilhaber an der Koje.«

»Das kann ich Ihnen bestätigen. Die anderen Hauptinteressenten waren entweder Nachbarn oder Freunde von Petersen. Die Nebeninteressenten kenne ich gar nicht, aber die stellten ja jeweils den Schweif ihres Hauptinteressenten dar. Ich hole mal meine Unterlagen.« Der Kapitän verließ die Küche, schob nebenan hörbar eine Schieblade auf und raschelte mit Papier. Dann kam er mit einem Packen beschriebener Bögen zurück, die er in der Tischmitte deponierte. »Alle Fangzahlen der letzten Jahre«, erklärte er aufgeräumt.

Matthiesen warf einen Blick darauf und blätterte kurz durch. »Nis, wir haben tatsächlich nur die Zahlen der letzten Saison bekommen«, meldete er. »Die der früheren Jahre nicht. Wenn unsere Liste von Petersen noch auftauchen sollte, können wir trotzdem gar keinen Vergleich anstellen.«

»Das wiederum ist sehr aufschlussreich«, stellte Asmus fest. »Vielleicht habe ich mich Petersen gegenüber aber auch nicht klar ausgedrückt, was ich haben will. Dann lassen Sie uns die Listen mal durchgehen, Käpten.«

»Ja.« Hendriksen zog den Packen an sich. »Dies sind die Zahlen ab 1914. Es sind die Zahl der Fangtage, die Fänge in der Saison insgesamt und der durchschnittliche Fang pro Tag aufgelistet. Was wollen Sie haben?«

»Den Gesamtfang pro Jahr«, entschied Asmus.

Hendriksen überflog die Angaben. »Also, hier schwanken die Gesamtfänge von 1914 bis 1919 zwischen um die dreitausend und elftausend. 1920 waren es 1047, 1921 nur noch 783 und 1922 dürftige 99. Deshalb wurde die Koje in dem Jahr geschlossen.«

Asmus fixierte den Kapitän. »Dückes Mutter behauptete uns gegenüber, dass die Fangzahlen nicht abgenommen hätten. Das kann sie nur von Dücke erfahren haben. Zwischen elftausend und neunundneunzig ist natürlich ein gewaltiger Unterschied.«

»Der Verkauf von diesen wenigen Enten im Jahr konnte die Unkosten der Koje nicht tragen«, bemerkte Hendriksen säuerlich. »Selbstverständlich haben wir der Schließung zugestimmt. Bis 1919 waren wir sehr zufrieden, auch mit Dücke. Der Mann war tüchtig.«

»Ich denke, Dücke hätte seine Mutter nicht angelogen. Der dürfte stinkwütend über den vermeintlichen Irrtum gewesen sein.« Matthiesen grunzte ungehalten.

»Dücke wollte mit Petersen genau darüber sprechen, zumal seine Prämie durch die Zahlen, die wir als falsch ansehen, viel zu niedrig geworden war«, setzte Asmus für Hendriksen als Erklärung hinzu. »Das ist das Letzte, was wir über ihn als Lebenden erfuhren. Das Nächste war, dass er sich den Hals in den Dünen gebrochen hatte.«

Hendriksens Augen weiteten sich. »Sehen Sie den Zusammenhang genau so als Ursache und Folge, wie ich eben aus Ihrer Schilderung schließen muss?«

»Jawohl«, bestätigte Asmus so bestimmt, dass Hendriksen hörbar Atem holte. »Sobald Petersen wieder zurück ist, werden wir ihn mit diesen Verdacht erweckenden Zahlen konfrontieren. Notfalls nehme ich ihn wegen Betruges fest.«

»Doch damit sind die Morde nicht geklärt«, wandte Hendriksen ein.

»Stimmt. Aber sie haben mit den gefälschten Zahlen zu tun. Den Rest bekommen wir schon noch heraus.«

Asmus' Zuversicht entlockte Hendriksen ein Lächeln. »Gut, dass wir Sie haben«, bemerkte er. »Übrigens ist mir noch etwas zu den auswärtigen potentiellen Interessenten eingefallen, von denen ich neulich sprach.«

»Ja?«

»Petersen erwähnte einen Hank Christensen.«

»Einen Dänen?«

»Der Nachname, ja. Der ist dänisch. Aber Hank nicht. Das ist ein amerikanischer Vorname.«

Asmus dachte nach. »Das lässt auf einen Dänen oder einen Friesen schließen, der als Auswanderer in Amerika lebt. Oder?«

»Ja. Das denke ich auch. Und da er sich für eine Sylter Entenkoje interessiert, könnte seine Familie aus Sylt stammen. Die Dänen haben selbst mehrere Entenkojen, und als dänischer Staatsbürger hätte er keinen Grund, sich an einer nordfriesischen Koje zu beteiligen«, überlegte Hendriksen laut.

»Ihre Schlussfolgerung leuchtet mir ein«, befand Asmus. »Ich werde also nach einer aus Sylt ausgewanderten Familie Christensen suchen. Vielleicht kann ich Hank ausfindig machen und mit ihm brieflich Kontakt aufnehmen. Womöglich bekomme ich sogar eine Antwort.«

»Wenn er sich ein unlauteres Geschäft zusammen mit Petersen verspricht, bestimmt nicht«, sagte Hendriksen spöttisch und begleitete seine Gäste zur Tür. »Ich wünsche Ihnen viel Erfolg.«

»Kennst du Familien, die Christensen heißen?«, erkundigte sich Asmus, als List und das Wäldchen der Vogelkoje bereits weit hinter ihnen lagen. Vor sich sahen sie die wenigen Häuser, die sich auf der Nordseite der Kampener Düne erhoben. Asmus fuhr langsam und gemächlich, so dass der Fahrtwind eine Unterhaltung mit Matthiesen zuließ.

»Habe schon darüber nachgedacht. Ich kenne allein drei Familien, alle nicht miteinander verwandt.«

»Wir sollten sie fragen, ob sie ausgewanderte Verwandte haben.«

»Wer hat die auf den Inseln nicht?«

»Es wäre einen Versuch wert, alle Christensens nach einem Hank zu befragen«, beharrte Asmus.

Ein Schuss fiel.

»He, das galt uns!«, rief Matthiesen und bewegte sich so ruckartig, dass das Motorrad ins Schlingern geriet. »Hat mich getroffen!«

»Runter in den Graben!«, brüllte Asmus. Er würgte den Motor ab und ließ die Maschine seitwärts sacken, während er absprang. Er kroch zu Matthiesen hin, der bereits im hohen Gras lag. »Wo bist du verletzt? Lass mal sehen.«

Matthiesen beugte den Nacken, und Asmus inspizierte den Kragen, der aufgerissen war. Aber die Haut hatte nicht einmal einen Kratzer abbekommen.

»Glück gehabt, Lorns. Von wo kam der Schuss?«

»Vom Meer her.«

Asmus schnallte seinen Degen ab. »Lorns, bleib hier in Deckung und halte nach dem Kerl Ausschau. Ich gehe auf die Suche. Will sagen, ich krieche.«

»Kommt nicht in Frage! Ich komme mit«, flüsterte Matthiesen entrüstet. »Der muss ganz in der Nähe sein. Schrot trägt nicht so weit.«

»Du bleibst! Das ist ein Befehl!« Asmus robbte los. Unterwegs fiel ihm ein, dass er überhaupt nichts zu befehlen hatte. Aber obwohl Matthiesen der dienstältere Schupo war, hielt er sich daran.

Der Schütze musste wissen, dass sie nach ihm suchten. Am wahrscheinlichsten war, dass er versuchen würde, sich im Schilfgürtel unterhalb der Straße in Richtung Kampen hinzuarbeiten. Er war natürlich im Vorteil, da er das Gelände kannte.

Asmus kroch auf Knien, kam aber im Schilf nur jämmerlich langsam voran. Immer mal wieder spähte er über das Gras hinweg. Schließlich erhob er sich und spurtete los, wobei er über mehrere Abzugsgräben springen musste, die zum Meer führten.

Es passierte nichts. Wahrscheinlich war der Schütze längst über alle Berge, aber in dem Fall wäre die Entfernung für einen Schrotschuss zu weit. Jenseits des Schilfgürtels gelangte Asmus auf einen schmalen Streifen Sandstrand. Nirgends fand er Fußspuren. Dem Schützen war es gelungen, sich zwischen Heidepflanzen und Heckenrosen hindurch auf dem Dünenzug Hoogenkamp in Sicherheit zu bringen.

Jede weitere Suche war zwecklos. Asmus machte sich auf den Rückweg.

Wieder sprang er über Gräben und sah an mehreren Stellen Löcher in den Grabenwänden, wo in den Gängen dahinter möglicherweise früher einmal Brandgänse genistet hatten.

Dann fiel Asmus etwas ein. Es war unwahrscheinlich, dass der Kerl zur Mittagszeit mit dem Gewehr unter dem Arm durch Kampen wandern würde. Er musste das Gewehr unterwegs bei der Flucht versteckt haben.

Die Brandgansröhren!

Er kehrte um und suchte die Röhren ab. Im dritten Gang fühlte er einen harten länglichen Gegenstand, der in einer Ölhaut eingewickelt war, wie man sie auch auf See benutzte. Als Asmus ihn herausgezogen und ausgewickelt hatte, lag vor ihm im Schilf eine doppelläufige Flinte.

Asmus fiel in Laufschritt, um schnell zu Matthiesen zurückzukommen. Der hatte schon bemerkt, dass Asmus nichts passiert war, hatte das Motorrad bereits aufgerichtet und sah Asmus gespannt entgegen. Er hielt seinem jungen Kollegen das Gewehr hin. »Das haben wir schon mal«, bemerkte er zufrieden. »Jetzt muss er sich eine neue Flinte besorgen. Hoffen wir, dass ihm das nicht so schnell gelingt.«

»Hier hat ja fast jeder eine Flinte«, widersprach Matthiesen.

»Ja, sicher. Aber außerhalb der Jagdzeit dürfte es gar nicht so einfach sein, jemandem zu erklären, wofür er die dringend braucht.«

»Dann kann er sie nur von demjenigen bekommen, der ihn mit dem Schießen beauftragt hat.«

»Ja, da hast du recht«, sagte Asmus anerkennend. »Vielleicht hilft uns das weiter.« Er ließ den Motor an. Es war dem Fahrzeug nichts passiert. Zum Glück.

Auf der Treppe zur Wache stand Sinkwitz und rauchte. Als er seine beiden Untergebenen sah, die in den Innenhof hereinfuhren, furchte er die Stirn und drückte energisch die Zigarette am Handlauf aus.

»Ich muss den Hauptwachtmeister heute Nachmittag über alles informieren«, sagte Asmus verärgert und nahm Matthiesen die Flinte aus der Hand. »Hoffentlich lässt er sich überzeugen, dass ein schwerwiegendes Verbrechen begangen wurde.«

Matthiesen nickte zweifelnd.

»Du machst dich währenddessen am besten auf die Suche nach Hank Christensen, Lorns.«

»Soll ich nicht zu deiner Unterstützung hierbleiben?«

»Nein, nein. Diesen Strauß muss ich allein ausfechten.« Asmus klopfte freundschaftlich Matthiesens Arm. »Mach dir keine Sorgen. Das kriege ich hin.«

»Es ist eine Schande, dass ein erfahrener Kriminalinspektor hier als Schupo Dienst tun und sich vor so jemandem wie Sinkwitz rechtfertigen muss!«, schnaubte Matthiesen.

»Die Dinge sind, wie sie sind«, sagte Asmus gleichmütig. »Vielleicht geht es ja mal wieder aufwärts mit uns allen. Viel Glück bei der Suche nach unserem Hank.«

Sinkwitz wartete auf der Treppe auf Asmus. Seine braunen Augen über der großen Nase richteten sich kritisch auf die Flinte und kehrten dann zu Asmus zurück. »Sie kommen gleich mit in mein Büro, Wachtmeister!«

»Selbstverständlich.« Asmus nahm den unbequemen Tschako ab und verwahrte ihn zusammen mit dem Degen in seinem Spind, dann folgte er seinem Vorgesetzten in dessen Raum. Die Flinte nahm er mit und stellte sie an der Tür ab.

»Waren Sie in der Blauen Maus? Ich hatte Ihnen untersagt, sich in diese Vogelkojengeschichte hineinzuhängen«, schnauzte Sinkwitz, kaum dass Asmus die Tür geschlossen hatte.

»Ich war in der Blauen Maus. Im Übrigen muss ich Ihnen widersprechen, Herr Hauptwachtmeister. Sie hatten mir verboten, Treibstoff zu verschwenden. Das tue ich weisungsgemäß nicht, denn ich bezahle ihn selbst.«

»Von Ihrem Gehalt als unterster Dienstgrad?«

»Das geht Sie nichts an, Herr Sinkwitz.«

»Ach, da kommt bei Ihnen wohl wieder das reiche Bürgertum zum Vorschein!«, höhnte Sinkwitz.

»Ich glaube nicht, dass es mich an der Aufklärung von Verbrechen hindert. Im Gegenteil.«

»Wollen Sie damit andeuten, dass ich nichts aufkläre, weil ich dem reichen Bürgertum nicht angehöre?«, fauchte Sinkwitz.

»Ich will nichts andeuten. Ich erkläre klipp und klar, dass wir es mit einem Verbrechen auf Sylt zu tun haben, dessen Ausmaße sich als größer erweisen, als am Anfang gedacht.«

»Es handelte sich doch nur um einen offenbar versehentlich erschossenen Badegast, einen Einzelgänger ohne Anhang, nach dem kein Hahn kräht. Bisher jedenfalls. Wir können ja telegrafisch bei einigen Dienststellen nachfragen, ob der Mann vermisst wird.«

»Sein Gepäck wurde zum Verschwinden gebracht.«

»Das Hotelpersonal natürlich. Dieser Tote hat einfach nicht existiert. Die Diebstähle nehmen überall zu.«

Asmus staunte insgeheim über die Kaltschnäuzigkeit seines Chefs. »Außer dem in der Entenkoje erschossenen Fremden wurde offensichtlich auch der Wärter Dücke Eskeldsen ermordet. Es steht zu befürchten, dass dies alles mit einem Betrug hinsichtlich der Fangzahlen in der Kampener Entenkoje in Zusammenhang steht.«

»Was?«

Zum ersten Mal sah Asmus, dass sein Vorgesetzter plötzlich Interesse zeigte. Sinkwitz lehnte sich in seinem Sessel vor, klatschte die Hände flach auf den Schreibtisch und war ganz Ohr.

»Es wurden Haupt- und Nebeninteressenten mit Hilfe gefälschter Fangzahlen ausgebootet«, erklärte Asmus mit einem Hauch von Genugtuung, als Sinkwitz allmählich Farbe verlor.

»Woher wissen Sie das?«

»Wir haben die Fangzahlen verglichen und mit Ingwert Feddersen von der Vogelkoje Eidum gesprochen«, fuhr Asmus genüsslich fort. »Auch Sie, Herr Hauptwachtmeister, wurden offensichtlich betrogen. Die Kampener Koje stand längst nicht so schlecht da, wie Petersen den Interessenten vorgegaukelt hat. Den Zahlen gegenüber steht auch die Zeugenaussage von Dückes Mutter.«

»Die Mutter ...« Sinkwitz' Verächtlichkeit war deutlich hörbar. Noch deutlicher war das Zittern seiner Hände zu sehen, die er dann auch von der Schreibtischplatte nahm, um die Arme vor der Brust zu verschränken.

Wahrscheinlich fehlte ihm eine Zigarette, um seine Aufregung zu dämpfen, dachte Asmus. Vermutlich würde er Petersen wegen seines eigenen Verlustes zur Rede stellen. »Die Mutter ist alt und gehbehindert, aber nicht beschränkt. Jedoch nicht willens, uns alles zu erzählen, was sie weiß, weil sie Angst hat. Dücke wollte mit Petersen sprechen. Man könnte auch sagen, Rechenschaft verlangen. Was er erfuhr, wissen wir nicht, denn danach war er tot.«

»Ich habe Petersen immer für einen ehrlichen Mann gehalten.« Sinkwitz verbarg sein erschüttertes Stammeln hinter mehrmaligem Räuspern.

Asmus zuckte die Schultern.

Sinkwitz holte tief Luft. »Und was ist mit der Flinte?«

»Beschlagnahmt«, erklärte Asmus knapp.

»Das nehme ich an. Warum?«

»Mit ihr wurde auf uns geschossen. Wahrscheinlich auch im Zusammenhang mit der Entenkoje. Es spricht sich herum, dass wir die Vorkommnisse untersuchen.«

»Wir haben offenbar genügend Anlass, den Fall zu untersuchen«, quälte sich Sinkwitz eine Stellungnahme ab. »Machen Sie also weiter. Den Besitzer der Blauen Maus können Sie ja aufsuchen, wenn Sie einmal viel Zeit haben.«

»Jawohl, Herr Hauptwachtmeister.« Asmus ging mit einem knappen Nicken. Er hatte nicht einmal Lust, Triumph zu empfinden. Erneut ging ihm durch den Kopf, dass längst nicht geklärt war, wer die Fanglisten aus den Unterlagen entfernt hatte. Dass jemand von der Straße hereingekommen war, wie er dem Kapitän weisgemacht hatte, hatte er selbst keinen Augenblick geglaubt. Und außer Sinkwitz war von den Schupos niemand geschäftlich an der Koje beteiligt. Asmus konnte sich des Gefühls nicht erwehren, dass der Hauptwachtmeister ihn immer noch am liebsten von der Beschäftigung mit der Koje ferngehalten hätte. Aber jetzt war das nicht mehr möglich. Trotz Blauer Maus.

## KAPITEL 12

Matthiesen hatte am Vortag noch zwei Familien Christensen gefunden und befragt, aber keine wusste von einem Verwandten namens Hank. Er würde an diesem Tag mit der Suche weitermachen, während Asmus schriftliche Arbeiten erledigte. Während er interesselos diese Pflicht erledigte, beschloss er, am nächsten Tag nach Kampen zu fahren.

Die Flinte nahm er nicht mit, aber ausnahmsweise fuhr er in Zivilkleidung. Die Uniform war einfach zu auffällig, um damit Tag für Tag in Kampen herumzulaufen. Die Bewohner würden sich allmählich aufregen, wenn sie es nicht jetzt schon taten. Außerdem kam man in Zivil leichter ins Gespräch mit Leuten.

Im Garten der Petersens quakten die Enten so laut, dass Asmus sie vorn an der Haustür hören konnte. Aber die Familie war noch nicht zurück.

Dafür war Alwart Jensen da, der eine Latte seines Gartentors ausgewechselt hatte und es weiß anstrich. Er hob eine weiß gesprenkelte Hand zum Gruß. »Da Sie heute in Zivil sind: ein kleiner Köm willkommen? Oder haben Sie keine Zeit?«

»Doch, doch. Und ja, gerne«, antwortete Asmus.

»Gibt mir auch einen Grund, mal Pause zu machen. Meine Frau kann nicht mit mir schimpfen, wenn ich mich mit der Obrigkeit unterhalte. Das gehört zum Amt.«

Asmus grinste und machte einen kleinen Bogen um die frische Farbe, um Jensen zur Haustür zu folgen. »Ich bin überzeugt, dass sie auch so nicht mit Ihnen schimpft.«

»Ach, wenn nötig, tue ich das schon mal«, tönte es aus dem geöffneten Küchenfenster, neben dem Jensen und Asmus auf einer Bank Platz nahmen. Danach reichte sie zwei gefüllte Gläschen heraus.

Nach dem gegenseitigen Zuprosten schwiegen sie, ließen die Blicke über die menschenleere Gasse schweifen und genossen den Schatten der Nachmittagssonne. »Wie steht es mit der Schießerei?«, erkundigte sich Asmus. »Hat sich Tiglat-Pileser Müller noch mal beschwert?«

Jensen brach in Gelächter aus. »Unser Tiger! Der doch nicht! Der spricht in höchsten Tönen von Ihnen, vor allem, seitdem die Schüsse aufgehört haben. Er meint, jetzt hätten Sie den Schützen dingfest gemacht, wie Sie versprochen haben!«

»Ach, ja?«

»Ja, bestimmt. Gestern fiel kein einziger Schuss und heute Vormittag auch nicht. Ich hatte den ganzen Morgen auf der Kampener Ostseite zu tun und traf dort den Dichter, der sofort auf mich zustürzte.«

»Ich fürchte, ich konnte bisher nur das Gewehr verhaften«, gab Asmus mit bescheidenem Augenzwinkern zu.

»Erzählen Sie«, bat Jensen mit funkelnden Augen.

»Es muss unter uns bleiben«, verlangte Asmus.

Jensen nickte und schob das Küchenfenster zu, das auch prompt von drinnen festgehakt wurde.

»Matthiesen und ich wurden vorgestern auf der Straße zwischen List und Koje beschossen. Der Schütze entkam uns, aber seine Schrotflinte konnte nicht so schnell laufen und versteckte sich in einem Brandgansgang.«

»Sie sind ja ein Witzbold. Und Sie haben ihn nicht zu Gesicht bekommen?«

Asmus schüttelte den Kopf und seufzte. »Leider nicht. Bedauerlicherweise muss ich vermuten, dass er sich ein neues Gewehr verschaffen wird.«

»Das wird schon schwieriger. Da müsste er jemandem erklären, warum er seine eigene Flinte nicht benutzt und was er zu dieser Jahreszeit illegal schießen will.«

»Würden Sie die Ohren offen halten?«

»Selbstverständlich«, beteuerte Jensen und erhob sich wie schon Asmus. »Ich muss auch an die Arbeit zurück.«

»Danke für den Köm. Auch Ihrer Frau.«

Jensen nickte und sah Asmus nach, der durch die offene Pforte schritt und von dort aus zurückwinkte.

Wenn Jensen so anschmiegsam war, wie Ose ihn beurteilt hatte und woran Asmus nicht zweifelte, würde er dem Schützen auf dessen Bitte hin wahrscheinlich die eigene Flinte leihen und schwören, ihn nicht zu verpetzen.

Asmus beschloss, durch Kampen eine Runde zu drehen. Es konnte nicht schaden, sich mit den Häusern besser vertraut zu machen. Auch mit den Bewohnern. Mit etwas Glück würde jemand ihm etwas Verwertbares anvertrauen.

Allerdings war kaum jemand unterwegs. Auch das *Gasthaus zum rothen Kliff*, das als Treffpunkt der Künstler galt, war noch geschlossen. Die Bauern machten wahrscheinlich ihre Schweineställe sauber oder inspizierten die Weidezäune, und die Frauen waren in der Küche.

Arbeitende Männer sah er erst im Gelände der Fabrik. Asmus stellte den Motor aus und blieb neben dem Maschendrahtzaun stehen.

Seit seinem letzten Besuch waren die Mauern aus Backstein hochgezogen worden. Die Fensterrahmen waren noch nicht eingepasst, aber der Dachdecker Lars hatte das Dach schon fast fertig. Beim Festnähen des Reets arbeiteten die Männer für gewöhnlich zu zweit, einer außen, einer innen. Jetzt war Lars dabei, den First aus Grassoden zu legen, und das machte er allein. Sein Lehrling war nirgends zu sehen.

Einer der Männer, wohl der Wächter in einer Art grauen Uniform, hatte soeben das Tor geöffnet, um einen anderen mit einer Schiebkarre hereinzulassen, die hoch beladen war mit frisch geschnittenen Grassoden. Das war sicher Lars' Lehrjunge.

Asmus schob sein Motorrad näher zum Tor hin. Ein mit einem Pferd bespannter Ackerwagen folgte dem Schiebkarren im Schritttempo. Er war beladen mit einem Gerät, das Asmus noch nie gesehen hatte.

Es war ein großer Tisch, viel größer als ein Nähmaschinentisch, darauf fest montiert ein kleiner Kasten, an dem auf der einen Seite ein kräftiger Hebel, auf der anderen ein großes Schwungrad angebracht waren.

Asmus zog Notizbuch und Bleistift aus der Tasche und zeichnete in aller Geschwindigkeit das Gerät, während der vierrädrige Karren an ihm vorbeizog.

»Was machen Sie denn da!«, schnauzte der Uniformträger mit galliger Miene. Er war untersetzt und verstand es, sich obendrein noch aufzublasen wie eine Schweinsblase zum Rummelpott. »Hier wird nicht spioniert!«

Asmus unterdrückte ein Lachen. Für wen hielt sich der Mann wohl? »Was ist das für ein Apparat?«, fragte er nach den letzten Bleistiftstrichen und hob den Kopf, um dem Wächter ins Gesicht zu sehen.

Dessen Miene fror fest.

»Was ist? Man wird sich dafür wohl interessieren dürfen«, sagte Asmus, als wäre er ein gutgelaunter Badegast. »Sonst passiert hier ja wenig.«

»Ja, ganz recht. Ich weiß nicht, was das für ein Apparat ist«, brachte der Wächter mühsam hervor. »Ich bin hier nur der Aufpasser auf dem Gelände. Damit kein Material gemopst wird.«

»Ah ja.« Asmus dachte sofort an die vom Damm gestohlenen Pfosten und die Basaltsteine. »Wer baut denn hier, und was soll das werden?«

Der Wächter hatte sich inzwischen gefangen. »Es baut eine Gesellschaft vom Festland. Was, weiß ich auch nicht genau. Das erzählt man einem wie mir doch nicht.«

»Sie sind frisch hergezogen?«

Der Wächter zögerte. »Seit kurzer Zeit.«

»Und vorher?«

»Vom Festland.«

»Von wo genau?«

»Aus Süderlügum.«

Das war der Mann, von dem Jep gesprochen hatte. »Das ist eine Haltestation der Westküstenbahn nach Tondern, stimmt's?«

»Ja«, gab der Mann voller Unbehagen zu. Dann studierte er Asmus' Gesicht eine Weile. »Was interessiert es Sie denn eigentlich? Sind Sie ein Schreiberling für eine Zeitung?«

Die Frage verblüffte Asmus, hatte er doch anfangs den Eindruck gehabt, dass der Wächter wusste, wen er vor sich hatte. Aber er spielte das Spiel mit. »Nein, das bin ich nicht, sondern Polizist aus Westerland. Deswegen würde ich auch gerne wissen, wo Sie wohnen.«

Der Wächter schob den Unterkiefer hin und her. Er hätte die Antwort verweigert, wenn Asmus sich nicht zu erkennen gegeben hätte. Er machte eine knapp ausfallende Kopfbewegung in Richtung Strand. »Ich habe da hinten eine Hütte. Damit ich das Gebäude bei Tag und Nacht bewachen kann.«

»Ach so. Dann ist ja ausreichend für Sicherheit gesorgt.«

Der Wächter nickte stumm, während Asmus den Motor anwarf und davonknatterte.

Am späten Nachmittag schoss Matthiesen feixend zur Wache herein.

»Was ist mit dir los?«, staunte Asmus. »Hast du Hank gefunden?«

»Nein, nein. Aber ich weiß jetzt, wo du deine Abende verbringst! Bei Ose.«

Asmus schüttelte vergrätzt den Kopf. »Das geht dich ja wohl nichts an.«

»Mich weniger, das stimmt«, gab Matthiesen freimütig zu. »Aber Bonde Sibbersen sehr wohl. Er hat dir dringend etwas zu erzählen und bittet darum, dass du nach dem Dienst nicht sofort nach Keitum fährst, sondern auf ihn wartest. Heute noch, wenn möglich.«

»Ach was!« Asmus wunderte sich. Er konnte sich beim besten Willen nicht vorstellen, was so wichtig war, dass Sibbersen ihn noch an diesem Tag sprechen wollte. Aber dass er während dieser Schönwetterperiode bei Tage kaum zu Hause anzutreffen war, stimmte. Meistens kam er zurück, wenn das Haus schon dunkel war. Zuweilen auch gar nicht, nämlich wenn Ose und er auf seinem Boot übernachteten. Irgendwie beunruhigte ihn die Botschaft. »Gut, ich warte auf ihn.«

»Damit hätte ich das ausgerichtet«, sagte Matthiesen und warf sich auf den einzigen vorhandenen Besucherstuhl. »Zur Sache. Also, einen Hank kennt in Westerland und Hörnum keiner. Soll ich weitermachen?«

Asmus überlegte. »In List gibt es wohl auch keinen Hank, denn den hätte unser Kapitän gekannt. Und in Kampen würde uns niemand davon erzählen. Also mach erst einmal Pause. Vielleicht kommt uns noch eine Idee, wie wir ihn finden.«

»In Ordnung.«

»Zeit, in die Blaue Maus zu gehen. Glaub nur nicht, dass du schon Feierabend hast.« Asmus setzte den Tschako auf und rückte ihn zurecht.

»Gehen wir dienstlich?«, fragte Matthiesen enttäuscht. »Oder trinken wir einen?«

»Und wie wir dienstlich gehen! Deren Preise können wir uns nicht leisten, und wir lassen uns auch keinen ausgeben.«

Die Gäste, die sich jetzt noch in der auflandigen Brise am Strand tummelten, waren merklich weniger geworden. Einige führten ihre Hunde aus, andere beaufsichtigten ihre Kinder, die nicht genug vom Graben im Sand bekommen konnten. Das Nachtlokal hatte geöffnet, um den Strandflüchtlingen nächtliche Unterhaltung zu bieten.

Leise Klaviermusik empfing die Polizisten. Ein kleines Podest stellte eine von tiefroten, mit Samt bezogenen Wänden umgebene erhöhte Bühne dar. Gäste waren noch nicht anwesend, wie sie trotz des schummerigen Lichts erkennen konnten.

Der Mann hinter dem Tresen hätte um ein Haar das Glas, das er gerade abtrocknete, fallen lassen, als er sie sah.

»Es ist Anzeige erstattet worden«, erklärte Asmus zuvorkommend.

»Weshalb?«

»Nepp. Überteuerte Preise. Ihre nackten Damen und die frivolen Lieder interessieren uns selbstverständlich nicht. Zeigen Sie mir bitte die Getränkekarte.«

Der Barmann schob sie ihm schweigend hin, dann nahm er einen nervösen Zug aus der Zigarette, die neben ihm am Rand eines Aschenbechers glomm.

Asmus überflog die Liste von Getränken. »Die Getränke kosten nichts?«

»Doch, natürlich.«

»Aber?«

»Die Preise werden individuell ausgehandelt.« Zu seiner Überraschung hörte Asmus dem Dialekt des Mannes an, dass er irgendwo aus dem Süden kam.

»Aha. Individuell. Der Gast, der Anzeige erstattete, zahlte pro Glas Champagner 33 Dollar, das sind knapp 140 Rentenmark.«

Der Barmann schwieg.

»Was sagen Sie dazu?«

»Gar nichts. Ich mache die Preise nicht.«

»Aber Sie stellen sie in Rechnung. Unkenntnis können Sie nicht vorschützen. Sie gehen genauso ins Gefängnis wie Ihr Chef.«

»Die Amerikaner beschweren sich sonst nie«, klagte der Barmann. »In den Staaten ist Champagner noch teurer! Auch für die meisten europäischen Gäste ist er bei uns preiswerter.«

»Dazu muss man offenbar wissen, woher sie stammen, und den Preis geschickt aushandeln.« Asmus schoss ein Gedanke durch den Kopf. »Sie sprechen von Süddeutschen oder Schweizern?«

»Von Schweizern.«

»Erzählen Sie mir ein bisschen über Ihre Schweizer Kunden. Vielleicht lässt sich das Unglück, in das Sie hineingetappt sind, etwas abmildern.«

Der Barmann nickte bereitwillig. »Zu dieser Jahreszeit sind sie seltener, die Saison hat ja noch nicht angefangen.«

»Umso besser erinnern Sie sich.«

»Genau genommen waren es in jüngster Zeit drei Schweizer Gäste. Der eine war ein Herr, der ist nur einmal gekommen. Die anderen beiden sahen aus wie Bergsteiger und gehörten zusammen. Die waren regelmäßig hier, einmal im Monat bestimmt. Beim letzten Besuch kam aber nur der eine.«

»Haben sie erzählt, was sie auf Sylt wollten?«

Der Barmann grinste anzüglich. »Sie sind wohl noch nie in einem Nachtlokal gewesen, Herr Wachtmeister. Hier wird nicht erzählt. Hier wird geprasst und geschwelgt. Aus Gläsern und noch mehr mit den Augen. Gelegentlich bieten wir auch gratinierte Champagneraustern auf einem Bett von Salicornes an.«

Weniger protzig auch Queller genannt, und man fand sie hier vor der Haustür, ergänzte Asmus in Gedanken. »Können Sie die Bergsteiger beschreiben?«

Die Augen des Barmanns weiteten sich vor Überraschung. »Sind Sie etwa wegen dieser beiden hier? Ich wunderte mich schon, dass der Sinkwitz euch plötzlich wegen einer Anzeige herschickt, obwohl er unsere Preise doch kennt.«

Asmus klemmte die Zähne zusammen und schwieg.

»Na gut. Der, der zuletzt hier war, war ein ländlicher Durchschnittstyp, ein bisschen langsam und bedächtig. Ein

Bauer mit roten Backen, der viel an der frischen Luft ist, sicher auch Jäger, vermute ich. Ihm kullerten die Augen aus dem Kopf, wenn unsere Damen die Bühne betraten. Der andere war anders.« Der Barmann runzelte die Stirn und schwieg nachdenklich. »Typ Großstadtratte, wenn Sie mir den Ausdruck nicht übelnehmen, immer am Sichern, was in seiner Umgebung geschah. Sie wählten stets einen Tisch an der Wand.«

»Wie sah er aus?«

»Ach so. Groß, mager. Schwarzhaarig, aber seine Augen waren wie ein Bergsee so blau, dass sich die Frauen darüber unterhielten. Unsere Frauen, meine ich natürlich, die fliegen auf so etwas.«

»Wann war das eigentlich?«

»Die Besuche? Der Schweizer Herr, der nur einmal da war, kam, glaube ich, Ende April. Die Bergsteiger waren zuletzt im Mai hier.«

»Ja, gut. Ihr Chef wird von uns hören.« Damit verließen Asmus und Matthiesen das Lokal.

Abends wartete Asmus ungeduldig auf den Kaufmann. Er kam spät und entschuldigte sich sofort. »Ausgerechnet heute war meine Gehilfin krank, und ich habe sie früher entlassen. Ich musste selber abschließen.«

»Bonde, es gibt keinen Grund, sich zu entschuldigen«, sagte Asmus, dem das peinlich war. »Eher müsste ich mich …«

»Komm mit zu mir«, unterbrach Sibbersen ihn. »Soll ich uns einen Kaffee kochen? Einen echten.«

»Das wäre prima, hatte ich schon lange nicht mehr«, gab Asmus zu, während ihm bereits das Wasser im Munde zusammenlief.

Als sie nicht lange danach am Küchentisch saßen und den

Kaffeeduft schnupperten, bevor sie ihn mit Sahne verfeinerten – aus einer kleinen Konserve, wie Asmus staunend bemerkte –, kam Bonde endlich damit heraus. »Deine Verlobte hat sich doch neulich nach Entendosen erkundigt …«

»Ja«, sagte Asmus gespannt.

»Ich habe ihr von diesen Süddeutschen erzählt, die regelmäßig Dosen gekauft haben.«

»Ich weiß Bescheid.«

»Inzwischen ist mir eingefallen, dass viel früher, im vergangenen Jahr, schon mal einer nach der Zahl der Entendosen gefragt hat, die ich im Jahr verkaufe. Nicht nach dem Inhalt etwa.«

»Ach!«

»Ja, und vor kurzem war dieser Mann wieder hier. Mit der gleichen Frage. Er wusste, dass die Kampener Koje zugemacht hat. Wollte nur wissen, ob ich seitdem weniger verkaufe. Im Gegenteil, habe ich ihm gesagt, was begüterte Gäste betrifft, viel mehr, trotz der Inflation. Aber ich bin ausverkauft bis zum Herbst. Die Einheimischen haben natürlich kaum Geld dafür, abgesehen von deiner zukünftigen Schwiegermutter. Viele schießen ja auch selbst und tauschen die frischen Enten gegen Kartoffeln oder anderes.«

»Das ist ja interessant«, bemerkte Asmus und sinnierte über die Kaffeetasse hinweg.

»Wieso für dich? Ose wollte das wissen. Ich dachte, sie denkt sich raffinierte Gerichte aus.«

»Na ja. Eigentlich war die Information für mich. Sie steht mit dem Mord in der Kampener Koje in Zusammenhang.«

»Junge, Junge, warum fragst du mich nicht direkt?«

»Ich wollte nicht, dass du mir eine Entendose, die ich dienstlich benötigte, schenkst«, murmelte Asmus, verzweifelt auf der Suche nach einer besseren Begründung, die er aber nicht fand.

»Du Held!« Aber so spöttisch, wie es sich anhörte, meinte Sibbersen es gar nicht, beinahe eher liebevoll. Sein Blick ging aus dem Fenster und in die Vergangenheit. »Du erinnerst mich, verdammt noch mal, an meinen Cord!«

Cord, in dessen Wohnung Asmus wohnte, war ermordet worden. Dazu gab es weiter nichts zu sagen. »Hat der Mann dir seinen Namen genannt?«

Sibbersen kehrte wieder in die Gegenwart zurück. »Beim ersten Besuch sagte er, er sei aus Föhr, beim zweiten behauptete er, Amerikaner zu sein. Ich fand das etwas widersprüchlich und habe nicht weiter nachgefragt. Sein Vorname allerdings klang ausländisch.«

»Wie denn?«

»Ganz genau weiß ich es nicht mehr. Harry, Henry oder so ähnlich. Etwas Kurzes.«

»Hank möglicherweise?«

»Ja, das war es!«

»Hank Christensen aus Föhr vermutlich.«

»Den Familiennamen hat er nicht preisgegeben. Wollte es wohl nicht.«

»Du hast uns ein Stück weitergebracht, Bonde! Danke dafür.«

»Was fängst du mit der Information an?«

»Ich werde versuchen, Hank zu finden. Vielleicht ist er noch auf der Insel. Kannst du mir noch etwas über ihn erzählen?«

»Seine Kleidung wirkte sehr ausländisch, englisch oder amerikanisch. Deshalb habe ich ihm den Amerikaner geglaubt. Die Jacke war kariert und lag durch einen Gürtel eng am Körper, obwohl sie weit geschnitten war. Der Mann sah aus, als könnte er gleich zur Jagd aufbrechen wollen.«

»Tatsächlich!« War das nun Mode in Hanks Heimatland, oder wollte er etwa zur Entenjagd? Dann fiel Asmus noch etwas ein, das er gleich erledigen konnte, da er doch einem Delikatessenkaufmann gegenübersaß und die Fabrik anscheinend mit Lebensmitteln zu tun haben sollte. Er zog sein Notizbüchlein aus der Tasche und zeigte Sibbersen die Zeichnung von dem seltsamen Gerät, das per Wagen angeliefert worden war. »Hast du so etwas schon mal gesehen?«

»Ja, selbstverständlich«, sagte Bonde sofort. »Das ist eine Konservendosenverschließmaschine. Mit diesem Hebel links passt man den Apparat an die jeweilige Dosenhöhe an. Du hast doch sicher schon mal gesehen, dass eine Dose beim Öffnen niedriger wird, weil man den oberen Rand beschneidet. Nach dem Leeren und Auswaschen kann man sie wieder verwenden, aber sie wird immer niedriger. Zum Schluss ist sie so flach, dass man nur noch Leberwurst einfüllt. Was man nicht verändern kann, ist der Durchmesser der Dose. Dafür braucht man dann ein anderes Modell.«

»Donnerwetter! Darauf wäre ich nicht gekommen.«

»Nein, woher auch. Man muss nur wissen, bei wem man sich erkundigen kann.«

»Ja, stimmt«, antwortete Asmus, mit den Gedanken woanders. Die dänische Aquavitfabrik fiel schon mal aus. Schnaps wurde in Flaschen verkauft, nie in Dosen. Aber ganz in der Nähe der Fabrik lagen die Austernbänke, die früher königliches oder später staatliches Regal gewesen waren. Austern gab es immer noch, aber Preußen hatte seinen Anspruch darauf aufgegeben. Wahrscheinlich kostete es denjenigen, der sie gewerblich ausbeuten wollte, nicht einmal Pacht. Daran war nichts Illegales, auch wenn ein Geheimnis darum gemacht wurde. Wahrscheinlich lauerten überall Konkurrenten. »Weißt du, ob es Austern in Dosen gibt?«

»Man kann praktisch alles eindosen, auch Seefische und anderes Meeresgetier. Dafür gibt es ein spezielles Conservensalz. Austern in Dosen sind meistens geräuchert, manchmal aber auch gekocht und in Salzlake eingelegt. Die führe ich aber nicht, weil hierherum niemand sie liefern kann. Ich verkaufe sie ausschließlich frisch.«

»Kommt das oft vor?«

»Gelegentlich. Allerdings muss ich meinen Gewährsmann mit jeder Einzelbestellung beauftragen. Manche Gäste fragen danach, und ihre Hotels beziehungsweise einige Restaurants bestellen sie dann bei mir.«

»Du weißt aber gut Bescheid!«

»Sicher, es gehört zu meinem Geschäft, alles zu kennen, auch das, was ich nicht einkaufe. Geräucherte Austern würde ich sofort in größeren Mengen bereithalten, wenn ich sie auf Sylt bekäme. Die wären für Gäste ein schönes Mitbringsel für zu Hause.«

»Sieh an!« Der Kaufmann für Delikatessen untermauerte Asmus' Vermutung, dass die Fabrik Austern verarbeiten und konservieren sollte. Die Wegstrecke von der Fabrik zum Hafen Munkmarsch betrug nur wenige Kilometer, und von dort kam man per Boot leicht zum Festland. Auch ein Fischerboot konnte Unmengen an Austernkonserven transportieren – auf die Fähre war man gar nicht angewiesen. Damit konnte er diese Frage wahrscheinlich ein für alle Mal als erledigt ad acta legen.

Asmus stand auf und bedankte sich für Kaffee und Informationen. »Da jagen wir stundenlang nach diesem Hank an völlig falschem Ort«, sagte er schmunzelnd, »und hätten nur dich zu befragen brauchen. Jetzt werde ich Lorns in die Hotels schicken.«

»Er findet ihn bestimmt in einem der teuersten, das sagt mir mein Gefühl. Der Mann ist begütert. So etwas merkt man.«

»Lorns wird beim besten Hotel anfangen. Gute Nacht, Bonde.«

»Ja, gute Nacht, Nis.« Sibbersens machte hinter Asmus die Tür zu, der sehr nachdenklich in seine Wohnung zurückging.

Es gab also vier Parteien, die ein auffallendes Interesse an Wildenten hatten: der Amerikaner Hank, die beiden Feld-, Wald- und Bergburschen aus Süddeutschland, der Vogelkundler aus der Schweiz und schließlich Nickels Petersen. Und seit seinem Besuch in der Blauen Maus waren, was den Mord an Degenhardt betraf, die beiden süddeutschen Bergsteiger wieder im Spiel, da sie nach Degenhardts Tod noch auf Sylt gewesen waren.

Am nächsten Morgen erzählte Asmus Matthiesen, was er über den Mann erfahren hatte, der aller Wahrscheinlichkeit nach Hank Christensen aus Föhr war. Matthiesen machte sich sofort zu den wichtigsten Hotels auf, die Logierhäuser kamen zunächst nicht in Betracht.

Danach widmete sich Asmus den Briefen aus den Entenkojen, von denen der letzte mittlerweile auch eingetroffen war, und suchte nach möglichen Hinweisen auf Hank, die er vielleicht überlesen hatte. Aber es gab keine.

Zwischendurch kam Sinkwitz. Mit hochgezogenen Augenbrauen und stumm wartete er offenbar auf einen Bericht von Asmus.

»Ach so. Die Blaue Maus«, murmelte Asmus, als er endlich verstand. »Die neppen die Gäste anscheinend, wo sie können. Es gibt keine Preisliste für Getränke, die Preise werden individuell ausgehandelt. Für Amerikaner teurer als für Schweizer, je nach geschätztem Geldbeutel.«

»Gut. Ich kümmere mich darum«, sagte Sinkwitz und ging wieder.

Zu Asmus' Überraschung kehrte Matthiesen keine Stunde später schon zurück.

»Ich habe Hank gefunden«, triumphierte er. »Zumindest seine Spuren.«

»Ihn also nicht?«

»Nicht wirklich. Hank Christensen ist im Seehotel abgestiegen und bewohnt dort zwei nebeneinanderliegende große Räume, die durch eine Tür verbunden sind …«

»Ja, ja. Das Wesentliche!«

»Es sind die teuersten des Hauses«, beteuerte Matthiesen schnell und kam dann zur eigentlichen Sache. »Sprechen konnte ich mit ihm nicht. Er wohnt seit Ende April dort und wird wohl noch einige Wochen bleiben, aber im Augenblick ist er aufs Festland gefahren. Er hat im Voraus für die Zeit seiner Abwesenheit bezahlt, ist also kein Zechpreller. Er hat großes Gepäck, einen Überseekoffer, und der ist in seinem Schlafzimmer verblieben. Mitgenommen hat er nur eine kleine Reisetasche.«

»Überseekoffer! Das spricht für Amerika, nicht für England. Wann kommt er zurück?«

»Das wusste der Direktor nicht. Christensen hat für die nächsten zehn Nächte bezahlt.«

»Du bist gleich zum Direktor vorgedrungen«, sagte Asmus, schob die Unterlippe vor und nickte anerkennend.

»Der Concierge sagte, Fragen wie meine zu beantworten liege nicht in seiner Befugnis. Die kleine Reisetasche spricht übrigens eher für drei, vier Nächte als für zwölf, finde ich. Er ist vorgestern abgereist.«

»Stimmt. Dann sei so gut und schwing dich auf den Zug nach Hörnum. In der Fahrkartenausgabe der Hamburg-Linie gibt es einen netten jungen Mann, der dir Auskunft geben wird, ob Hank mitgereist ist. Ohne Familie ist er geschäftlich hier in Deutschland, und dann wäre Hamburg als Abstecher zu vermuten. Schönen Gruß von mir.«

Matthiesen hatte nichts dagegen, sich sofort wieder auf den Weg zu machen.

Asmus hingegen bestieg das Motorrad, dessen Treibstoff er jetzt nicht mehr aus eigener Tasche bezahlen musste, und fuhr nach Kampen. Die vielen Fragen, die nur Petersen beantworten konnte, brannten ihm auf den Nägeln.

Petersen war noch nicht zurück.

Doch Tiglat-Pileser Müller verstellte ihm mit ausgebreiteten und wie Pumpenschwengel winkenden Armen die Straße. Die Haare des Dichters flogen wie ein Mopp aus Daunen, und er grinste glücklich über die Begegnung. »Sie sind ja eine Wucht, Herr Wachtmeister!«, schrie er, um den Motor zu übertönen. »Der Kerl hat schon drei Tage nicht mehr geschossen.«

Asmus nickte. Vor vier Tagen hatte er ihm die Flinte abgenommen. Er stellte den Motor aus. »Leider konnten wir seiner nicht habhaft werden. Er wird sich wohl eine neue Flinte besorgen.«

»Sie kriegen ihn«, versicherte ihm der Künstler. »Ich schwöre auf Sie, und das erzähle ich auch jedem.«

»Danke, vielen Dank«, erwiderte Asmus matt, der liebend gerne auf Lob von diesem Mann des Überschwangs verzichtet hätte. »Herr Müller, die Stimmung hier im Dorf scheint mir seltsam gedrückt. Wissen Sie, warum das so ist?«

»Oh, Herr Asmus, Sie sind ja feinfühlig wie ein Dichter! Das hätte ich Ihnen gar nicht zugetraut. Schuld ist der Herr Nickels Petersen. Sie wissen doch von diesem Toten im Wäldchen? Ach, was frage ich, natürlich wissen Sie! Herr Petersen verbietet den Einheimischen, über ihn zu reden, und der Gemeindevorsteher unterstützt ihn dabei. Sie behaupten, wir Künstler bekämen von dem Gerede Angst und würden abreisen. Oder ihnen keine Milch mehr abkaufen, keine Fuhrdienste ordern und was es sonst noch so alles gibt, um einfachen Gemütern Angst einzujagen.«

»So ist das also. Danke für Ihre offenen Worte, Herr Müller. Ich bin im Dienst, ich muss weiter. Tschüs auch, Herr Dichter.« Er stellte den Motor wieder an, fuhr einen Bogen um den Mann und gab Gas.

»Sie sind auch einer der liebenswürdigsten Polizisten, die ich kenne!«, brüllte Müller hinter ihm her und meinte es auch so.

Asmus hob zum Dank die Hand und raste davon.

Am späten Nachmittag trafen Asmus und Matthiesen fast gleichzeitig in der Wache ein. Asmus war schlechter Laune, denn er hatte nichts ausgerichtet, war völlig vergeblich in der Kampener Entenkoje gewesen. Nur die Stockenten im Teich hatten sich um einige Pärchen ohne Küken vermehrt. »Viel Fahrerei und nichts erreicht«, grummelte er und ließ seinen Tschako auf den Schreibtisch knallen.

»Das kannst du laut sagen. Ich auch nicht.«

»Was?«, fragte Asmus entgeistert. »Die Fahrgastlisten der Hamburg-Linie sind doch sehr sorgfältig geführt!«

»Das sind sie wohl. Nur ist ein Hank Christensen in den letzten Tagen nicht mit ihnen nach Hamburg gereist. Auf Sylt angekommen ist er am …«

»Er versteckt seinen Namen also nicht. Er muss die Fähre von Munkmarsch genommen haben. Nach Tondern? Nach Husum? Oder nach Flensburg? Welche Geschäfte könnten das denn sein?«

Matthiesen zuckte mit den Schultern.

»Austern vielleicht«, sinnierte Asmus und ließ den Stuhl auf zwei Beinen nach hinten schaukeln. »Ich habe kürzlich gelesen – ich glaube, es war in der Post meiner Brüder –, dass an der Ostküste der USA ein Mann an Bauchtyphus gestorben ist, und die Wissenschaftler vermuteten, die Austern wären schuld. Die Fanggründe da drüben sind stellenweise sowieso leer gefischt. Und in den übrigen schwimmt …«

»… die Kacke?«

»Ja, ich wollte allerdings von Fäkalien sprechen.«

»Und du meinst also, ein reicher Mann wie Christensen, der auf Föhr gebürtig ist, sucht nach Wegen, sauber Austern in die USA zu exportieren?«

»Es wäre immerhin denkbar. Lass uns jetzt Feierabend machen. Morgen früh fahren wir als Erstes nach Munkmarsch und danach nach Kampen. Vielleicht ist Petersen ja endlich zurück.«

## Kapitel 13

In Munkmarsch lauschte der Hafenmeister Mart, der auch für die Fähre die Fahrkarten verkaufte, bereitwillig der Beschreibung, die Matthiesen von Hank Christensen lieferte. An einen auffälligen amerikanischen Fahrgast in Jagdkleidung konnte er sich nicht erinnern. Sehr wohl aber an einen Mann, der sich während des Fahrkartenkaufes die *Freya* betrachtet und dann gesagt hatte, solche Raddampfer gebe es auch auf dem Mississippi, allerdings seien die meisten doch größer und nicht so putzig. »Und ist das nicht ein Fluss in Amerika?«, vergewisserte er sich treuherzig.

»Doch«, bestätigte Asmus wohlwollend. »Das ist genau das, was wir wissen wollten, Mart. Ist dieser Mann denn schon zurückgekommen?«

»Ich glaube nicht. Er trug eine auffällige Kappe. Und jetzt, wo ich weiß, dass es wichtig ist, werde ich auf ihn ein

Auge haben. Soll ich in der Wache anrufen, wenn ich ihn sehe?«

»Ja. Aber lass Lorns Matthiesen oder mich an den Fernsprecher holen. Die anderen wissen nicht, worum es geht.«

Als sie schon unterwegs waren, fragte Matthiesen: »Traust du Sinkwitz immer noch nicht?«

»Nicht allzu sehr, um ehrlich zu sein«, rief Asmus zurück. »Ich habe nicht vergessen, dass die Liste mit den Fangzahlen aus meinem Schreibtisch verschwand und nie wieder aufgetaucht ist. Und ihm sind die Preise in der Blauen Maus bekannt, ohne dass er einschreitet, das kommt hinzu.«

»Ja, klar. Welchen Weg willst du denn nehmen?« Matthiesen war hörbar erstaunt, weil Asmus nicht zur Hauptstraße zurückfuhr.

»Den Nebenweg von Braderup nach Kampen. Mal eben am Neubau vorbeischauen, wie weit sie gekommen sind. Außerdem fallen wir dann hoffentlich dem Tiglat-Pileser nicht in die Hände. Ich hatte vor ein paar Tagen das Vergnügen. Er ist leider so begeisterungsfähig. Und anhänglich ...«

Auf dem weniger benutzten Sandweg war das Fahren schwierig, und auf dem Anstieg zur Düne musste Asmus das Motorrad zwischen einzelnen Krüppelkiefern, Heckenrosen und einer unendlichen Heidefläche hindurchschieben.

Sie erreichten das Gelände der Fabrik von der Südseite her. Der First war fertig gelegt.

»Sieh mal«, sagte Asmus und wies mit dem Kinn auf den Mann in der grauen Uniform, der das Haus umkreiste. »Da ist der Bewacher des Geländes. Der Besitzer hat Angst vor Dieben. Der Mann wohnt in einer Hütte auf der anderen Seite des Neubaus.«

»Der trägt sogar offen seine Flinte herum. Darf der das?« Matthiesen runzelte verwundert die Stirn.

»Tja. Vor drei Tagen hatte er noch kein Gewehr. Wahrscheinlich hat die Behörde, die die Baugenehmigung erteilte, auch eine Waffe erlaubt, sofern es nur eine Jagdwaffe ist. Mündlich natürlich nur. Sofern es überhaupt eine Baugenehmigung gibt.«

»Sollten wir nicht Sinkwitz darauf aufmerksam machen?«, schlug Matthiesen vor.

Asmus zog die Nase kraus. »Er befasst sich nicht gerne mit Dingen, die ihn auf Kollisionskurs zu Vorgesetzten bringen können.«

»Mit anderen Worten: Jep oder ich.«

»Du.«

»Mir bleibt aber auch nichts erspart«, klagte Matthiesen.

Asmus grinste. »Sei dankbar für die Möglichkeiten zur Bewährung, die du bekommst.«

»Dann lass uns jetzt schnell den nächsten Ort meiner Bewährung aufsuchen.« Matthiesen stieg auf den Soziussitz, und Asmus startete.

Die obere Türhälfte in Petersens Haus war weit aufgeschlagen, und von drinnen hörte man laute, ärgerliche Stimmen. Hoffentlich hat er nicht Besuch, dachte Asmus und ließ den Motor noch einige Sekunden laufen, damit man ihn wahrnahm. Aber dann beendete eine helle Frauenstimme die Diskussion mit einem Satz, in dem das Wort Enten fiel, und eine Tür knallte zu.

Nickels Petersen erschien mit grimmiger Miene hinter der Halbtür. »Ach, Sie sind's«, murrte er. »Was ist denn so wichtig, dass Sie mich belästigen, kaum dass ich wieder hier bin?«

»Ich habe einige wichtige Fragen an Sie.«

»Für Sie wichtiger als für mich«, murrte Petersen.

»Zweifellos. Wollen wir hier draußen stehen bleiben?«

»Kommen Sie schon«, schnaubte Petersen und riss den unteren Türflügel auf.

Als sie in der Dörns saßen, schwieg der Hausherr mürrisch.

»Haben Sie Verwandte besucht?«, fragte Asmus, nur um einen höflichen Gesprächsanfang zu finden.

»Nein!«

»Nun, gut. Ich würde gerne wissen, warum Sie Dückes Mutter eingeredet haben, er sei die Klippen hinuntergestürzt.«

Petersen dachte lange nach. »Habe ich doch gar nicht«, sagte er dann. »Alwart hat vom Roten Kliff gesprochen, und das habe ich so weitergegeben.«

»Sie haben nicht erwähnt, dass Dücke am Quermarkenfeuer Rotes Kliff zu Tode kam. Mitten in den Dünen.«

»Das wusste ich selbst nicht. Und Klippen sind zum Hinunterstürzen nun mal wesentlich naheliegender als Dünen, das müssen Sie zugeben.« Petersen machte einen verwunderten Eindruck, aber die Unkenntnis nahm Asmus ihm nicht ab.

Im Gegenteil sogar. Sein Instinkt sagte ihm, dass noch etwas anderes dahintersteckte. »So so. Dann eine andere Frage. Kennen Sie einen Maximilian Degenhardt?«

Petersen warf sich in seinem Stuhl zurück und lachte schallend. »Den Spinner aus Konstanz? Kennen ist wirklich zu viel gesagt. Er war mal hier.«

»Und warum ist er für Sie ein Spinner?«

»Na, hören Sie bloß auf! Der zog ein Holzspielzeug aus einem Schultornister und fragte mich, ob ich daran Interesse hätte. Dabei habe ich gar keine Kinder. Was geht dieser Verrückte denn Sie an?«

»Sie wissen, dass er der Tote in der Vogelkoje war, nicht wahr? Wir gehen allen Spuren nach, die uns einen Hinweis darauf geben können, warum er erschossen wurde.«

»Der ist der Tote?«

Asmus nickte.

Petersen fuhr unbeeindruckt fort. »In Konstanz ist er wahrscheinlich als Querulant schon polizeibekannt. Wenn Sie meine Meinung wissen wollen, war der ein hartnäckiger kleiner Ganove, der ein Geschäft machen wollte und sich ausrechnete, dass auf ihn die Dummen hereinfallen. Aber bei mir nicht!«

»Was für ein Spielzeug war es denn?«

Petersen prustete verächtlich. »Eine Ente. Hatte sogar einen Namen, und der hatte irgendetwas mit Handarbeiten zu tun. Fadenente oder Strickente oder Reihen ...«

»Vielleicht Reiherente?«

»Ja, genau. Das war es. Die war immerhin hübsch bemalt. Er wollte sie im Teich unserer Entenkoje schwimmen lassen.«

»Und?«

Petersen zuckte feixend die Schultern. »Wenn er partout Stockenten erschrecken will, soll er doch, habe ich ihm gesagt. Solange wir die Koje nicht bewirtschaften, ist es uns egal, welche Tiere darin herumschwimmen. Von mir aus Holzenten, Teichhühner oder Wale.«

Asmus schmunzelte in Erinnerung an Oses Wale in der Nacht. Die Reiherente war allerdings realistischer. »Sie haben es also erlaubt«, schloss er aus alledem. »Für wie lange?«

»Er wollte drei, vier Tage ausprobieren, ob sich unsere Enten mit seiner anfreunden. Das war alles. Ich habe danach nie mehr von ihm etwas gehört oder ihn gesehen. Ein Spinner, wie ich schon sagte. Davon haben wir jedes Jahr bestimmt zwei oder drei.«

»Ach so. Dann liegt mir noch eine letzte Frage auf der Seele. Sie hatten uns eine Liste mit den Fangzahlen des letzten Kojenjahres mitgegeben.«

»Ja«, bestätigte Petersen mit einem Hauch von Argwohn und rückte sich auf seinem Stuhl zurecht.

»Könnten Sie uns außerdem die Listen der vorherigen Jahre aushändigen? Wir würden sie gerne einsehen.«

»Hm. Das geht nicht«, antwortete Petersen. »Ich habe sie verbrannt. Das Geschäft mit dem Entenfang ist beendet, kein Mensch braucht die alten Zahlen.«

»Das ist bedauerlich«, sagte Asmus.

»Ich wüsste nicht, warum.«

»Glauben Sie, dass ich die Zahlen bei einem der anderen Hauptinteressenten bekommen könnte?«, forschte Asmus.

»Ganz sicher nicht. Warum sollten die sie aufgehoben haben? Die jeweils neuesten Zahlen bekommen sie, damit sie die Abrechnung überprüfen und die Nebeninteressenten ausbezahlen können.«

Asmus nickte. Er hütete sich, Petersen mitzuteilen, dass er die Zahlen der letzten Jahre vom Kapitän erhalten hatte. »Schade.«

»Es ist doch alles Vergangenheit, die niemanden mehr interessiert.«

»Da mögen Sie recht haben.« Asmus und Matthiesen verabschiedeten sich. Asmus bemerkte, dass von draußen auffallend wenig Quaken zu hören war. Vielleicht hatten die Enten eine Extraportion Gerste erhalten.

Es war fast abzusehen gewesen, dass der Dichter sie auf dem Rückweg nach Westerland entdecken und anhalten würde. »Wann arbeitet der eigentlich?«, fragte Asmus aus dem Mundwinkel nach hinten. »Wann immer ich hier bin, ist er auf der Straße.«

»Er dichtet im Gehen«, raunte Matthiesen in Asmus' Ohr.

»Ja, Herr Tiglat-Pileser Müller, kann ich Ihnen helfen?« Asmus stoppte neben dem Künstler.

»Nein, aber ich Ihnen. Seit heute wird wieder geschossen«, trompetete Müller heraus, als sei es sein Verdienst. »Mitten am Vormittag.«

»Tatsächlich«, sagte Asmus beeindruckt. »Sie sind sehr aufmerksam, Herr Müller. Wir werden uns wieder auf die Lauer legen müssen.«

»Ich glaube, ich habe ihn gesehen, Herr Wachtmeister! Ich war am Ufer und sammelte wundervoll aussehende Steine. Wissen Sie, manche sind kohlrabenschwarz, andere rosa. Man findet sie nicht überall, meistens gibt es nur Sand …«

»Ja«, warf Asmus nachdrücklich ein.

Müller zuckte zusammen. »Also, er war am Ufer oberhalb von mir unterwegs. Zwischen den Heckenrosen. Als er mich sah, duckte er sich und verschwand schnell aus meinem Gesichtsfeld. Aber die Flinte unter seinem Arm habe ich gesehen.«

»In welche Richtung ging er?«

Der Künstler winkte ein wenig unbestimmt nach Norden.

»Hatten Sie den Eindruck, dass er aus dem Dorf gekommen ist?«

»Also, ich spazierte unten am Strand entlang und befand mich bald unterhalb des Zauns dieses neuen Gebäudes. Zufällig sah ich hoch, und da tauchte der Kerl gerade auf, wo dessen Zaun endet. Anscheinend hatte er mich nicht bemerkt. Kurze Zeit später hörte ich den Schuss.«

»Und dann?«

»Ich glaube, er hat sich im Schilf davongemacht, Richtung Entenkoje.«

»Sie sind ein guter Beobachter, Herr Müller«, lobte Asmus.

»Das sind alle Künstler. Präzision tut not, gleich, ob wir dichten oder malen«, sagte Müller geschmeichelt und warf seine Mähne, wie es seine Gewohnheit war, schwungvoll nach hinten. »Wir sehen, wann ein Putt direkt ins Loch geht.«

Hatte wohl irgendetwas mit Golf zu tun, erinnerte sich Asmus. Offenbar war es das Gleiche wie das rechtzeitige Fieren des Großsegels, um sanft an der Pier anlegen zu können. »Besten Dank, Herr Müller«, sagte er. »Sie helfen uns mehr, als Sie wissen!«

»Dachte ich es mir doch.« Müller straffte den Rücken und strahlte Genugtuung aus, während Asmus startete.

»Es wundert mich«, sagte Asmus zu Matthiesen, als sie wieder in der Wache waren, »dass die Schüsse am gleichen Tag wieder eingesetzt haben, an dem Petersen zurückgekommen ist. Es beunruhigt mich sogar. Gibt es da etwa einen Zusammenhang?«

Matthiesen schnallte seinen Degen ab. »Du glaubst, Petersen habe dem Schützen die neue Flinte verschafft?«

»Es lässt sich nicht von der Hand weisen. Der zeitliche Zusammenhang ist sehr auffällig.«

»Das stimmt. Vom Nachbarn hätte er es sich am nächsten Tag schon besorgen können.«

»Heute habe ich keine Lust mehr, mich mit dieser Sache zu befassen«, seufzte Asmus, »aber morgen telegrafiere ich nach Konstanz wegen Degenhardt.«

Am nächsten Vormittag wartete Asmus geradezu euphorisch auf Matthiesens Rückkehr von seinem Streifengang. Die Antwort aus Konstanz war umgehend gekommen.

Auch Matthiesen traf ein und fläzte sich in voller Uniform auf einen Stuhl. »Puh, bin das Streifengehen gar nicht mehr gewohnt! Macht auch keinen Spaß mehr.«

»Rat mal, was die Konstanzer Polizei mir telegrafiert! Nein, lass nur. Also: Degenhardt ist ein Professor, der ursprünglich an der Universität von München forschte und lehrte, er kam aber wegen politischer Umtriebe in Festungshaft nach Landsberg am Lech. Da sitzt auch dieser Hitler ein. In der Haft befasste Degenhardt sich mit seinen Studien zu Enten und begann, ein Buch zum Thema zu schreiben.«

»Und wie geriet er nach Konstanz?«

»Die Universität München hatte ihn entlassen. Nach Konstanz ging er, um sich am Bodensee einer bestimmten Entenart zu widmen.«

»Der Reiherente«, schloss Matthiesen messerscharf.

»Genau. Aber es waren Studien, die er als Privatgelehrter betrieb, obwohl er nicht reich gewesen sein soll. Allerdings galt er als etwas verschwenderisch, obwohl er kein Einkommen mehr hatte, schreiben die Kollegen in Konstanz. Politisch war er in Konstanz völlig unauffällig. Von Umtrieben dieser Art war er offenbar geheilt.«

»Das lässt aber darauf schließen, dass er über kurz oder lang ein Einkommen brauchte ...«

Asmus nickte beifällig. »Eben. Weißt du, ich fragte damals den Doktor Godbersen im Spaß, ob Degenhardt die Reiherente hier vielleicht ansiedeln wollte. Und jetzt kommen mir ernsthafte Vermutungen, ob das nicht möglicherweise wirklich sein Ziel war. Eine Entenart, die kriegerisch genug ist, es mit Möwen und Seeschwalben aufzunehmen, die sich an Lärm nicht stört, die bei Flut nach Muscheln tauchen kann, sofern sie nicht schon bei Ebbe auf Miesmuschel- und Herzmuscheljagd geht, und die in der Koje im Süßwasser leben und nisten kann – das müsste doch ein Paradies sein. Sofern man eine Reiherente ist.«

»Hört sich verlockend an«, sagte Matthiesen zustimmend. »Für Reiherenten. Woher weißt du, dass sie Muscheln mögen?«

»Aus den Unterlagen des Zoologen, den Godbersen kennt. Sie schwärmen für Dreiecksmuscheln, das ist eine Wandermuschel, die im Süßwasser lebt. Aber bestimmt lassen die Viecher sich auf Meeresmuscheln umerziehen. Ich vermute, dass der Professor so gedacht hat, denn sie nisten ja bereits an anderen Küsten.«

»Aber wenn das alles zutrifft, Degenhardt sich aber Petersen gegenüber nicht erklärt hat, dann muss Petersen eine untergeordnete Person sein. Und der Professor wusste darum, dass jemand über Petersen steht.«

»Und der ihm Anweisungen gibt und die Entscheidungen trifft. Möglicherweise hatte Degenhardt demjenigen einen Vorschlag hinsichtlich der Reiherenten zu machen, um daraus ein Einkommen zu beziehen.« Asmus nickte nachdenklich. »Das ergibt schon einen Sinn.«

»Petersen ist vielleicht aufs Festland gefahren, um Bericht über Degenhardt zu erstatten. Mit Frau, damit es nach Verwandtenbesuch aussieht.«

»Wir wissen ja auch gar nicht, mit welchem Anliegen Degenhardt tatsächlich kam«, schränkte Asmus ein. »Jedenfalls würde Petersen uns seine Unterhaltung mit dem Professor bestimmt nicht auf die Nase binden. Spielzeug, von wegen! Vielleicht hat Degenhardt Petersen sogar verschiedene Fragen gestellt, die der gar nicht beantworten konnte oder durfte, sofern sie die Koje wirklich wieder eröffnen wollen. Für uns ist und bleibt die Koje offiziell geschlossen.«

»Dann wohnt Petersens Hintermann auf dem Festland.«

»Ja, das ist denkbar«, stimmte Asmus zu. »Eine weitere Möglichkeit wäre noch, dass der Professor auf eigene Faust gearbeitet hat und dem Organisator des Ganzen seinen Plan erst unterbreiten wollte, wenn er über alle örtlichen Bedingungen Bescheid wusste: Ganzjähriger Entenfang wäre doch eine enorme Ausweitung des Geschäfts. Stoßzeiten im Herbst und Winter, wenn die Zugvögel kommen, und in den übrigen Zeiten Reiherenten und Stockenten. Bestimmt gibt es raffinierte Methoden, um die Bestände auszulichten, ohne die Enten zu verjagen. Petersen muss davon nichts gewusst haben.«

»Aber warum wurde Degenhardt erschossen?«

»Das ist in der Tat ein Rätsel. Vielleicht Konkurrenz. Oder jemand hat dafür gesorgt, dass einer weniger vom Kuchen etwas abbekommen konnte.«

In diesem Moment brüllte Sinkwitz durch die Wache: »Asmus! An den Fernsprecher!«

Asmus sprang auf und rannte in das Büro seines Chefs. Der Telefonhörer baumelte an seiner Schnur. »Ja?«, sagte Asmus.

»Hier bin ich«, bekam er zu hören, und das dreimalige Tuten eines rückwärts bugsierenden Dampfers ließ ihn darauf schließen, dass er mit Mart sprach. »Der Liebhaber von Raddampfern ist gerade in den Zug nach Westerland gestiegen.«

»Danke, Mart, du hast bei mir ein Bier gut«, rief Asmus frohlockend, hängte auf und war zurück in seinem Arbeitszimmer, noch bevor Sinkwitz einen Bericht verlangen konnte. »Auf, auf, Lorns, die Arbeit ruft. Unser Hank kommt zurück!«

Sie liefen zum Bahnhof. Da der Munkmarscher Zug etwa dreizehn Minuten brauchte, sollten sie es rechtzeitig schaffen.

Die Kleinbahn dampfte kurz nach ihrem Eintreffen in den Bahnhof. Familien mit Kindern, Kindermädchen und großem Gepäck wurden unter hektischem Geschrei und Streit ausgeladen. Die Kofferträger boten lauthals ihre Dienste an, alle Gäste wurden bedient, und allmählich beruhigten sich die übermüdeten Neuankömmlinge.

»Da ist er«, raunte Asmus und deutete mit dem Kinn auf einen Mann in gestreifter Hose und schwarzer Jacke über der schwarzen Weste, in der Hand eine braune Reisetasche. Er stieg als Letzter aus der Ersten Klasse und wanderte gemächlich zum Ausgang, wo er sich nach einer Kutsche umsah. Nicht alle Ankömmlinge mochten zu Fuß zum Hotel wandern.

»Hank Christensen?«, fragte Asmus behutsam, der ihm gefolgt war.

Christensen schnurrte herum und begutachtete Asmus vom Tschako bis zu den Stiefeln. »Und?«

»Wir haben gehört, dass Sie sich für die Kampener Entenkoje interessieren. Wir würden gerne mit Ihnen darüber sprechen«, sagte Asmus höflich.

»Wie Sie meinen. Morgen um zehn Uhr im Seehotel!« Hank wandte sich brüsk ab und bestieg die Kutsche, die auf sein Zeichen hin mittlerweile neben ihm vorgefahren war.

Der Kutscher trieb sein Pferd mit einem Schnicken der Peitsche an, und die Polizisten sahen ihr nach.

## KAPITEL 14

Pünktlich um zehn Uhr fanden sich Asmus und Matthiesen im Seehotel ein. Christensen war nicht zu sehen. Eine Viertelstunde später erkundigte sich Asmus beim Concierge nach Christensen.

»Er weilt noch im Frühstücksraum«, wurde ihm beschieden.

»Diese Weile dauert mir zu lange«, knurrte Asmus. »Ich bin im Dienst.«

»Da kommt er«, flüsterte der Portier.

Asmus drehte sich um und salutierte etwas lässiger, als die Vorschriften geboten. Christensen nickte von oben herab.

»Sie können sich im Wintergarten unterhalten«, schlug der Concierge gedämpft vor. »Ich hänge ein Nicht-stören-Schild an die Klinke.«

»Einen Kaffee für mich!«, rief Hank Christensen ohne Dank in die Halle und ging mit raschen Schritten voraus.

Ein energischer Mann, dachte Asmus, größer als er selber und befehlsgewohnt.

Sie setzten sich ans Fenster. Matthiesen ließ sein Büchlein stecken, es handelte sich schließlich nicht um ein Verhör.

»Sehr freundlich, dass Sie für uns einen Augenblick erübrigen können«, bemerkte Asmus, als der Kaffee für Christensen serviert worden war und der Kellner die Tür hinter sich geschlossen hatte. »Wir sind uns darüber im Klaren, dass Geschäftsleute wenig Zeit haben.«

Christensen nahm schweigend einen Schluck Kaffee.

»Wir haben von Ihrem Interesse an Enten gehört. Könnten Sie so freundlich sein, uns den Grund dafür zu erzählen?«, erkundigte sich Asmus freundlich.

»Warum?«

»Es ist ein Verbrechen in unserer stillgelegten Entenkoje von Kampen geschehen. Wir erhoffen uns von jedem, der etwas über Enten weiß, Hilfe bei der Aufklärung.«

»Ich bin hier Gast. Das wissen Sie, oder?«

»Ja, aus den USA.«

»Kalifornien. Ich weiß nichts.«

»Vielleicht eine zufällige Beobachtung?«

»Versuchen Sie, mich zu bedrängen? Legen Sie Wert auf einen diplomatischen Zwischenfall? Ich bin mit dem amerikanischen Konsul gut bekannt.«

»Sie wollen uns also nicht helfen?«

»Ich wüsste nicht, warum.«

»Ist es richtig, dass ein Teil Ihrer Familie auf Föhr ansässig ist?«

Hank Christensen Augen wurden zu schmalen Schlitzen. Er nickte.

»Wo?«

Christensen trank seinen Kaffee in einem Zug aus, erhob sich und schritt zur Tür, die er hinter sich offen stehen ließ. Er tauchte in der Halle zwischen anderen Gästen unter, so dass sie ihn nicht mehr sehen konnten.

Asmus und Matthiesen sahen sich einen Augenblick ungläubig an. »Komm«, befahl Asmus dann, hängte im Vorbeigehen das Schild von der Tür ab und brachte es zum Tresen des Portiers. »Spricht Ihr Gast gelegentlich?«, fragte er.

»Über Gäste dürfen wir keine Auskunft geben«, sagte der Portier entschuldigend.

»Schon gut«, sagte Asmus und wechselte zur Beruhigung des Portiers ins Plattdeutsche, damit ihn nicht jeder verstand, der sich in der Nähe aufhielt. »Das weiß ich ja.«

»Hast du jemals ein weniger nutzloses Gespräch geführt?«, fragte Matthiesen, als sie auf der Straße waren.

»Nein. Und ich frage mich, warum. Ist der Mann aus Prinzip unhöflich, oder hat er schlechte Erfahrungen mit Polizisten gemacht, vielleicht mit amerikanischen? Mit dem Vornamen Hank dürfte er dort getauft worden sein und sein ganzes Leben dort verbracht haben. Auf wie alt schätzt du ihn?«

»An die vierzig. Älter als wir jedenfalls.«

»Ja, glaube ich auch. Vielleicht kann er junge Leute nicht leiden.«

An diesem Tag hatte Asmus früher Dienstschluss. Ose wusste es. Er wunderte sich, dass sie auf dem Fahrrad angeradelt kam, denn er wäre ganz sicher später noch nach Keitum gefahren. »Ist etwas passiert?«, fragte er erschrocken.

»Lass mich erst rein! Bei uns hat der Pförtner vom Seehotel angerufen«, sagte Ose aufgeregt und drängte etwas atemlos ins Haus. »Vom Hotelfernsprecher aus, wahrscheinlich mit der Hand über der Muschel, und ich hatte förmlich vor Augen, wie er sich immer wieder umdrehte, um sich zu vergewissern, dass kein Gast mithört.«

»Nanu.«

»Es war eine Botschaft für dich, Nis. Anrufe aus dem Hotel bei uns fallen nicht weiter auf, weil Gäste, die sich krank fühlen, manchmal meinen Vater sprechen möchten oder Bitten um einen Besuch übermitteln lassen. Der Pförtner muss gewusst haben, dass ich eine Mitteilung an dich weiterleiten werde.«

Asmus drückte Ose behutsam auf einen Stuhl. »Nun komm erst einmal zu Atem.«

»Ja, ja. Wenn du etwas über Hank Christensen in Erfahrung bringen möchtest, sollst du dich mit Naamen Christensen in Wyk auf Föhr in Verbindung setzen. Ich weiß nicht, wieso er darauf kam. Aber als sei es besonders wichtig, erwähnte er, dass diese Christensens die Fabrik in Wyk führen, die Enten verarbeitet. Die mit den Entendosen.«

»Die Entendosen«, wiederholte Asmus bedächtig. »Der Portier weiß etwas und ahnt auch, warum wir mit Hank sprechen wollten.«

»Sehr eigenartig.«

Dem konnte Asmus nur zustimmen, während seine Gedanken längst Purzelbäume schlugen und Verbindungen suchten, an die er bis dahin nicht gedacht hatte. War er mit der Fabrik zur Verarbeitung von Austern in Kampen womöglich in die Irre gelaufen? Sollten die Angestellten etwa Enten eindosen? Ein Konkurrenzunternehmen zur Fabrik der eigenen Familie in Wyk? Nur sehr viel größer, mit einem Besitzer in den Staaten, der möglicherweise beste Geschäftsverbindungen im ganzen Land besaß?

War Hank vielleicht sogar der Unbekannte, der als Externer die Kampener Entenkoje wiederbeleben wollte?

Plötzlich fügte sich ein Baustein zum anderen. Eine Kette von Möglichkeiten entstand, für die noch jeder Beweis fehlte. Aber damit konnte Asmus arbeiten. »Du bist ein Schatz, Ose«, murmelte er, den Mund an ihrem Ohr. »Dass du wusstest, wie wichtig diese Botschaft für mich ist!«

»Na ja, wenn ich etwas von Dosen mit Wildenten höre, ist das doch klar! Möglicherweise führt Hank dich direkt zu unserem toten Professor.«

»Ich hoffe es. Kannst du über Nacht bleiben?«

»Geht nicht, Nis. Ich bin so schnell davongestürzt, dass ich meine Mutter gar nicht mehr gesehen habe. Die Eltern würden sich Sorgen machen.«

»Lorns!«, sagte Asmus am nächsten Morgen entschlossen zu Matthiesen. »Wärst du so gut, nach Wyk zu fahren und dir die Entenfabrik anzusehen, bitte. Und sprich mit einem Naamen Christensen, der offensichtlich der Besitzer ist, über Hank. Unter vier Augen. Versuch, so viel herauszubekommen wie möglich. Auch was Hank drüben so treibt. Womit er reich geworden ist.«

»Gerne! Und du?«

»Ich werde der Baugenehmigung für diese Kampener Fabrik mit dem bewaffneten Wächter nachspüren. Ich habe mittlerweile den Verdacht, dass sie eine Fabrik zur Verarbeitung von Wildenten werden könnte. Vorausgesetzt, das wäre der Fall, wäre die Wiederbelebung der Kampener Koje zu erwarten, und das würde auch Petersens Verschwiegenheit erklären.«

»Ach ja? Hat Petersen mit seinen falschen Zahlen die Interessenten ausgebootet, um zusammen mit Hank auf ganz neue Weise Gewinn daraus zu ziehen?«

»Ich halte es für möglich«, stimmte Asmus zu. »Ganz zufrieden stellt mich diese Erklärung trotzdem nicht. Die Zahl von einfliegenden Enten hat ja wirklich abgenommen und nimmt möglicherweise weiterhin ab. Wieso verspricht sich jemand ein Geschäft davon? Und was hat die Reiherente damit zu tun? Man baut keine Fabrik für eine Entenart, die man erst dazu überreden muss, sich hier niederzulassen. Es könnte natürlich sein, dass es anderswo schon funktioniert hat.«

»Ja, das weiß ich auch nicht. Wie soll ich überhaupt nach Wyk kommen?«, fragte Matthiesen. »Mit der Munkmarsch-Fähre zum Festland, dann mit dem Zug nach Husum und von dort mit dem Dampfer nach Wyk erscheint mir reichlich umständlich. Das dauert ja Tage.«

»Ganz einfach. Bitte Hans-Christian Bahnsen von der Werft in Munkmarsch, dich mit meinem Boot nach Wyk zu segeln. Das macht der gerne.«

»Fein! Da kann ich endlich einmal deine Biervorräte an Bord inspizieren.«

»Du wirst hauptsächlich Kamillen- und Pfefferminztee finden, fürchte ich.« Asmus grinste bedauernd.

»Na ja. Besser als Streifegehen ist es allemal. Trotz Tee.«

»Das will ich meinen. Aber, um aus dem Nähkästchen zu plaudern: Hans-Christians Frau versorgt ihren Mann immer mit den besten Vorräten. Sie schimpft über den Bierverbrauch auf Segelbooten, und dann finden sich plötzlich acht Flaschen an Bord, und niemand weiß, wie sie dahingekommen sind. Brot und geräucherten Speck gibt sie ihrem Mann sowieso reichlich mit. Hungern wirst du nicht.«

»Bestens. Ich freue mich darauf.« Matthiesen verließ eilends den Raum.

Ja, er wäre selbst gern mitgesegelt, dachte Asmus, während er auf Matthiesens Rückkehr wartete. Aber er hatte das Gefühl, dass nicht beliebig viel Zeit zur Verfügung stand.

Hank Christensen wirkte wie ein Mann der Tat. Sollte er tatsächlich etwas mit der Entenkoje zu tun haben, musste die Schlinge so schnell wie möglich zugezogen werden. Zumal man ihn ja nicht daran hindern konnte, abzureisen, solange alles nur ein vager Verdacht war. Das Einzige, was gegen Hank als neuen Hauptinteressenten sprach, war, dass Petersen möglicherweise wegen der Koje auf dem Festland unterwegs gewesen war.

»Ich fahre dann sofort los«, teilte Matthiesen Asmus mit, als er zurück war. »Nach dem Tidenkalender setzt bald Ebbe ein, und dann wäre der richtige Zeitpunkt, auszulaufen, sofern Bahnsen so überstürzt loskommen kann. Oder irre ich mich?«

Asmus grinste. »Das ist der richtige Zeitpunkt. Wir machen dich noch zum Seefahrer.«

»Kein Gedanke daran. Ich esse lieber Kartoffeln als Fisch. Die und frisch gelegte Eier hole ich auf dem Weg nach Munkmarsch noch von zu Hause ab. Ich will nicht der bloße Bittsteller sein.«

»Grüß von mir.«

Nachmittags kam Borg Godbersen vorbei. Er machte eine so niedergeschlagene und besorgte Miene, dass Asmus erschrak. »Ist Ose etwas passiert? Gestern war sie doch noch putzmunter!«

Borg lächelte flüchtig. »Ich weiß. Kannst du mit mir hinauskommen? Ich muss mit dir unter vier Augen reden.«

»Ja doch, sicher.« Asmus nahm verwundert seine Jacke aus dem Schrank und folgte Godbersen.

»Lass uns ein Stück gehen. Ich kann über das, was ich zu erzählen habe, nicht in der Wache sprechen. Kein Arzt ist befugt, Diagnosen oder Feststellungen über Kranke an jemanden weiterzugeben, der nicht zur engsten Familie gehört.«

»Ich weiß.« Wind war aufgekommen und fegte um die Ecke des Backsteingebäudes, wobei er Blätter und Schmutz vor sich hertrieb. Die *Franziska* mit Bahnsen und Matthiesen würde auf dem Rückweg gute Fahrt machen, dachte Asmus, während er darauf wartete, dass Borg die richtigen Worte fand.

»Wir haben einen Patienten, der vor einer Woche eingeliefert wurde. Mit ganz seltenen Symptomen, ich kenne sie nur aus der Literatur. Gebracht wurde er zu uns von einem Freund, weil dem Kranken beängstigend übel war und er sogar etwas benommen wirkte. Während mein Kollege, ein Internist, sich dieses Mannes annahm, verschwand unbemerkt der Freund. Der Patient bekam, kaum dass er im Bett lag, eine Lähmung der Augenlider und konnte nicht mehr sprechen. Es war unmöglich, ihn näher zu befragen, wir haben bis heute nicht einmal seinen Namen. Die Krankenschwester, die ihn aufnahm, erinnert sich nur, dass der Freund mit fremdländischem, sagen wir, ungewohntem Beiklang Deutsch sprach.«

Fremdländisch, das ließ Asmus aufhorchen, aber er nickte nur.

»Inzwischen ist der Mann bewusstlos und teilweise gelähmt. Der Kollege holte mich. Gemeinsam kommen wir zum Schluss, dass es die Vergiftung sein könnte, die früher häufig durch Blutwurst entstand, durch Wurstgift eben. Aber auch andere Fleischarten sind betroffen, das ist mittlerweile in der Fachwelt bekannt. Wissenschaftler nennen den Auslöser Botulinumtoxin. Die Ursache ist ein Bazillus.«

Asmus wusste immer noch nicht, warum Borg ihm das erzählte.

»Der Patient und sein Freund sahen etwas verwildert aus. Als hätten sie mehrere Tage im Freien gelebt oder wären mit einem Boot unterwegs gewesen. Da kamen mir Oses Schilderungen von euren merkwürdigen Erlebnissen in der Vogelkoje und dem Biwak in den Sinn. Zuzüglich dieses Mannes, den ich obduziert habe. Ich wollte es dir nur erzählen für den Fall, dass du damit etwas anfangen kannst. Vielleicht haben diese beiden etwas mit dem Erschossenen zu tun.«

»Ja, das ist gar nicht so abwegig«, bemerkte Asmus bedächtig. »Könnte man sich die Wurstvergiftung auch durch eine Dose mit Entenfleisch zuziehen?«

»Wahrscheinlich. Es gibt ärztlicherseits Vermutungen über mögliche Gefahren durch Dosennahrung, aus den Staaten sogar den konkreten Verdacht.«

»Kann man den Patienten noch befragen?«

»Ausgeschlossen«, sagte Borg.

»Dann werde ich versuchen, den zweiten Mann zu finden«, erklärte Asmus.

»Vermutlich ist er abgereist. Er hat ja alles dafür getan, dass sie beide anonym blieben.«

»Stimmt. Irgendjemand kann mir aber vielleicht einen Hinweis geben. Jedenfalls danke ich dir.«

Am nächsten Tag telefonierte Asmus wegen einer Baugenehmigung für die Kampener Fabrik mit Schleswig, wo die preußischen Ministerien und verschiedene Behörden residierten. Immerhin hatte die Baubehörde mehrere Fernsprecher. Man holte einen Sachbearbeiter nach dem anderen an den Apparat. Aber eine Genehmigung ließ sich nicht auffinden. Das Bauvorhaben war unbekannt.

»Wissen Sie was!«, brüllte schließlich ein sehr ungeduldiger Abteilungsleiter in den Hörer. »Es gibt keine Genehmigung. Also kümmern Sie sich gefälligst an Ort und Stelle mal darum!«

Das brauchte man Asmus nicht zweimal zu sagen. Mit diesem Rückenwind des Innenministeriums besaß er jede

Vollmacht, die er brauchte, um die Leute auf Herz und Nieren zu überprüfen.

Asmus überlegte, ob er Jep mitnehmen sollte, dann erfuhr er, dass dieser einem Pferdediebstahl nachgehen sollte, und ließ es bleiben. Die Diebstähle nahmen in diesen schlechten Zeiten wirklich zu. Er fuhr allein nach Kampen.

Zwischen den wenigen Häusern in der Nähe der Fabrik wuchs Heide, gelegentlich gab es eine Hecke aus Dünenrosen, Schafe tauchten in umzäuntem Gelände auf, und in einiger Entfernung sah Asmus auf der Höhe der Düne einige wenige stattliche Kiefern. Seitdem er durch Ose die Schönheit dieser Landschaft zu begreifen gelernt hatte, konnte er sie richtig würdigen. Er hatte keinen Zweifel daran, dass dem Bau des Fabrikgebäudes andere Bauten folgen würden. Die Heide würde verschwinden, die Schafe auch, stattdessen würden hier Berliner Künstler wohnen, womöglich in imitierten Schwarzwaldhäusern, wie es schon eines in Kampen gab.

Der First des Fabrikgebäudes war inzwischen fertig gelegt. Lars war nicht in Sicht, hingegen die beiden Bauarbeiter, die auch gegenwärtig Steine und Balken schleppten. Asmus rief ihnen zu, sie möchten ihm das Tor öffnen, aber sie reagierten nicht. Schließlich schlenderte der Wächter, den Asmus bereits kennengelernt hatte, um die Hausecke. Bei geschlossenem Tor ließ er sich erklären, worum es ging, und öffnete es für Asmus endlich widerwillig. Die Flinte hatte er nicht mit.

Ein von Karrenspuren ausgefahrener Weg führte durch das Gestrüpp zum Haupthaus, auf das Asmus langsam zuging. Der Wächter folgte ihm notgedrungen. Auf einem Seitenpfad rumpelte einer der Arbeiter mit einer mit Ziegelsteinen hochbeladenen Schiebkarre herbei. Sein Blick war starr auf den unebenen Weg gerichtet und hob sich auch nicht, als Asmus höflich grüßte. Er hatte den Mann noch nie gesehen.

Er ließ Mann und Schiebkarre passieren. Die oberste Lage Steine kam ins Rutschen.

Asmus bückte sich spontan, um beim Aufladen zu helfen. »Schwierig, wenn's so uneben ist, stimmt's?« Er bekam keine Antwort, der Arbeiter spähte nur kurz zum Wächter hoch. Da Asmus seinem Blick folgte, sah er, wie Dres mit zusammengekniffenen Lippen und gefurchter Stirn kurz den Kopf schüttelte. »Was bauen Sie denn hier Prachtvolles? Eine neue Siedlung für Künstler?«, fragte Asmus, ohne sich anmerken zu lassen, dass er die Mimik als Warnung gedeutet hatte. Wovor?

Der stumme Mann knurrte erbost, packte die Handgriffe und hob an. Asmus trat zurück und wäre fast in einen Haufen Austernschalen gefallen, die unter seinen Stiefeln fortrutschten. Interessiert blickte er nach unten und ließ den Blick über das Gelände wandern, wo er noch mehr Austernschalen sah. Die gaben seiner Vermutung in Richtung Austerndosenfabrik durchaus wieder Nahrung.

Der Arbeiter schwankte zum Nebengebäude, und Asmus, der ihm folgte, sah durch eine schmale Lücke zwischen Haupt- und Nebengebäude den Dachdecker, der auf einem hölzernen Gerät Reetbunde in Form brachte und die Enden glattschnitt. Hinter ihm stapelten sich die noch unbearbeiteten Reetvorräte. Offensichtlich war ein weiteres Gebäude geplant.

Asmus wandte sich an den Wächter. »Können Sie mir die Gebäude zeigen?«

»Das darf ich nicht. Und es ist kein Verantwortlicher hier«, beteuerte der Mann.

»Mir egal. Wir haben aus Schleswig Anweisung erhalten, mit dem Besitzer der Anlage zu sprechen. Sagen Sie mir, wie ich mit ihm Kontakt aufnehmen kann.«

»Das weiß ich selber nicht«, antwortete der Wächter voller Unbehagen. »Ich kenne ihn nicht. Ich kann Sie nur an Nickels Petersen verweisen. Er ist so etwas wie ein Mittelsmann, wenn der Besitzer auf Reisen ist. Er wohnt …«

»Danke, ich weiß, wo er zu finden ist. Ich komme wieder, Herr …«

Während Asmus sein Motorrad startete, blieb der Wächter am Tor stehen, wie um sich zu vergewissern, dass er tatsächlich nach Kampen zurückfuhr.

Während Asmus den Weg zu Petersens Haus zurücklegte, fiel ihm ein, dass der einzige Mann, der gegenwärtig eine Flinte in aller Offenheit trug, der Wächter des Fabrikgeländes war. Allerdings ausschließlich im Gelände. Und obwohl Tiglat-Pileser beobachtet hatte, dass der Schütze außerhalb des Zauns gewesen war, war nicht auszuschließen, dass es sich um ein und denselben Mann handelte.

Oh, Wunder, Petersen war zu Hause. Schweigend ließ er Asmus ein. Als er ihm die Tür zur Dörns öffnete, ging die Küchentür auf, und darin erschien seine Frau mit vor Wut hochrotem Gesicht. »Ich will in Zukunft nur noch Gänse, und wenn sie die doppelte Menge Kartoffeln fressen!«, schrie sie und verschwand wieder in der Küche.

Der Haussegen hing hier offensichtlich ganz schief, aber Petersen äußerte sich dazu nicht. »Kaffee und Köm!«, brüllte er hinter seiner Frau her.

Das würde ein unangenehmes Gespräch werden, fürchtete Asmus. »Sie haben dem Wächter des Neubaus eine Flinte gegeben, stimmt's?«, sagte er dem Hausherrn auf den Kopf zu.

»Nur geliehen!«, verteidigte sich Petersen, mit den Gedanken wohl noch beim Streit mit seiner Frau, um gleich darauf zu bemerken, was er gesagt hatte. »Nein, nein, das ist ein Missverständnis! Neubau? Was für ein Neubau?«

»Was ist das Missverständnis?«

Petersen versuchte mit aller Gewalt, seine Nerven unter Kontrolle zu bringen. »Ich habe einen Bekannten mit dem Namen Eberhard Wächter. Ich dachte an ihn ...«

»So, so. Nein, ich spreche vom Wächter des Fabrikgeländes.«

»Warum sollte ich dem Mann eine Flinte geben? Ich habe mit ihm nichts zu tun!«

»Der Wächter ist anderer Meinung. Er verwies mich an Sie, als ich mich nach dem Besitzer des Geländes erkundigte.«

»Ich bin es nicht! Ich bin nur beauftragt, mich gelegentlich zu vergewissern, dass die Handwerker arbeiten.« Petersen wirkte wieder sehr aufgeregt.

»Wer ist denn der Bauherr? Ich möchte die Baugenehmigung sehen.«

»Da fragen Sie doch am besten bei der Behörde nach«, stammelte Petersen, dessen Unruhe unter Asmus' direkten Fragen immer größer wurde. »Die Verwaltung dieses Baus ist nicht meine Angelegenheit.«

»Wessen denn?«

»Das weiß ich nicht, es ist das Projekt einer Gesellschaft! Vielleicht, dass der Gemeindevorsteher ...«

Er log! »Kennen Sie einen Hank Christensen?«, unterbrach Asmus ihn.

»Nein.« Petersen faltete die Hände, um ihr Zittern zu verbergen.

»Wie Sie wollen.« Asmus stand auf, noch bevor Kaffee und Schnaps, den er sowieso abgelehnt hätte, auf dem Tisch standen. »Ich werde Sie offiziell zum Verhör in die Wache von Westerland vorladen, wo Sie ein Protokoll unterschreiben werden, dass alles zutrifft, was Sie gesagt haben. Sollte es nicht stimmen, kann man Sie wegen Falschaussage anklagen.«

»Ich hab's dir ja gleich gesagt«, zeterte Frau Petersen, die plötzlich mit einem Tablett und Tassen in der offenen Tür stand.

»Halt den Mund!«, fuhr Petersen sie an. »Komm endlich her mit Kaffee und Küchlein! Setzen Sie sich wieder, Wachtmeister Asmus«, fuhr er versöhnlich fort. »Das ist ein echter guter Köm, den sollten Sie sich nicht entgehen lassen.«

Asmus lehnte dankend ab und verließ das Haus.

Vor der Pforte zögerte er. Was mochte es sein, wovor Frau Petersen ihren Mann gewarnt hatte? Denn darum war es doch wohl gegangen. Und warum wollte sie jetzt Gänse haben, obwohl sie vorher Enten gehalten hatten? Und was war mit den Kartoffeln?

Er kehrte um und ging um das Haus herum. Es entsprach nicht den Vorschriften, ohne Erlaubnis ein fremdes Grundstück zu besichtigen – er tat es trotzdem.

Sein Verdacht erwies sich als richtig. Die Stockenten waren fort. Die Federn waren aus dem Teich gefischt, der Kot zu Haufen zusammengekratzt, die Tür zum Entenhaus stand sperrangelweit offen, und die Pforte zur benachbarten Weide war geschlossen.

Nickels Petersen hatte sich der etwa zehn Enten, wahrscheinlich die zahmen mit den gestutzten Flügeln aus der Entenkoje, auf einen Schlag entledigt. Seine Frau war damit nicht einverstanden gewesen, und darüber hatten sie einen erbitterten Streit geführt.

Asmus fragte sich, ob Petersen sie verkauft oder sie hatte schlachten lassen. Auf keinen Fall waren Dreck oder Arbeit ein Grund gewesen. Gänse machten vermutlich nicht weniger Arbeit. Also ging es speziell um Enten. Wer aber kaufte so alte Enten?

Oder sollte es doch um die Dosen gehen? Enten, die vielleicht sogar probeweise in Dosen gepackt wurden, ebenso wie Austern? Offenbar hatte hier auf Sylt ja niemand Erfahrung mit der Herstellung von Fleisch- oder Muscheldosen.

Es war ein reizvoller Gedankengang, in sich schlüssig, aber letzten Endes beruhte alles auf Vermutungen und Vorstellungen. Darauf konnte man keine Anklage aufbauen. Dennoch fanden selbst die Kartoffeln ihren Platz in diesem Szenarium. Konnte es sein, dass Petersen die von Dücke angebauten Kartoffeln beschlagnahmt hatte, um die Enten zu füttern? Mit anderen Worten: gestohlen?

Asmus kehrte um. Hinter dem Sprossenfenster der Küche sah er Frau Petersens wutentbrannte Miene, aber noch bevor er salutieren konnte, tauchte sie schon weg und war verschwunden.

Abends, als Asmus in Brehms Tierleben schmökerte, fiel ihm noch etwas ein, dem er nachgehen würde. Das Schießen. Er legte die Beine hoch, nahm einen Schluck des kostbaren Bieres, das er sich gelegentlich leistete, und legte den Kopf auf die Sessellehne, um nachzudenken.

Enten waren empfindlich gegen Lärm, wie ihm Ose und Ingwert erzählt hatten. Solange geschossen wurde, kamen sie wahrscheinlich gar nicht zum Kojenteich. Andererseits wussten Neuankömmlinge unter den Enten nicht, wo vorher geschossen worden war. Am Bodensee wurde mit hölzernen Attrappen gelockt, und die einfliegenden Wildenten wurden erschossen. Und in anderen Ländern wurden Vögel stets mit Schrot vom Himmel geholt. Es konnte keine Rede davon sein, dass Vögel nachkommende Generationen vor Gefahren warnten.

Es war daher zu vermuten, dass die Schüsse in der Umgebung von Kampen weniger den Enten galten als unerwünschten Besuchern der Koje. Alwart Jensen hatte ja erzählt, wie die Angst im Dorf umging, weil niemand wusste, wer schoss und warum. Von dieser Überlegung ausgehend, lag es auf der Hand, dass es der Wächter des Fabrikgeländes war, der täglich einmal seine Runde machte und irgendwo innerhalb oder außerhalb der Entenkoje einen Schuss abgab.

Denn im Augenblick ging es wohl eher darum, die Leute vom Reden und Tuscheln abzuhalten. Angst zu erzeugen war ein erfolgreiches Hilfsmittel von Verbrechern, wie Asmus aus seiner langjährigen Arbeit als Kriminaloberinspektor wusste. Selbst der Wächter und der Bauarbeiter auf dem Fabrikgelände waren anscheinend eingeschüchtert worden, damit sie den Mund hielten. Dass sie gehorchten, verstand sich in diesen Notzeiten von selbst. Immerhin hatten sie Arbeit, für die sie bezahlt wurden.

## Kapitel 15

Zur Mittagszeit des nächsten Tages meldete Matthiesen sich zurück. »Zufrieden bin ich nicht«, sagte er verdrossen, als er sich neben Asmus' Schreibtisch niederließ.

»Warum?«

»Die Entendosenfabrik in Wyk habe ich besichtigt. Ein gewöhnliches Wohnhaus in der Westerstraße, vom Aussehen her wie alle anderen in der Umgebung, abgesehen von einigen Stallfenstern. Als ich kam, war der ehemalige Wohnraum, heute der Arbeitsraum, natürlich leer und gründlich geputzt, um für den kommenden Herbst gerüstet zu sein. Aber Naamen Christensen erzählte mir, dass in der Fangsaison bis zu zwanzig Frauen mit dem Ausnehmen und Rupfen der Enten beschäftigt sind, dazu ein Mann, der die Konservendosenverschließmaschine bedient, und einer, der Etiketten klebt. Gedruckt werden sie in einer winzigen Druckerei, die auch die Inselzeitung macht. Aber die ganze Fabrik hatte nicht im Entferntesten die Ausmaße wie dieses Fabrikgelände in Kampen. Ich kann fast nicht glauben, dass dort nur Enten verarbeitet werden sollen.«

Asmus überging vorläufig den Einwand. »Und in diesem ehemaligen Wohnzimmer werden die gefüllten Dosen auch erhitzt?«

»Ja.«

»Insofern wundern einen die Dimensionen des Fabrikgeländes in Kampen, da hast du recht«, meinte Asmus nachdenklich. »Trotzdem kann ich mir mittlerweile kaum eine andere Verwendung als die Herstellung von Dosenware vorstellen. Mit Delikatesswildenten und Räucheraustern. Was hast du denn über unseren Hank erfahren?«

»Hank und Naamen haben denselben Großvater. Ihre Väter waren Brüder. Der eine, Hanks Vater, wanderte nach Kalifornien aus, der andere blieb auf Föhr.«

»Und was konnte Naamen über Hank erzählen?«

»Wenig. Die Familien haben heutzutage nichts mehr miteinander zu tun. Die Väter entzweiten sich und führten einen Streit, der von Rachsucht bestimmt wurde. Die Söhne haben den Streit gewissermaßen geerbt. Naamen weiß nicht, was Hank macht und womit er seinen Lebensunterhalt verdient. Er wusste nicht einmal, dass Hank gegenwärtig auf Sylt ist.«

»Worüber entzweiten sie sich denn?«

»Tja, vielleicht muss man sich bei dieser Familie gar nicht so wundern: Es ging um Wildenten. Weniger um den Fang als darum, wie man sie am besten auf den Markt bringt.«

Asmus nickte wie im Triumph. »Also doch! Hank will ein Konkurrenzunternehmen gegen Naamen aufbauen, sehr viel größer und richtig professionell. So, wie sie in Amerika die Autoherstellung betreiben: jeder Mann nur ein Handgriff, den er im Schlaf beherrscht. Vermutlich hat er drüben in den Staaten auch schon gute Betriebswege und kann alle Friesen versorgen.«

»Und im Sommer?«

»Das weiß ich nicht genau. Vielleicht ließe sich das Geschäft strecken. Enten werden zu den gewöhnlichen Fangzeiten eingedost, dazu in Zeiten geringerer Fänge Austern. Da die Muscheln gekocht oder geräuchert oder beides werden, verliert die Regel, sie nur in den Monaten mit r zu essen, ihre Gültigkeit.«

»Ja. Aber einiges läuft wohl am Gesetz vorbei ...«

»Zumindest die fehlende Baugenehmigung. Deswegen habe ich die Furcht, dass Hank abhaut, bevor wir die ganze Sache aufgeklärt haben«, erklärte Asmus. »Er ist ein schlauer Fuchs, glaube ich. Hoffentlich wittert er nicht Unrat. Die Frage ist, ob wir ihn in Ruhe lassen oder ihn mit Fragen und Anliegen überhäufen.«

»Wie wäre es denn, ihn heimlich zu beobachten? Wohin er geht, mit wem er Kontakt aufnimmt, mit wem er spricht. Solche Sachen.«

»Ja.« Asmus nickte. »Gute Idee, Lorns. Würdest du das übernehmen?«

»Natürlich, gerne. Übrigens, Hans-Christian lässt dich herzlich grüßen. Ein netter Kerl. Er war richtig glücklich, mal wieder eine richtige, handfeste Aufgabe zu haben, wie er sagte. Und seine Frau machte uns so viel Proviant zurecht, dass davon noch zwei mehr hätten satt werden können.«

Asmus schmunzelte. »Ich kenne ihre Fresspakete.«

Während Matthiesen vorhatte, sich am nächsten Tag in aller Frühe auf den Weg zum Strandhotel zu machen, war Asmus schon in der Nacht nach Kampen gefahren. Seinem Kollegen hatte er lieber nichts von seinem nächtlichen Vorhaben erzählt. Es gab keinen Grund, ihn in eine Aktion einzubeziehen, die zu einem Hemmnis seines dienstlichen Aufstiegs werden konnte. Denn die Zustimmung seines Vorgesetzten besaß Asmus nicht.

Die Wolkendecke war so dicht, dass weder Mond noch Sterne zu sehen waren. Aber mittlerweile kannte Asmus den Weg von der Hauptstraße bis zum Fabrikgelände auswendig. Im Dünengelände vom Hoogenkamp stellte er den Motor aus, um keinen Lärm zu machen, und leitete sein Fahrzeug den Rest des Weges. Geräusche wurden mitunter weit getragen. Ob der Wächter auch in der Nacht auf dem Platz umherstreifte, wusste er nicht.

Innerhalb des Zauns brannte kein Licht, und kein Geräusch war zu hören außer dem Wellenschlag am Ufer und den Lauten einzelner Nachtvögel. Sein Motorrad legte Asmus in einen Graben, aus dem er es in der Not schnell wieder würde herausholen können, dann schlich er zum Tor.

Das Tor war verschlossen, wie nicht anders zu erwarten war. Asmus machte sich auf, dem Zaun entlang zum Ufer zu folgen, er rüttelte immer wieder sachte am Maschendraht und an den Pfosten, fand aber nirgendwo eine Stelle, die einen Durchschlupf bot. Schließlich ließ er sich den Steilabhang der Düne zum Sandstrand hinunterrutschen, spähte im schwachen Mondlicht nach oben und versuchte von hier aus, eine Stelle auszumachen, an der er unter dem Zaun durchkriechen konnte.

Schließlich hatte er Glück: Grasbüschel und Sand waren neben einer schmalen Rinne abgerutscht, in der unter dem Zaun hindurch Regenwasser zum Strand hinunterplätschern konnte. Der Abbruch der Steilkante hatte eine gerade mannsbreite Öffnung geschaffen.

Wenig später stand Asmus im Fabrikgelände.

Er tappte leise Richtung Hauptgebäude, das schemenhaft zu erkennen war. Rechts von ihm tauchte ein Schatten auf, der möglicherweise die Hütte des Wächters war. Auch dort brannte kein Licht.

In tiefer Dunkelheit neben Ziegelsteintürmen und Schiebkarren arbeitete sich Asmus näher an das Hauptgebäude heran. Leise schnaufend erholte er sich in jedem Schatten, der ihm durch Grasbüschel und Kuhlen geboten wurde, weniger vor Anstrengung als vor Anspannung. Zwischendurch sicherte er immer wieder, aber nichts rührte sich. Sie hatten hier zum Glück keinen Wachhund. Wenn man ihn erwischte, wäre der Teufel los!

Zu seiner Verwunderung war die Tür des Hauptgebäudes, das man als Sitz der Verwaltung ansehen musste, nicht verschlossen. Asmus schlüpfte in den Flur. Die Räume waren übersichtlich angeordnet, wie er im Schein seiner Taschenlampe feststellte, und sollten schnell durchsucht sein. Zur rechten befand sich ein großer Raum mit sechs Fenstern, ein Saal, der durch einen eisernen Ofen beheizt werden konnte. Im Übrigen war er leer, ohne jedes Möbelstück.

Gegenüber gab es weitere drei Räume, einer davon ebenfalls beheizbar, ein zweiter leer, ohne Fenster und Ofen, schließlich eine Küche. Im Unterschied zum Saal waren diese Räume abschließbar und mit schweren Türen aus Eichenholz gesichert.

Die Küche weckte Asmus' Interesse. Sie war als einziger Raum bisher benutzt worden, wenn auch wahrscheinlich nur provisorisch mit Tisch, zwei Stühlen und einem Abfalleimer eingerichtet. Auf dem großen Tisch stand ein gewöhnlicher Petroleumkocher, neben diesem mehrere fabrikfrische Dosen aus Weißblech, unterschiedlichen Durchmessers und Höhe, und eine Flasche. Am Etikett erkannte Asmus den Köm, an dem sich die Köche wohl hatten bedienen müssen, um den richtigen Dreh herauszufinden.

Asmus konnte nicht widerstehen, die Pumpe des Kochers zu bedienen. Erwartungsgemäß roch er Petroleum, das durch einen markanten Geruch aus dem emaillierten weißen Eimer fast überdeckt wurde. Er lupfte den Deckel und leuchtete flüchtig hinein. Entenschnäbel und Schwimmfüße.

Er konnte sich gut vorstellen, dass Frau Petersens Enten in dieser Küche geendet hatten.

Danach verließ Asmus das Haus so geräuschlos, wie er eingedrungen war. Die Wolkendecke war inzwischen aufgerissen, und er nutzte den Hausschatten aus, soweit es möglich war. Zu dem langgestreckten einstöckigen Bau neben dem Hauptgebäude, der von Anfang an sein besonderes Interesse geweckt hatte, musste er einen Streifen Mondlicht queren.

Mochte das Hauptgebäude noch am ehesten wie ein Wohnhaus wirken, wenn auch nicht im Entferntesten wie das in Wyk umfunktionierte Stadthaus, so hatte der Langbau eine vage Ähnlichkeit mit einer Werfthalle. Offenbar das eigentliche Fabrikgebäude. Inzwischen waren Sprossenfenster eingesetzt worden, in die Asmus spähte, ohne etwas erkennen zu können. Drei blau gestrichene Türen schimmerten im Mondlicht. Da die ihm am nächsten gelegene nicht verschlossen war, trat er hier ein.

Im Licht seiner Taschenlampe erkannte er eine völlig leere Halle, die sich durch einen beträchtlichen Teil des Gebäudes erstreckte.

Der nächste Raum, den Asmus durch einen türlosen Durchgang betrat, wies an einer Längswand ein großes, wenn auch wenig tiefes Waschbecken mit drei Wasserhähnen und einem großkalibrigen Abfluss auf. Der Boden war gefliest. Asmus konnte sich gut vorstellen, dass hier die gerupften Entenkörper gewaschen wurden.

An der kurzen Wand stand die Konservendosenverschließmaschine, deren Ankunft er beobachtet hatte, und daneben eine zweite, ähnliche, deren Hebel offenbar einen Deckel mit größerem Durchmesser bediente. Es sollten hier Dosen zweier unterschiedlicher Größen gefüllt werden können, wie Asmus vermutete. Eine Räucherkammer fehlte jedoch, wie er auch draußen kein Gebäude gesehen hatte, das dafür vorgesehen war.

Im letzten Raum befanden sich vier neue und unbenutzte Bottiche. Asmus erschauderte. Wurden hier die Enten geschlachtet und ausgeblutet? Er floh durch die Tür hinaus in die frische Nachtluft.

Draußen atmete er tief durch, um sich zu beruhigen. Seine Erleichterung währte nur kurz.

»Was machst du hier?«, flüsterte eine heisere Stimme. Asmus fühlte die Spitze eines Messers im Rücken, die durch die Uniform drang. Den Angreifer sah er nicht.

»Polizei! Lass mich los!«, schnaubte er.

»Glaubst du, ich wüsste das nicht? Ich weiß auch, dass du allein bist!«

Verdammt. Es stimmte. Für so gefährlich hatte Asmus sein Unternehmen nicht gehalten. Ein Irrtum, wie er jetzt erkannte, vor allem, als ihm aufging, wer hinter ihm stand: der Mann, der wahrscheinlich Degenhardt und Dücke ermordet hatte.

Die Stimme hatte Asmus sofort als die des Wächters mit der Flinte erkannt. Die Schusswaffe hatte er auch jetzt bei sich, er hatte sie entsichert, unmittelbar bevor er Asmus überwältigte. Asmus spürte einen scharfen Schmerz, als der Kerl das Messer über seine Rippe zog und dann den Lauf der Flinte in die Wunde bohrte.

Dres trieb Asmus vor sich her zum Hauptgebäude. Vor dem mittleren Raum bekam er einen Stoß in den Rücken, der ihn auf den Zementfußboden schleuderte, dann hörte er, wie ein Schlüssel im Schloss gedreht wurde. Die Schritte des Wächters verklangen im Flur, danach fiel die Außentür zu.

Ihm die Taschenlampe abzunehmen hatte der Wächter versäumt. Aber es gab ohnehin nichts zu sehen, wie Asmus bereits bei der Durchsuchung des Hauses bemerkt hatte. Fensterlos und ohne Heizung, aber abschließbar war dieser Raum wahrscheinlich für Vorräte oder für die fertig gefüllten Dosen bestimmt. Ausbrechen konnte er nicht.

Dennoch wollte er es versuchen.

Trotz der blutenden Wunde nahm er gegen die Eichentür Anlauf, um sie aus den Angeln zu hebeln. Der einzige Erfolg war, dass der Schmerz des Schnittes ihm fast den Atem raubte. Außerdem würde er am nächsten Tag eine blutunterlaufene Schulter haben. Aber er hatte es wenigstens versucht.

Das Haus war kalt. Trotzdem zog Asmus seine Uniformjacke aus, rollte sie zusammen und legte sich so auf sie, dass sie eine Art Druckverband bildete.

Die Gedanken jagten durch seinen Kopf. Er hätte nicht allein kommen sollen, natürlich nicht. Zum Glück war er im Mondlicht als Polizist erkennbar gewesen. Möglicherweise gab ihm das einen gewissen Schutz, ohne den der Wächter ihn hätte erschießen können. Dieser hätte Selbstverteidigung geltend machen können, ohne dass ihm etwas anderes nachzuweisen gewesen wäre.

Wie die Dinge lagen, musste der Wachmann jetzt offensichtlich Petersen zu Rate ziehen, was mit dem Gefangenen zu geschehen hatte. Und dieser den Mann, der für alles verantwortlich war. Das würde dauern. Asmus hatte sich mit Geduld zu wappnen. Bis eine Entscheidung getroffen werden konnte, würde er möglicherweise vermisst werden.

Die Unruhe hielt Asmus wach. Er wälzte sich auf dem harten Boden, dessen Kälte auf seine Muskeln und Knochen übergriff, ohne Schlaf zu finden.

Dann aber war er doch eingenickt, denn er wurde wach, als die Tür aufgeschlossen wurde.

»Rauskommen!«, raunzte der Wächter aus Süderlügum.

Asmus stemmte sich hoch, spürte, dass seine rechte Schulter steif war und mindestens genau so stark wie die Schnittwunde schmerzte, und kam nur mühsam auf die Beine.

Im Flur stand Nickels Petersen mit zorniger Miene, neben ihm der Wachmann mit der Flinte im Anschlag. »Dres hat mir berichtet, dass er Sie bei einem Einbruch in dieses eingezäunte, private Gelände ertappt und eingesperrt hat. Der Besitzer wird Anzeige gegen Sie erstatten.«

»Ermuntern Sie ihn ruhig dazu, Herr Petersen. Jeder Richter wird sich darüber im Klaren sein, dass ein Polizist in Uniform keinen Einbruch begeht, sondern ein verdächtiges Objekt durchsucht.«

»Nachts? Allein?«

Auf Fragen beabsichtigte Asmus sich nicht einzulassen. »Darüber hinaus wissen wir genug, um eine Anzeige gegen Sie zu rechtfertigen. Sie persönlich haben die Interessenten der Kampener Entenkoje mit falschen Zahlen über die Fänge ausgebootet. Allein damit können wir Sie belangen.«

»Sie scheinen immer noch die geschlossene Entenkoje mit dieser Einrichtung zu verwechseln. Wie schon gesagt, ich habe mit ihr nichts zu tun, ich bin nicht der Besitzer. Was die Koje betrifft: Irrtümer kommen immer mal vor. Es war der Entschluss der Hauptinteressenten, die Koje zu schließen. Ich habe diesem Entschluss entsprochen«, erwiderte Petersen kühl.

»Wer ist der Besitzer der Fabrikanlage?«

»Ich bin nicht verpflichtet, Ihnen Vermutungen über eine Gesellschaft mitzuteilen, Herr Asmus, wie ich schon sagte. Ich stehe nur einem einfachen Mann wie Dres in dieser bizarren Situation bei, damit er sich nicht allein der Staatsmacht gegenübersieht.«

Dres nickte, die Flinte im Arm und mit in Siegerpose geballten Fäusten. »Wir kriegen Sie an den Hammelbeinen gepackt, Sie blöder Tropf! Hier herrschen Recht und Ordnung, seitdem die Kommunisten überall das Sagen haben!«

Asmus schüttelte den Kopf über so viel Unwissen. »Man wird nach mir suchen.«

Petersen grinste herablassend. »Verlassen Sie sich nicht darauf! Bevor Sie ernstlich vermisst werden, könnte man Ihr Boot in der nächsten Nacht hinaussegeln und es weit draußen versenken. Kein Mensch würde bezweifeln, dass Sie bei einem netten kleinen Segeltörn ertrunken sind. Man wird einen Trauergottesdienst für Sie abhalten, mehr nicht.«

»Und warum warten Sie damit?«

»Ich sage es Ihnen jetzt zum dritten Mal: Ich habe mit diesem Gelände nichts zu tun. Die Verantwortung für Ihre Person trägt der Besitzer. Ich bin kein Unmensch, ich werde Sie bestimmt nicht ertränken, ich werde sogar dafür sorgen, dass Sie ein Frühstück erhalten.«

Asmus wurde erneut grob in sein Gefängnis gestoßen, hinter ihm wurde abgeschlossen.

Draußen war es taghell, wie Asmus gesehen hatte. Er setzte sich in eine Ecke seines dunklen Verlieses und dachte nach. Sie würden sein Boot *Franziska* selbstverständlich mit ihm an Bord versenken. Nachdem Petersen durch seine Drohung verraten hatte, dass er mit im Geschäft war, konnten sie ihn nicht am Leben lassen.

Dummerweise ärgerte ihn am meisten, dass sie mit Hilfe dieser Segeltour im Dienst seinen guten Ruf zerstören würden. Sinkwitz würde es glauben, dass er im Dienst segeln gegangen war.

Nach einiger Zeit wurde der Schlüssel wieder im Schloss gedreht. Asmus blieb sitzen. Jetzt, bei Tage, würden sie ihn nicht herausholen, um ihn zu seinem Boot zu bringen. Wahrscheinlich waren ja auch die Bauarbeiter und die Dachdecker auf dem Gelände.

Es war Dres, und er kam allein. Mit der Flinte in der Rechten und dem Finger am Abzug schob er hastig einen Napf mit einer Art unappetitlichem Brei durch den Türspalt. Der Koch war vermutlich er. Danach zog er die Tür zu, und es wurde wieder dunkel.

Asmus verzichtete auf die matschige Kost, die wohl nicht einmal Enten angenommen hätten. Sollten sie den Besitzer, der in Asmus' Vorstellung weiterhin Hank war, nicht sofort auftreiben können, würde er vermutlich eine weitere Mahlzeit erhalten.

Das war die einzige Chance, die er hatte, um am Leben zu bleiben.

Viele Stunden vergingen, ohne dass etwas geschah. Asmus döste trotz der Kälte, die ihn allmählich lähmte, vor sich hin. Einmal entschloss er sich, aufzustehen und ein paar vorsichtige gymnastische Übungen zu machen, um sein Blut wieder zum Zirkulieren zu bringen. Zum Glück hatte sich die Wunde geschlossen.

Irgendwann hörte er die Außentür gehen. Keine Stimmen. Um ihn abzuholen, würden sie sicherlich mit zwei

Mann kommen. Hoffentlich war es also nur Dres, der das Abendessen brachte.

Asmus rappelte sich auf und schlich lautlos hinter die Tür. Als der Arm mit einem Blechgefäß in seinem Gesichtsfeld erschien, warf er sich mit Wucht gegen die Tür, um den Arm einzuklemmen. Dres schrie gellend. Asmus riss die Tür auf, worauf sein Wärter nach hinten kippte. Die Flinte schlitterte über den Boden.

Winselnd vor Schmerz stützte Dres seinen vermutlich gebrochenen Arm mit der anderen Hand. Asmus packte die Flinte, spurtete zur Außentür und stürzte hinaus in die Nacht.

Dres war nicht allein gekommen, offenbar sollte er nur Asmus' Argwohn beschwichtigen. Eine Laterne in Richtung zum Tor gab ein flackerndes Licht ab, und er hörte leise Stimmen.

Asmus jagte um das Haus herum. Er musste den Uferabbruch vor ihnen erreichen.

## KAPITEL 16

Draußen war es nicht ganz dunkel. Bevor Asmus noch die Hausecke erreichte, rannte er gegen eine schemenhafte Gestalt, die mit einem satten Plumpsen zu Boden ging. Eine silberne Mähne breitete sich um den Kopf des Mannes aus, der japsend Luft holte.

Bevor er sich noch um ihn kümmern konnte, hörte Asmus hinter sich Laufschritte und fuhr herum. Matthiesen und Jep! Sie starrten Asmus wie eine Geistererscheinung an.

»Warum erschreckst du einen uns lieben Künstler derart, dass wir ihn vor einem Herzinfarkt retten müssen?«, sagte

Lorns vorwurfsvoll, während Asmus Tiglat-Pileser Müller auf die Beine half. »Die sind empfindlicher als wir Polizisten.«

»Wie soll ich denn wissen, dass ihr hier draußen herumlungert?«

Matthiesen lachte befreit und klopfte Asmus stürmisch auf die rechte Schulter. »Wir haben sonst nichts zu tun, wie du weißt.«

»Autsch!«

Um seinen Schmerzensruf kümmerte sich Matthiesen nicht. »Gott sei Dank, dass dir nichts passiert ist. Der mutige Herr Tiger hat mich geholt, weil er dich vom Ufer hat ins Gelände kriechen sehen. Du kamst nicht mehr heraus, dafür hetzte später der Kerl mit der Flinte in Begleitung von Petersen ins Gelände. Unser Dichter hatte den Verdacht, dass du in Gefahr wärst. Ein Bauer hat ihn nach Westerland mitgenommen. Er ist vor Sorge beinahe durchgedreht, bis man mich auftreiben konnte, sagte Jep.«

»Mittlerweile bin ich nur noch dem Hungertod nahe, aber Herr Müller hat schon recht. Sie haben gedroht, mich mit meinem Boot zu ertränken. Stellt euch vor: meine schöne *Franziska!*« Asmus packte Tiglat-Pileser an den Oberarmen und drückte sie voller Dankbarkeit und Anerkennung.

»Wer wollte dich ertränken?«

»Nickels Petersen. Er formulierte es so, dass sie die *Franziska* versenken würden, um alle Welt glauben zu machen, dass ich mit ihr abgesoffen sei. Es war nur zu klar, dass ich mich tatsächlich an Bord befinden sollte. Das war eine eindeutige Ansage, die nicht ausgesprochen wurde.«

Matthiesen nickte.

»Alles in Ordnung, Tiglat-Pileser?«, erkundigte sich Asmus warmherzig.

»Weitgehend, weitgehend, Herr Asmus. Nur mein Hinterteil schmerzt, aber es wäre weit schlimmer, wenn es meine Selbstachtung wäre. Die wäre dahin, wenn ich mich geirrt hätte.«

»Das wäre unnötig gewesen. Lieber einmal öfter gewarnt, als einmal zu lange geschwiegen! Außerdem haben Sie sich ja nicht geirrt.« Asmus schmunzelte erleichtert und wandte sich an Matthiesen. »Lorns, dieser Wächter Dres mit der Flinte ist verletzt. Ich habe ihm vermutlich den Arm gebrochen. Er muss in die Klinik.«

»Nur der unzuverlässige Gemeindevorsteher hat einen Fernsprechapparat«, warnte Matthiesen. »Dann weiß im nächsten Augenblick Petersen, dass du entkommen bist.«

»Stimmt. Wir müssen vermeiden, dass jemand Wind von der Sache bekommt. Am besten wäre, die Klinik holt ihn ab, und wir bewachen ihn dort. Er darf keinesfalls mit Petersen Kontakt aufnehmen.«

In diesem Augenblick taumelte Dres aus dem Verwaltungsgebäude und blieb auf dem Treppenabsatz stehen. Beim Anblick der Polizeimacht und eines Zivilisten riss er entsetzt die Augen auf.

»Dres, wir schaffen Sie ins Krankenhaus. Da bekommen Sie Morphium gegen die Schmerzen und einen ordentlichen Gipsverband«, sagte Asmus vernehmlich. »Für wen ist eigentlich der Saal rechts vom Flur gedacht?«

»Für die Mädchen«, murmelte Dres benommen und ließ sich auf die Treppenstufe sinken.

Asmus und Matthiesen sahen sich an. Matthiesen zuckte ratlos die Schultern. »Die Mädchen, die die Enten schlachten und rupfen sollen?«, forschte Asmus behutsam.

»Was sonst? Sechzehn Stück. Aus Süderlügum.« Dres hatte den Kopf auf den Knien. »Die waren mir dankbar, dass ich ihnen Arbeit verschafft habe.«

Der Kerl wirkte mit den Schmerzen, die er ohne Zweifel hatte, kümmerlich. Trotzdem betrachtete Asmus ihn plötzlich unter dem Aspekt, dass er der Dienstmann gewesen sein konnte, der Degenhardts Gepäck abgeholt hatte. Untersetzt, fettes Gesicht, blond, nach oben gezwirbelte Augenbrauen, hatte der Portier gesagt. Dies alles traf auch auf Dres zu. »Sie haben in der Entenkoje den Vogelkundler erschossen!«, blaffte er heraus, mit Absicht grob, was er normalerweise vermied. Aber wegen der Schmerzen war die Widerstandskraft des Wächters geschwächt, und das musste er ausnutzen.

Dres hob hastig den Kopf. »Nein! Nein! Das war ich nicht!«

Asmus ignorierte seinen Widerspruch. »Glauben Sie nicht, Sie kämen mit Totschlag davon, auch wenn Sie als Wächter der Koje bestallt sind! Es war Mord, heimtückisch von hinten noch dazu, und darauf steht die Todesstrafe! Die Gerichte fackeln nicht lange, seit die Kapitalverbrechen in den letzten Jahren stark angestiegen sind.«

Blankes Entsetzen stand in Dres' Augen. »Ich habe noch nie jemanden erschossen«, keuchte er.

»Wer soll Ihnen das glauben? Was haben Sie eigentlich mit Degenhardts Franken gemacht?«

Dres fehlte die Kraft oder auch die Kaltschnäuzigkeit zu einer Antwort. Sein Kopf sank auf die Knie.

Er würde weitere Fragen nicht mehr beantworten. Asmus wandte sich an Matthiesen. »Fährst du zur Klinik? Ich warte hier, bis du mit der Klinikkutsche zurück bist. Unter König Tiglat-Pilesers Schutz wird mir hier nichts passieren.«

Der Dichter, der sich mittlerweile von seinem Schrecken erholt hatte, lächelte abenteuerlustig. Und geschmeichelt. »Wachtmeister Asmus, Sie haben wirklich Humor! Ich werde dazu ein dramatisches Epos verfassen.«

Asmus grinste bis über beide Ohren. »Wenn Sie meinen Namen weglassen, ist mir das recht. Ich glaube, sonst wäre es mir etwas peinlich. Von einem Dichter bin ich noch nie gerettet worden.«

»Aber wir haben auch unseren Nutzen«, begehrte Tiglat-Pileser auf. »Die Gesellschaft braucht uns!«

»Zweifellos, man sieht es ja.«

Matthiesen eilte zum Tor, das sich unter Quietschen öffnete. Offensichtlich hatten sie das Schloss am Tor mit einem Wantenschneider oder einem ähnlich kräftigen Werkzeug geknackt. Kurze Zeit später hörten sie sein Motorrad, das sich entfernte.

Asmus wandte sich an Jep, ohne sich um den leise jammernden, halbbetäubten Wächter zu kümmern. »Kannst du ein Boot segeln, Jep?«

Der schüttelte den Kopf. »Ich fürchte mich vor der See. Warum?«

Asmus zog ihn beiseite und sprach so leise, dass Dres ihn auf keinen Fall hören konnte. »Mein Boot muss verlegt werden. Es wird die Gesellschaft der Gauner irritieren, wenn sowohl meine *Franziska* als auch ihr Wächter verschwunden sind. Sie werden sich diese Tatsachen nicht erklären können. Vielleicht geraten sie in Aufregung und begehen Fehler.«

»Ja, das ist schlau. Aber es hilft alles nichts, ich kann mit einem Boot nicht umgehen.«

Asmus hatte bereits einen Ausweg gefunden. »Jep, du kennst doch Bahnsen von der Werft in Munkmarsch?«

Jep nickte.

»Könntest du zu ihm fahren – mein Motorrad liegt irgendwo außerhalb des Zauns – und ihn bitten, mein Boot so schnell wie möglich nach Hörnum zu verlegen? Du kannst ihn dann von dort abholen. Er fährt nicht gerne mit dem Zug. Die *Franziska* muss jedenfalls aus dem Hafenbecken von Munkmarsch verschwinden. Vielleicht hat Bahnsen auch eine bessere Idee, wo er mein Boot außer Sicht bringen könnte, als Hörnum.«

»Ist es nicht zu spät?«

»Hans-Christian ist über sechzig, der schläft nicht so viele Stunden. Wenn doch, klopf ihn wach, und bitte in meinem Namen um Hilfe.«

Jep zögerte. »Aber du bist hier allein. Das gefällt mir nicht.«

Asmus lachte verhalten. »Ich passe schon auf mich auf.«

»Bei allem Respekt, Nis, aber haben wir das nicht gerade gesehen?«

Asmus verzog das Gesicht. »Ich gebe es zu. Doch es ist die einzige Möglichkeit, um keine Zeit zu verlieren. Und einer muss Dres bewachen und auf die Klinikkutsche warten.«

»Zwei«, warf Tiglat-Pileser ein.

»Richtig!« Was Asmus verschwieg, war die vage Möglichkeit, dass Petersen in Begleitung des Verantwortlichen auftauchen könnte. Jep würde ihnen wahrscheinlich hilflos gegenüberstehen, weil er die Geschichte in ihren ganzen Ausmaßen nicht kannte und vor allem nicht die Gefahr, die von den beiden Männern ausging. Das konnte er, Asmus, nicht riskieren, deshalb musste Jep nach Munkmarsch fahren.

»Na, dann«, sagte Jep gleichmütig und machte sich zum Tor auf.

Als er fort war, packte Asmus den Wächter am unverletzten Arm und schleifte ihn in den Raum, in dem er selbst gefangen gehalten worden war. Dres stöhnte, leistete aber keinen Widerstand. Am liebsten hätte Asmus ihn geknebelt, aber angesichts seines bleichen Gesichtes, das im Mondlicht die Farbe eines jungen Ziegenkäses hatte, verzichtete er darauf. Er schloss zu und zog den Schlüssel ab, ebenso wie den der Küchentür und des letzten Raumes, und steckte alle drei ein.

Voller Unruhe wartete Asmus auf die Ankunft des Krankentransports, immer mit einem Ohr zur Straße. Daneben erzählte er Müller in Auszügen, was passiert war. Genug, um dessen Neugier zu stillen und ein Epos zu füllen, aber nichts, woraus er hätte Schlüsse ziehen können, um sie in der Künstlerkolonie zu verbreiten.

Endlich waren Stimmen und das Quietschen des einen Torflügels zu hören. Aber keine Kutsche.

»Kommen Sie!«, zischte Asmus und zog Müller hinter die Hausecke. »Das sind nicht Matthiesen und die Sanitäter! Verstecken Sie sich in Dres' Hütte. Schnell!«

»Wer kommt denn?«

»Unsere Gegner, vermute ich. Und seien Sie um Gottes willen leise!«

Dass der Künstler nickte, fühlte Asmus nur. Dann schwebte Tiglat-Pileser mit ausgestreckten Armen und wehender Mähne über das Gras davon.

Als die Männer näher kamen, konnte Asmus verstehen, worüber sie sprachen.

»Hier geht ja wirklich alles Mögliche schief«, bemängelte eine Stimme, die Asmus sofort als die von Hank Christensen erkannte.

»Das liegt daran, dass wir einen neuen, wirklich scharfen Polizeihund haben«, schimpfte Petersen erbittert. »Früher war der Umgang mit der Polizei leichter. Sinkwitz, das ist der Leiter der Polizeistelle in Westerland, hätte sich mit ein paar Dosen mehr als Deputat zufriedengegeben und sich nicht weiter um uns gekümmert.«

»An die Möglichkeit, dass ein neuer Besen gut kehrt, hätten Sie wohl eher denken sollen. Aber dafür ist es zu spät. Unsere Sorge ist jetzt, wie wir uns des Polizisten unauffällig entledigen. Dass er ein Segelboot besitzt, wie Sie sagten, ist ein glücklicher Zufall, der uns in die Hände arbeitet.«

Petersen und Hank betraten das Haus.

Asmus schlich den beiden Männern hinterher, um lauschend an der Außentür stehen zu bleiben.

»Asmus!«, rief Petersen fordernd.

»Was heißt hier Asmus!«, heulte drinnen Dres. »Ich bin hier drin. Asmus ist flüchtig! Lasst mich raus!«

»Was?«, schrie Petersen aufgebracht. »Wieso hast du ihn entkommen und dich einschließen lassen? Oder hat er dich gekauft?«

»Nein, natürlich nicht! Lass mich jetzt raus!«

»Und wo ist der Schlüssel?«

»Das weiß ich doch nicht«, schluchzte Dres. »Dann stemmt die Tür auf. Ich soll ins Krankenhaus.«

»Was ist passiert?«

»Ich sage kein Wort, bis ihr mich rausgelassen habt!«

»Blödsinnige Forderung«, schnauzte Petersen. »Du weißt gut, dass wir die schwere Tür nicht aufbekommen. Nicht einmal mit einem Brecheisen. Du sitzt in einem Tresor!«

Offensichtlich einmütig stürmten die beiden so schnell aus dem Haus, dass Asmus gar keine Zeit fand, sich zu verstecken. Es war auch nicht nötig. Sie hetzten zum Tor und verschwanden in der mittlerweile wieder mondlosen, tief dunklen Nacht.

Endlich knatterte in der Ferne ein Motorrad, und danach trieb die Stimme des Klinikdieners die Kutsche durch das Tor, um vor dem Haupthaus zu halten. Asmus holte den verletzten Dres aus dem Haus und übergab ihn Matthiesen, der für den Transport verantwortlich sein würde. Dres wurde leise wimmernd von dem Sanitäter und dem Kutscher auf die Rückbank gelagert und in Wolldecken eingepackt. Ein Held war er nicht.

»Nimm du die Flinte«, sagte Asmus warnend zu Matthiesen, der zum Kutscher hochkletterte und sich neben ihn setzte. »Nur für den Fall, dass Hank und Petersen auf der Lauer liegen, um Dres' habhaft zu werden. Sie wissen, dass Dres zur Klink gefahren wird. Er hat sich geweigert, ihnen mitzuteilen, was passiert ist, und das wollen die beiden unbedingt erfahren, schätze ich.«

»Und du?«

»Ich warte hier auf Jep, den ich mit einer Botschaft nach Munkmarsch geschickt habe. Sobald er zurück ist, bringen wir unseren Herrn Müller nach Hause und fahren dann auch nach Westerland zurück.«

»Es sind mittlerweile etliche Leute, die beteiligt sind, was meinst du?«

»Ich kann doch wohl alleine gehen«, mischte sich der Künstler ein.

»Lieber nicht, werter Tiglat-Pileser«, widersprach Asmus sanft. »Diese Leute machen nicht viel Federlesens mit Gegnern, so wie ich sie einschätze. Und Sie haben sich als handfester Gegner erwiesen. Von wegen weltfremder Dichter. Mir ist lieber, wenn ich Sie sicher in Ihrem Haus weiß.«

»Na ja. Wenn Sie meinen«, murmelte Müller geschmeichelt.

»Lorns, um auf deine Frage zu antworten: Es sind mehrere, die an dem Geschäft beteiligt sind, aber sie werden kaum wissen, was heute Nacht passiert ist.« Asmus hob die Stimme, um Dres aus seiner Betäubung zu wecken. Aus dem Augenwinkel sah er, dass der Wächter den Kopf hob und einigermaßen aufmerksam zuhörte. »Deswegen werden Petersen und Christensen sich vermutlich nicht rühren, sondern bei einem Verhör totale Unkenntnis geltend machen. Petersen hat ja Stein und Bein geschworen, dass er nicht beteiligt ist. Und Hanks Ausrede wird sein, dass Dres ein Komplott angezettelt hat, wobei er keine Ahnung hat, wozu und mit wem. Hank wird Dres des Mordes an Degenhardt und Dücke beschuldigen.«

Dres keuchte hörbar vor Entsetzen, eine Reaktion, die Asmus zufriedenstellte. Der Wächter sollte Angst vor den Ganoven haben, statt sich mit ihnen zu solidarisieren. War seine Verletzung erst einmal versorgt, würde er hoffentlich reden.

»Lorns, sei so gut, und telefoniere von der Klinik aus mit Bahnsen in Munkmarsch. Das Unternehmen Hörnum ist abgeblasen. Jetzt fahrt los.«

Der Kutscher schnalzte mit der Zunge und strich dem Pony mit der Peitsche leicht über die Flanken, worauf es sich eilends in Bewegung setzte und außerhalb des Zauns in Trab fiel.

Nicht lange danach kam Jep zurück. Asmus fing ihn bereits am Tor ab und erklärte ihm die veränderte Sachlage. Zu seiner Beruhigung erfuhr er, dass Bahnsen erst in etwa drei Stunden mit der *Franziska* auslaufen würde, um sie hinter der Landzunge am Hafen Munkmarsch vor Anker zu legen. Bis dahin würde Matthiesen ihn erreichen.

Danach geleiteten sie im Morgendämmern den Dichter zu seinem Haus, das sich gar nicht in der Künstlerkolonie befand, sondern das ehemalige Haus von Avenarius war und das er den Erben abgekauft hatte. Asmus war bass erstaunt, dass er den neuen Besitzer bei seinem ersten Besuch gar nicht wahrgenommen und er und Ose auch nicht über ihn gesprochen hatten.

Anschließend machten sich Jep und er auf den Rückweg nach Westerland. Von der Kutsche war nichts zu sehen, die hatte anscheinend das Krankenhaus zügig erreicht.

Als Jep Asmus an seinem Haus absetzen wollte, sahen sie, dass in Asmus' Wohnung Licht brannte. »Was soll das denn? Das ist mein Wohnzimmer«, sagte Asmus ärgerlich. War sein Vermieter Bonde Sibbersen womöglich dort gewesen und hatte das Licht brennen lassen?

»Wenn dir das komisch vorkommt, gehe ich lieber mit hinein«, entschied Jep und stellte den Motor aus. »Wer weiß, wer da drin lauert? Hank vielleicht?«

»Bonde lässt niemanden hinein, den er nicht kennt.«

Leise schlichen sie durch den Flur und zogen lautlos die Tür zum Wohnzimmer auf.

Auf dem Sofa saß Lorns Matthiesen mit geschlossenen Augen. Sein Gesicht hatte die gesunde Röte des Bauernsohns verloren und war so käsig, dass es gegen den grünen Samt der Rücklehne abstach. Die Hand krampfte sich um die Flinte, die er offenbar schussbereit gemacht hatte, bevor er eingeschlafen war.

»Lorns«, rief Asmus leise, um ihn nicht zu erschrecken, aber sein Kollege riss die Flinte in die Höhe und legte an.

»Ach, ihr seid es«, sagte er dann erleichtert und ließ die Waffe auf den Boden sinken.

»Was ist passiert?«

Matthiesen rubbelte sich die Wangen, um sich wach zu machen. »Schlimmes. Dres wurde unterwegs erschossen und der Sanitäter neben ihm am Arm verletzt. In der Kutsche, nicht weit hinter Kampen.«

»Und der Kutscher?«

»Wir beide sind wohlbehalten. Die Kugel, die den Sanitäter streifte, muss zwischen uns durchgeflogen sein.«

»Und das Pony? Ist das dem Kutscher nicht durchgegangen?«

»Im Gegenteil. Es blieb stehen. Und wer immer da schoss, muss gewusst haben, dass er getroffen hatte. Nach dem zweiten Schuss hörte der Beschuss auf. Ich konnte niemanden sehen und auch nicht flüchten hören ...«

»Kugel?«

»Ja.«

»Ein treffsicherer Schütze mit einem Gewehr, dessen Munition Kugeln sind. Da würde ich sofort Hank verdächtigen«, riet Asmus, ohne lange nachzudenken. »Der ist offenbar Jäger. In Amerika dürfen sie auf alles schießen, was sich bewegt, soviel ich weiß. Wobei ich hauptsächlich Großwild meine.«

»Nis, wir sind doch alle nicht mehr im Dienst. Lorns braucht einen Schnaps, und wir beide könnten auch einen vertragen. Hast du so was im Haus?« Jep fragte sehr entschlossen.

Asmus hörte ihm erstaunt zu und nickte. »Klar. Ich wohne schließlich im Haus eines Kaufmanns.« Bevor er in die Küche ging, warf er noch einen besorgten Blick auf Matthiesen. Der erholte sich jedoch zusehends.

»Ich habe noch einen Schuss ins Blaue abgegeben«, hörte Asmus Lorns berichten. »Aber was richtet Schrot schon auf die Entfernung aus, selbst wenn ich jemandem ein Kügelchen in die Pobacke habe brennen können?«

»Wusstet ihr schon in der Kutsche, dass Dres tot war?«, fragte Asmus, als er mit Flasche und Gläsern zurück war.

»Der Sanitäter meinte es. Aber so genau konnte er Dres ja auch nicht untersuchen, er hatte genug damit zu tun, das Blut aus seiner eigenen Wunde zu stillen. Glücklicherweise hatte Doktor Godbersen Dienst. Blattschuss, sagte er schon nach einer flüchtigen Untersuchung von Dres. Genau ins Herz. Dann nahm er den Sanitäter mit, um ihn zu verbinden. Du bekommst einen schriftlichen Bericht von ihm.«

»Interesse daran, Dres den Mund zu verschließen, hatte vor allem Hank. Dres stammt aus Süderlügum auf dem Festland und hatte wohl hier keine Freunde«, sinnierte Asmus und schenkte ein. »Aber über die Fabrik hatte er sich sicher eine Menge zusammengereimt. Ich vermute, dass diesen Teil des Geschäftes Hank in der Hand hat, während Petersen sich wohl mehr um die Koje kümmert.«

Jep lauschte aufmerksam, während Lorns das Schnapsglas aus der Hand zu gleiten drohte, weil er schon wieder am Einschlafen war.

Asmus sprang hinzu und nahm es ihm behutsam ab. »Wir müssen verhindern, dass Hank aus Sylt abhaut«, sagte er entschlossen. »Was wiederum bedeutet, dass wir die Häfen Hörnum und Munkmarsch bewachen müssen. Am besten wird sein, dass du, Jep, in Munkmarsch Wache schiebst und dir den Amerikaner von Mart zeigen lässt, falls er dort aufkreuzt. Matthiesen, der Hank kennt, muss die Passagiere des Hamburg-Dampfers überwachen. Das alles gleich morgen, bis wir ihn haben.«

»Und du, was machst du?«, fragte Jep.

»Ich muss Sinkwitz von der Wichtigkeit des Falls überzeugen und Petersen bearbeiten. Irgendwie muss ich ihn dazu bringen auszupacken! Ich kann nicht akzeptieren, dass man um eine Dosenfabrik mit vorgekochten Enten oder auch Enten und Austern ein solches Geheimnis macht. Petersen hat die Eignergemeinschaft mit Hilfe falscher Zahlen zur Selbstauflösung veranlasst. Drei Männer sind zu Tode gekommen. All das wegen ein paar Enten? Da stimmt etwas nicht! Uns fehlt noch eine wirklich schlüssige Erklärung«, behauptete Asmus, der zu genau wusste, dass seine Nase ihn bisher immer zum Verbrechen hinter dem äußeren Schein geleitet hatte. Dieses Gefühl überkam ihn immer mehr.

»Hält Sinkwitz auch Enten?«, murmelte Matthiesen und kuschelte sich auf der Sofalehne mit Hilfe eines Kissens in den Schlaf.

»Lorns bleibt am besten diese Nacht hier«, befand Asmus mit einem Blick auf ihn. »Der ist ja völlig fertig. Wir treffen uns dann alle drei morgen um acht Uhr und erstellen ein gemeinsames Protokoll.«

»Von morgen ist wohl nicht die Rede. Wir haben schon heute.« Jep gähnte und stellte das Schnapsglas auf den Tisch zurück.

Asmus begleitete ihn zur Tür, dann machte er es Matthiesen auf dem etwas zu kurzen Sofa so bequem wie möglich und ging selber ins Bett.

## Kapitel 17

Während Asmus noch dabei war, sein Protokoll zu verfassen, betrat Doktor Godbersen wieder einmal die Wache. Jep brachte ihn zu Asmus ins Verhörzimmer.

»Wieder etwas passiert?«, seufzte Asmus beunruhigt und zeigte auf den Besucherstuhl

»Nein, das nicht. Ich bin dieser Sache mit unserem unbekannten Patienten nachgegangen. Hast du einen Erfolg gehabt?«

»Nein, aber wir haben auch nicht gesucht, Borg. Einfach keine Zeit gehabt.«

»Ja, kann ich verstehen. Der Patient ist tot, er ist an Atemlähmung gestorben. Ich habe mit dem Verfasser eines der Artikel über das Blutwurstgift Kontakt aufgenommen. Ein junger Assistenzarzt in der Hamburger Klinik. Er hat mir bestätigt, dass meistens mehrere Menschen gleichzeitig durch dieses Gift zu Schaden kommen, sofern alle das Gleiche gegessen haben. Das Gift steckt im Essen.«

»Und durch welches?«

»Er sagte, die Giftträger sind nicht nur Fleisch, es kann auch Gemüse sein. Dann erzählte er mir, was er noch nicht veröffentlicht hat: Ursache Dosen! Dosen mit Fleisch und Gemüse, wahrscheinlich auch Fisch. Die Amerikaner haben dazu schon mehr Erfahrung, das hat er mir bestätigt.

Der Assistenzarzt glaubt, dass Dosen, die aufgebeult sind, verdächtig sind. Anscheinend entwickelt sich in den betroffenen Dosen das Gift, das dann die Dosen aufbläht. Ich erzähle dir das, weil du so großes Interesse an den Dosen mit Entenkeulen hattest.«

»Mein Gott«, sagte Asmus und schwieg dann eine Weile. »Habt ihr noch mehr Patienten mit dieser Vergiftung?«

»Nein, ich sagte dir ja schon, dass ich noch niemals vorher einen solchen Fall gesehen habe.«

Asmus nickte. Er hatte sich nur vergewissern wollen. »Bonde hat mir erzählt, dass die beiden merkwürdigen Besucher regelmäßig Dosen mit zwei oder vier Entenschlegeln gekauft haben. Gut möglich, dass einer von ihnen eine Dose mit Gift erwischte, der andere nicht.«

»Könnte sein. Eine einheimische Krankheit aus frischen Nahrungsmitteln scheint es jedenfalls nicht zu sein, nichts, was man hier als Familie verzehrt.«

»Kann man Menschen absichtlich vergiften?«

»Darüber ist nichts bekannt. Ich glaube, eher nicht. Und mehr weiß ich dazu auch nicht. Ich hoffe, es hilft dir, deinen Verbrechern auf die Spur zu kommen.«

»Du könntest mir noch erzählen, wie der Mann ausgesehen hat.«

»Kann ich. Er war ungefähr vierzig Jahre alt, so groß, dass er nur knapp in ein Klinikbett passte. Seine Haut war sehr hell, natürlich war er wegen der Krankheit blass. Trotzdem fiel sie wegen des Kontrastes zu seinem schwarzen Haar auf. Und er hatte knallblaue Augen. Manche Menschen aus den Alpen, aber auch aus England sehen so aus.«

»Exakt diese Beschreibung habe ich schon einmal gehört. Es handelte sich um den Besucher eines Nachtlokals, der genau wie die heimlichen Besucher der Entenkoje einen süddeutschen Dialekt sprach. Das passt. Danke für deine Mühe, Borg.«

Das Protokoll wurde ausführlich und betrug mehrere Seiten. Asmus ging, erst zwei Stunden nachdem Sinkwitz es erhalten hatte, zu seinem Vorgesetzten.

»Da seid ihr ja einer richtigen Räubergeschichte auf der Spur«, sagte Sinkwitz zweifelnd.

»Räubergeschichte klingt nach Kinderbuch«, widersprach Asmus. »Die Wahrheit ist: Bisher haben wir drei Tote und einen Verletzten. Hinzu kommt: Matthiesen war zweimal in Lebensgefahr und ist mit viel Glück davongekommen.«

»Und Sie meinen wirklich, dass Nickels Petersen beteiligt ist?«, fragte Sinkwitz. »Ich kenne ihn nur als prinzipiell zuverlässigen Geschäftsführer, der stets ordnungsgemäß abgerechnet hat.«

»Mag sein«, gab Asmus zu. »Hank Christensen ist die treibende Figur, vielleicht fälschte Petersen die Abrechnung über die Entenfänge erst, nachdem ihm Hank einen vielversprechenden Plan mit außerordentlichen Gewinnaussichten unterbreitet hatte.«

»Tja, widerlegen kann ich Sie nicht, Asmus. Wenn aber Christensen den amerikanischen Konsul zu seiner Verteidigung aufruft, befinden Sie sich in Teufels Küche. Sie gehen auf eigenes Risiko vor.«

»Das habe ich mir bereits gedacht, Hauptwachtmeister.«

»Werden Sie nicht unverschämt, Asmus!«, schnaubte Sinkwitz.

Asmus ging grußlos.

Jep und Lorns waren schon unterwegs, um ihre Wachposten zu beziehen. Ausnahmsweise befand sich im großen Raum der Wache Oberwachtmeister Alfred Jung, der gerade im Tagesjournal Einträge machte.

»Oh, moin, OWM«, grüßte Asmus überrascht, tauchte der Mann doch selten in der Wache auf, weil er meistens dienstlich unterwegs war.

»Moin, moin, Asmus«, brummte Jung.

»Haben Sie auch so einen komplizierten Fall zu bearbeiten?«, forschte Asmus kameradschaftlich.

»Neugierig?«

Nein, eigentlich nicht. Aber es hatte sich schon immer bewährt, wenigstens in kurzen Zügen über die Arbeit der anderen Bescheid zu wissen, denn häufig ergaben sich unerwartete Verbindungen zwischen den Fällen. Eins und eins ergab nicht immer zwei, sondern zuweilen drei oder vier. Asmus hatte in Rostock seine Untergebenen regelmäßig über alles, was anlag, informiert.

Sinkwitz kannte diese Art der Zusammenarbeit nicht, und Asmus brach das Gespräch mit Jung ab. Manche Menschen waren besser für die Einsiedelei geeignet als für die Arbeit in der Gruppe.

Jung ging hinaus, sprach kurz mit Sinkwitz und kam mit Degen und Tschako zurück. Danach verließ er die Wache.

Als das Geräusch des Motorrads verklungen war, schlug Asmus das Journal auf, um nachzulesen, womit Jung befasst war.

Es handelte sich um einen Motorraddiebstahl in Tinnum. Das Gefährt wurde seit einigen Wochen vermisst. Asmus konnte dem Besitzer die Empörung durchaus nachfühlen. Fahrzeuge dieser Art waren teuer, besonders eine BMW. Sein Motorrad hatte er nur mit Hilfe seiner Brüder bezahlen können, die als Besitzer der Rostocker Reederei trotz der Verluste im Krieg mehr Geld als er hatten.

Die Frage war, wie der Dieb damit über die Straßen von Sylt fahren konnte, ohne dass jemand das Motorrad erkannte. So viele gab es nicht auf der Insel. War es ein Dummejungenstreich, und die Bengel hatten das Fahrzeug zu Schrott gefahren und versteckt? Im Watt versenkt? Oder fuhr der Dieb nur bei Dunkelheit? Um dann was zu tun? Ein sehr eigenartiger Diebstahl auf einer Insel, dessen Aufklärung Jung sich vermutlich noch nicht angenähert hatte. Als Asmus das Journal durchblätterte, fand er mehrere Eintragungen, in denen nirgends von einem Erfolg berichtet wurde.

Nachmittags fuhr Asmus nach Kampen zu Nickels Petersen. Er fand ihn bei offenem Fenster auf dem Sofa liegend vor. »Nanu«, sagte Asmus erstaunt. »Sind Sie krank?«

»Schweres Nervenreißen«, stöhnte Petersen kurz. »Setzen Sie sich doch. Es erwischt mich ab und zu«, spottete er über sich selbst. »Wenn ich auf dem Dach rumgekrochen bin, um ein Loch zu stopfen, oder Entendreck vergraben habe …«

Asmus betrachtete ihn aufmerksam, während er den Stuhl unter dem ovalen Tisch hervorzog und sich setzte. In der Nacht war Petersen noch kregel gewesen, aber Nervenattacken waren tückisch und kamen schnell, wie er wusste. »Ich wollte mich gerne mit Ihnen über das unterhalten, was letzte Nacht passiert ist.«

»Tatsächlich.« Petersen rührte sich und keuchte vor Schmerz.

»Wie lange kennen Sie Dres?«

»Seit dem Herbst. Hank Christensen hat ihn als Wächter für die Fabrik eingestellt, und ich bin ihm erstmals auf dem Gelände begegnet.«

»Bisher haben Sie abgestritten, den Fabrikbesitzer zu kennen. Sie haben immer von einer Gesellschaft gesprochen.«

Petersen zuckte gleichgültig die Schultern. »Hank ist ein angenehmer und liebenswerter Bekannter. Ich bin doch nicht verpflichtet, über ihn Auskunft zu geben, nur um Ihre Neugier zu befriedigen.«

»Wissen Sie, Herr Petersen, wenn die Polizei sich nach jemandem erkundigt, ist es nie Neugier.«

»Aber auch kein offizielles Verhör.«

»Christensen will Enten verarbeiten. Woher bekommt er die?«

»Aus unserer Koje«, sagte Petersen mit schiefem Lächeln. »Das darf er. Die Besitzer sind ausbezahlt worden und haben die Entenkoje aufgegeben.«

»Werden sie denn genügend Enten fangen, um diese Fabrik zu rechtfertigen?«

»Keine Ahnung«, antwortete Petersen ehrlich. »Das ist auch nicht meine Sache. Ich bin dankbar und erfreut, dass einige weitere Pachtgelder für das Gelände einlaufen werden, womit niemand gerechnet hatte.«

»Und an wen wird er die Dosen verkaufen?«

»An die Schifffahrtsgesellschaften der Atlantik-Dampfer natürlich. Es kommen immer mehr Amerikaner, die sich das alte Europa ansehen wollen. Die haben Geld! Und außerdem werden die Dosen natürlich an die Kolonien von ausgewanderten Deutschen geliefert. Besonders die Friesen haben mächtigen Appetit auf Wildenten von zu Hause.«

»Tatsächlich?« Asmus schüttelte verwundert den Kopf. »Wo leben die?«

»Vor allem in New York, aber auch in Kalifornien. Hank macht bereits erste Werbefeldzüge.«

»Donnerwetter«, bemerkte Asmus, um dann ein anderes Thema anzuschlagen. »Wer hat eigentlich gestern Nacht auf die Kutsche geschossen, in der Dres zur Klinik gebracht wurde? Von vier Mann, unter anderem zur Bewachung Wachtmeister Matthiesen.«

»Hat jemand das getan? Keine Ahnung«, sagte Petersen. »Wurden Sie und Matthiesen nicht schon einmal beschossen? Da ist jemand aber sehr hartnäckig hinter Ihnen und Ihren Kollegen her. Sie sollten vorsichtig sein.«

Asmus betrachtete ihn prüfend. Ein sehr selbstbeherrschter Mann, mit Ausnahme des Tages, als er mit seiner Frau wegen der Enten im Streit gelegen und versehentlich zugegeben hatte, Dres seine Flinte geliehen zu haben. In eine Falle ließ er sich normalerweise nicht locken. Am liebsten hätte Asmus ihm auf den Kopf zu gesagt, dass der Schütze gezielt Dres mit einer Kugel getötet hatte, während der oder die Attentäter mit Schrot aus einer leichten Flinte beschossen worden waren. Aber es wäre unvernünftig gewesen, zu viel preiszugeben.

»Jemand verletzt worden?«

»Ja, Dres. Nun kommt er nicht mit einem Gips davon und anschließend in eine Gefängniszelle, sondern liegt im Krankenhaus.«

»Unter Bewachung wie ein Gefangener, vermute ich.«

»Natürlich. Christensen wird sich einen neuen Wächter suchen müssen. Was bewacht der eigentlich? Eine Küche und eine leere Halle?«

»Das weiß doch ich nicht! Ist wohl eine Art von Vorsorge gegen künftigen Diebstahl, die Hank aus Amerika mitgebracht hat.«

Petersens Gesicht ließ eine Spur von Befriedigung erkennen. Wahrscheinlich hatte Dres ihm keine Einzelheiten erzählt, und er war erleichtert, dass Asmus angeblich nur die Halle gesehen hatte. Asmus hob den Kopf und lauschte. »Ich höre die Enten überhaupt nicht mehr quaken. Hübsche Tiere, so schön bunt. Als ich Sie neulich sprechen wollte, habe ich auch kurz in den Garten geschaut.«

»Wir haben sie abgeschafft. Sie machen zu viel Dreck! Als letzte Rache, die sie mir zufügen konnten, habe ich mir beim Vergraben ihrer Scheiße das Gliederreißen geholt. Na, das war's dann mit den Viechern.«

»Sicher ging auch Dückes Kartoffelvorrat allmählich zu Ende ...«

Petersens Miene gefror.

»Bevor Sie mir jetzt zu erzählen versuchen«, hob Asmus an, »dass Sie im Namen der Gesellschaft Anspruch auf die Kartoffeln hatten – was nicht stimmt –, komme ich auf mein eigentliches Anliegen zurück. Sie haben mir gestern sehr drastisch mit Ertränken in meinem eigenen Boot gedroht. Ich könnte Sie deswegen anzeigen.«

»Aber das war doch keine Drohung! Außerdem sprach ich vom Boot, nicht von Ihnen.«

»Ohne mich wäre es ein völlig sinnloses Manöver gewesen, nicht wahr?«

»Ich habe Ihnen lediglich vor Augen führen wollen, zu welchen Methoden der erboste Besitzer greifen könnte. Und habe ich Ihnen nicht anschließend Essen zukommen lassen wie jeder anständige Mensch?«

»Doch, doch, das haben Sie tatsächlich. Dann will ich es dabei belassen. Künftig denken Sie besser nach, bevor Sie sprechen.«

»Vor allem, mit wem.« Petersen grinste überheblich, während Asmus aufstand und ihm die Hand gab.

Nach diesem Austausch von Lügen war Asmus sehr mit sich zufrieden. Die Behauptung, dass Dres am Leben sei, würde sehr wahrscheinlich eine Reaktion zur Folge haben. Aber welche? Grübelnd fuhr er zurück nach Westerland.

Plötzlich schoss ein Gedanke durch seinen Kopf. Ihm fiel ein, dass Matthiesen davon gesprochen hatte, aus der Kutsche heraus möglicherweise jemandem eins auf die Backe gebrannt zu haben oder so ähnlich. Könnte es sich bei Petersens Gliederreißen vielleicht um eine oder mehrere Schrotkugeln handeln?

Sollte dies der Fall sein, war es durchaus denkbar, dass Petersens Frau ihn überreden würde, sich in die Klinik zu begeben. Schrotkugeln im Hinterteil waren zwar nicht grundsätzlich gefährlich, aber doch schmerzhaft. Das wäre gleichzeitig eine völlig unauffällige Methode, sich nach Dres' Befinden zu erkundigen. Schließlich mussten die beiden unbedingt in Erfahrung bringen, ob Dres tot war oder nicht. Petersen würde dem klugen Ratschlag seiner Frau sicher folgen.

Asmus setzte deshalb die Idee sofort in die Tat um und fuhr zur Klinik, um seinen künftigen Schwiegervater vorzuwarnen. Seine zweite Idee, die Möglichkeit, Petersens Garten nach vergrabenem Entendreck abzusuchen, war hingegen ohne Durchsuchungsbefehl nicht realisierbar.

Doktor Godbersen versprach, Asmus zu informieren, falls der Patient Petersen sich nach dem Patienten Dres erkundigte. Hinsichtlich der Schrotkugeln würde er Asmus vermutlich nichts erzählen, zumal Petersen wahrscheinlich als Ursache geltend machen würde, mit jemandem auf der Jagd gewesen zu sein, was unter die ärztliche Schweigepflicht fiel. Zu dieser Jahreszeit war dies illegal, und zur Selbstanzeige war niemand verpflichtet. Asmus gab sich damit zufrieden.

Danach beschloss er, Hank Christensen im Seehotel aufzusuchen. Mindestens würde er erfahren, ob der Amerikaner dort noch wohnte oder abgereist war. Zwar war es nicht üblich oder auch nur geduldet, Befragungen in Zivilkleidung durchzuführen, aber Asmus wusste, dass man ihn so kurz wie möglich abfertigen würde, wenn er sich im Hotel in Uniform zeigte.

Er fuhr daher zuerst nach Hause, um sich umzuziehen, und dann in das vornehme Hotel.

An diesem Tag war der Concierge ein anderer, den Asmus nicht kannte. Erwartungsgemäß war auch er sehr zurückhaltend mit Informationen. »Ich darf über unsere Gäste nicht sprechen, Wachtmeister, das wissen Sie doch sicher.« Und zu einem Pagen, der am Tresen herumlungerte: »Verschwinde! Such die Koffer von Nummer siebzehn heraus, und bring sie vor die Tür!«

»Jawohl.« Der Page, der wahrscheinlich nicht älter als dreizehn Jahre war, verbeugte sich und eilte in den Nebenraum, in dem offenbar das Gepäck der abreisenden Gäste aufbewahrt wurde, bis ihre Kutsche kam.

Asmus, der ihm mit den Augen gefolgt war, wandte sich wieder an den Portier. »Aber Hank Christensen logiert hier doch noch?«

»Wie oft muss ich es Ihnen noch sagen ...«, antwortete der Angestellte hochnäsig.

Es war zwecklos, noch länger zu insistieren. Als Asmus das Haus verlassen wollte, kam der kleine Page mit den Koffern von Nummer siebzehn. Mit funkelnden Augen machte er eine Bewegung mit dem Kopf, die Asmus nur so deuten konnte, dass der Junge draußen mit ihm sprechen wollte.

Asmus trat auf die Außentreppe, fühlte suchend in den Taschen nach einem imaginären Zigarettenetui und ging dann ein paar Schritte zur Seite, wo er vom Concierge nicht gesehen werden konnte. Augenblicke später folgte der Page.

»Herr Wachtmeister«, raunte er, »Hank ist heute früh losgefahren und vorhin wiedergekommen.«

»Du nennst ihn Hank?«

Der Junge errötete. »Das dürfen wir. Er hat es uns Pagen selber angeboten. Er ist ein netter Kerl.«

»Und du bist?«

»Jewe. Zu Diensten, Herr Wachtmeister.« Der Junge verbeugte sich artig.

»War Hank mit der Kutsche unterwegs?« Asmus hoffte auf Mans, den aufmerksamen Kutscher.

»Nein! Mit seinem Motorrad! Ein Freund hat es ihm geliehen, solange er auf Sylt ist.«

»Das ist die beste Art Fahrzeug für diese sandigen Wege überhaupt«, lobte Asmus. »Ich habe auch eines, von DKW mit zweieinhalb PS. Ist nicht besonders leistungsstark, aber für mehr reichte mein Geld nicht. Dahinten steht es. Würdest du mir das von Herrn Christensen mal zeigen?«

Jewe sah sich um. »Eigentlich darf ich das nicht. Aber weil Sie doch Polizist sind und wahrscheinlich einen Verbrecher suchen ... Kommen Sie mit.«

Er eilte um das Haus herum zur Rückseite, wo eine schmale Rampe in den Keller führte, und knipste unten das Licht an. Der Raum barg offenbar die Biervorräte des Hotels in Fässern und Pakete mit Konservendosen sowie einen Rollstuhl. Und ein Motorrad.

Jewe zeigte darauf. »Hank hat gesagt, dass in Amerika, wo er wohnt, ständig alles geklaut wird, was vor einem Haus herumsteht. Und da möchte er nicht ein geliehenes Motorrad da draußen zwischen unseren Fahrrädern parken. Ist ja auch nicht schlimm, hier ist genug Platz.«

»Donnerwetter«, sagte Asmus ehrfürchtig.

»Ja, eine Zwei-Zylinder-BMW mit Viertaktmotor«, bestätigte Jewe stolz. »Die ist natürlich leistungsstärker als Ihr Leichtmotorrad.«

»Selbstredend! Du interessierst dich wohl für Motorräder?«

»Das tue ich! Später kaufe ich mir auch eines.«

»Eine kleine Anzahlung darauf, Jewe.« Asmus förderte eine von den neuen Fünfzig-Pfennig-Münzen aus der Tasche und überreichte sie Jewe. Er hatte sie sich verdient, wenn er es auch nicht wusste.

»Oh, danke, Herr Wachtmeister«, staunte Jewe und machte wieder einen Diener.

»Beeile dich lieber zu Nummer siebzehn.«

»Oh, ja«, fiel Jewe ein, und er sauste nach oben.

Die Dame von Nummer siebzehn stieg gerade in die Kutsche, und Jewe schaffte es so eben noch rechtzeitig, ihre Koffer einzuladen und ein kleines Trinkgeld in Empfang zu nehmen.

Es war Asmus fast peinlich, den Diebstahl des Motorrads, nach dem Jung offenbar schon tagelang suchte, nebenher aufgeklärt zu haben. Jewe würde natürlich nichts sagen, und er beschloss, es einstweilen auch nicht zu tun. Es war besser, Hank in Sicherheit zu wiegen.

Der Zufall wollte es, dass er auf dem Weg zur Wache, Hank Christensen begegnete, der die Straße zu seinem Hotel entlangspazierte. »Herr Christensen!«, rief er und stellte den Motor aus.

»Ach, Sie sind es, Herr Asmus«, erkannte Christensen nach einem Augenblick. »Ich habe Sie bisher ja nur in Uniform gesehen.«

»Ich weiß. Aber im Dienst bin ich immer. Darf ich Sie ein Stück begleiten?«

»Wenn es sein muss.«

»Ich kann auch ins Hotel kommen, in Uniform natürlich.«

»Na ja. Gut. Also jetzt.«

Asmus wendete das Motorrad und schob es neben dem Amerikaner her. »Ihre Fabrik in Kampen stellt uns vor einige Rätsel. Eine bemerkenswerte Anlage.«

»Wir Amerikaner geben uns mit Kleinkariertem nicht zufrieden«, erwiderte Hank kurz angebunden. »Wenn, dann wird großzügig und für die nächsten dreißig Jahre gebaut. Sie werden bemerkt haben, dass das Gelände groß genug ist, um weitere Gebäude zu errichten.«

»Und wofür?«

Hank blieb stehen und Asmus notgedrungen auch. »Für

den Fang und die Verarbeitung von Wildenten als Dosenware mitsamt der Aufbereitung für den Export in die USA. Das haben Sie doch inzwischen sicher selber herausgefunden. Mit dem neuen Wattenmeer-Damm sind die Transportmöglichkeiten nach Hamburg und Bremen zu den großen Schifffahrtslinien geradezu exzellent!«

»Und warum verheimlichen Sie diesen Plan, als ginge es um Baupläne für Kriegsschiffe?«

»Die Konkurrenz, Herr Asmus, die Konkurrenz. Sie lauert überall.«

»Haben Sie Ihren Wächter Dres regelmäßig schießen lassen, um die Enten zu vertreiben?«

»Nein, um Neugierige zu vertreiben. Immer nur in die Luft.«

»Mit der Ausnahme, dass Dres einmal auf uns Wachtmeister geschossen hat.«

»Das muss er auf seine eigene Kappe nehmen. Ich habe das nicht angeordnet.«

»Was ist mit den sechzehn Mädchen, diesen Arbeiterinnen?«

»Was soll mit ihnen sein? Wir haben sie auf dem Festland angeworben, damit sie die Enten ausnehmen, rupfen, vorkochen und eindosen.«

Asmus vernahm es voll Interesse. Eine große Fabrik mit nur sechzehn Arbeiterinnen. In Wyk waren es mehr, und das in einem vergleichsweise kleinen Raum. »Schaffen sie die Arbeit denn in Stoßzeiten?«

Hank zuckte gleichgültig die Schultern. »Dann arbeiten sie eben auch nachts. Wir werden die Aufgaben so organisieren, wie man in den Staaten Autos baut.«

»Aha. Und warum wurden die Frauen auf dem Festland angeworben? Warum nicht auf Sylt?«

»Ganz einfach: Es war praktisch. Dres hat die Frauen besorgt. Keine lange Suche nach Leuten auf diese Weise. Die

Arbeiterinnen werden im großen Saal des Wohnhauses schlafen und sich in der Küche ihr Essen zubereiten.«

»Und die kommen von wo auf dem Festland?«

»Aus Süderlügum.«

»Wie Dres.«

»Das war für ihn am einfachsten.«

»Und wenn eine plaudert, fliegt sie!«

»Niemand wird plaudern. So sind die Bedingungen.«

»Aha«, versetzte Asmus in sarkastischem Ton. »Und wofür sind die beiden anderen Räume im Haus?«

»Einer wird als Büro für die Verwaltung dienen, der andere für Vorräte. Sie sind nicht gezwungen, mein Haus bei Nacht zu besichtigen, Herr Asmus. Kommen Sie ab Herbst, wenn die Enten einfliegen und die Anlage voll in Betrieb ist. Gerne bei Tag, und ich oder mein Verwalter werden Sie herumführen.« Christensen lächelte einladend.

Dasselbe tat auch Asmus. Und doch hatte er, als er sich verabschiedete, wieder das Gefühl, dass viel mehr hinter dieser harmlosen Erklärung steckte.

Das Gespräch mit Christensen, das für alles so harmlose Erklärungen geliefert hatte, brachte Asmus in Erinnerung, dass er sich um die beiden Besucher der Entenkoje zu kümmern hatte. In die Morde schienen sie nicht verwickelt zu sein, aber andererseits warfen ihre jeweils kurze Anwesenheit und ihr wiederholtes spurloses Verschwinden Fragen auf.

Abends klopfte Asmus verhalten bei Bonde Sibbersen. Der rief sofort: »Herein«, und schien richtig froh, Asmus zu sehen. »Setz dich, setz dich«, forderte Bonde ihn auf. »Einen Kurzen und ein Bier?«

»Danke, Bonde, aber ich bin tatsächlich noch im Dienst«, antwortete Asmus bedauernd.

»Ich genehmige mir beides. Ich bin nicht im Dienst.«

Asmus schmunzelte und wartete, bis Bonde mit zwei Flaschen Bier, Köm und vier Gläsern zurückkehrte und sich setzte. »Diese beiden Entendosenkäufer sind uns ein Rätsel. Wir wüssten gerne mehr über sie, weil sie möglicherweise etwas mit den Morden zu tun haben könnten. Vor allem ihre regelmäßigen Kurzbesuche können wir uns nicht erklären.«

»Ich versuche, das noch mal zusammenzufassen. Ich glaube, das erste Mal waren sie im September des vergangenen Jahres bei mir. Und dann jeweils einmal im Monat bis zum April.«

»Haben sie immer nur Dosenenten gekauft oder auch etwas anderes?«

Bonde brauchte gar nicht nachzudenken. »Gemahlenen Kaffee. Du kannst dir denken, dass ein Paket Kaffee damals sechzig- oder achtzigtausend Mark kostete. Sie kauften ihn nicht so regelmäßig wie die Enten. Aber das lag nicht am Geld. Geld hatten sie in Hülle und Fülle.«

»Reichspapiergeld?«

»Meistens. Ab und zu zahlten sie auch mit Dollar.«

»Dass sie deutsches Papiergeld zur Verfügung hatten, lässt darauf schließen, dass sie wirklich immer nur zwei oder drei Tage bleiben wollten. Im Herbst konnten sich ja eine Woche später die Preise schon wieder verdoppelt haben.«

»Ja. Das war eine schreckliche Zeit.«

»Brot könnten sie für diese paar Tage mitgebracht haben. Bonde, der eine der Männer ist hier in der Klinik an einer Fleischvergiftung gestorben.«

»An meinen Enten etwa?« Bonde riss bestürzt die Augen auf.

»Es scheint so. Das Gift muss sich in einer der Dosen befunden haben. Der andere Mann hat nichts abbekommen. Das Merkwürdige ist nur, dass sie die Dosen im April gekauft haben, der Mann aber erst im Mai erkrankte.«

»Ich glaube, das kann ich erklären«, sagte Bonde bedächtig. »Im April habe ich ihnen erzählt, dass mein Vorrat fast am Ende ist und die nächste Fangsaison erst im September beginnt, so dass die neue Lieferung frühestens dann zu erwarten ist. Darauf haben sie dann noch einmal eine Zweier- und eine Viererdose gekauft.«

»Die Mairation also. Sie könnten die Dosen im Kojenwäldchen vergraben haben, um sie nicht mitschleppen zu müssen.«

»Ja, kein Problem«, stimmte der Kaufmann zu. »In vier Wochen rosten die nicht durch.«

»Vermutlich war also die Dose mit zwei Schlegeln, die erst im Mai verzehrt wurde, diejenige, die das Gift enthielt. Anscheinend aß der Erkrankte die beiden Schlegel aus dieser Zweierdose, der andere ein oder zwei Schlegel aus der Viererdose. Zufall vermutlich. Den Rest teilten sie sich dann wohl als Appetithäppchen am Morgen, bevor sie abreisen wollten. Oder der Vergiftete erkrankte derart schnell, dass er nichts mehr aß. Jedenfalls hat der andere erkannt, wie schwerwiegend dessen Symptome waren, und hat ihn immerhin ins Krankenhaus gebracht.«

»Das hört sich plausibel an«, sagte Bonde bedrückt. »Ich weiß nicht, ob ich jetzt noch jemals Entendosen verkaufen sollte.«

»Wie lange verkaufst du die schon?«

Bonde überlegte. »Dreißig Jahre sicher.«

»Und hast noch nie einen Unfall dieser Art erlebt?«

Bonde schüttelte stumm den Kopf.

»Dann gibt es nicht den geringsten Grund, jetzt mit dem Verkauf von Dosenenten aufzuhören. Stell dir vor, ein Bauer bringt gutes Schweinefleisch auf den Markt. Dreißig Jahre lang. Dann wird erstmals jemandem von seinem Fleisch schlecht. Vielleicht blieb das Fleisch auf dem Wagen des Käufers in der Sonne liegen, vielleicht hat seine Hausfrau das Hackfleisch erst nach drei Tagen verarbeitet, vielleicht hat sie es in einem verschmutzten Topf mit alten Fleischresten geknetet. Das weiß niemand. Aber keiner würde den Bauern mit dem sonst immer guten Fleisch beschuldigen. Wieso willst du dich selber für die Vergiftung bestrafen?«

»Woher weißt du das alles? Was hast du denn mit Fleisch zu schaffen?«, fragte Bonde störrisch.

»Mein künftiger Schwiegervater hat mich in die Geheimnisse des Fleischaufbewahrens eingeführt.« Asmus lächelte breit. »Menschliches und Tierisches haben viel gemeinsam.«

»Tja. Du meinst also, mich trifft keine Schuld?«

»Nicht die geringste, Bonde. Und jetzt würde ich auch gerne einen Kurzen und ein Bier genießen. Feierabend.«

»Selbstverständlich.« Bonde schenkte in die für Asmus bereitstehenden Gläser Schnaps und Bier ein, und gemeinsam genossen sie stumm die friedliche Stimmung, die sich zwischen ihnen breitgemacht hatte.

## Kapitel 18

Christensen im Hotel und Dres tot – eine gute Gelegenheit, dachte Asmus, die Hütte von Dres zu durchsuchen. Die Wahrscheinlichkeit war größer, dass er die Franken in der Bude oder ihrer Umgebung versteckt, als dass er sie in einem dicken, auffälligen Umschlag nach Süderlügum geschickt hatte.

Asmus wählte den Feldweg von Braderup nach Kampen und fand einen Fußweg zum Strand hinunter, wo er sein Motorrad zwischen Büschen und einem Priel ablegte. Dann wanderte er nordwärts bis zum Zaun des Fabrikgeländes.

Ab da musste er aufpassen, von den Arbeitern nicht gesehen zu werden.

Der Zaun an der Abbruchstelle war noch nicht zurückversetzt worden, so dass er wieder durch die Rinne nach oben robben konnte. Er blieb einige Augenblicke im hohen Gras liegen, um nach allen Seiten zu sichern.

Die Stimmen der beiden Arbeiter, des Dachdeckers und die hellere seines Lehrlings drangen aus der Gegend der Halle zu ihm, die Bahn für ihn war frei. Geduckt huschte er am Zaun entlang zur Hütte von Dres.

Sie hatte zwar ein Vorhängeschloss, aber es war geöffnet, und der Schlüssel steckte. Dres war am Abend, an dem so viel geschehen war, nicht mehr zurückgekommen.

Asmus schlüpfte hinein, zog die Tür leise hinter sich zu und sah sich um. Zwei halbrunde Stallfenster, wahrscheinlich geschenkt oder billig erstanden, öffneten sich zu den Gebäuden und gaben genügend Licht, um zu erkennen, dass sich nicht viele Verstecke boten. Die Bude war nach oben offen bis zum Reetdach, möbliert mit einem Tisch, einem Stuhl und einer Art Küchenschrank. In der Ecke befand sich ein eiserner Ofen, dessen Abzugsrohr auf der Meeresseite ins Freie führte. Dres sollte also auch in der kalten Jahreszeit hier hausen. Und natürlich sich auch mal ein Spiegelei braten: Ein gängiger Petroleumkocher, ähnlich dem Modell in der Wärterhütte der Vogelkoje, stand auf dem Tisch. Wie magisch angezogen, musste auch hier Asmus die Funktionstüchtigkeit des Kochers untersuchen. Während er pumpte, sah er sich um.

In dem alten Schrank befanden sich hinter der Glastür zwei zusammengelegte Oberhemden, daneben zwei Becher, ein Kochtopf und eine leere Flasche Köm. Plötzlich stieg Asmus wieder Benzin in die Nase. Er bückte sich und schnupperte. Tatsächlich. Auch dieser Kocher war präpariert worden.

Das war ja seltsam! Hatte jemand Dres umbringen wollen, bevor sich die Gelegenheit zum Erschießen ergeben hatte? Jedoch war zum Nachdenken noch später Zeit. Jetzt musste Asmus sich sputen.

In den beiden oberen Schiebladen lagen Handschuhe und eine graue Uniformhose von der Art, mit der Dres in die Klinik gefahren war. Und obenauf eine Schirmmütze mit der Prägung Dienstmann in goldenen Lettern. Dres war also tatsächlich Dienstmann und Wachmann in einem gewesen. Er hatte Gehabe und Vokabular eines Dienstmanns beherrscht, so dass dem Portier des Schwarzen Hahns gar keine Zweifel gekommen waren. Hätte Dres dazu noch in die Rolle des Kojenmanns schlüpfen sollen?

In der dritten Schieblade befanden sich zwei zerlesene Briefe der Familie in Süderlügum. Und ein Schlüssel, der zu einem Vorhängeschloss gehörte. Asmus holte das Schloss des Bauhofes von Morsum aus seiner Hosentasche, das er ahnungsvoll mitgenommen hatte.

Der Schlüssel passte. Offensichtlich war Dres der Dieb der Materialien gewesen, wobei aber nicht geklärt war, woher er den Schlüssel hatte.

Asmus betrachtete den Fußboden. Zement, wie er auch in der Fabrikhalle verwendet worden war. Nirgends eine brüchige Stelle, ein Riss, der aufgestemmt worden war, oder eine andere Auffälligkeit, hinter der man ein Versteck vermuten konnte.

Er richtete seinen Blick nach oben. In den geteerten Dachbalken staken zwei kräftige Nägel, die möglicherweise zum Aufhängen der Jacke oder einer Laterne gedacht waren. Eine Laterne fehlte übrigens, vielleicht war sie im Haupthaus stehengeblieben. Die Balken waren zu schmal, als dass man dort Geldbündel hätte lagern können.

Was verblieb, war der eiserne Ofen, der bereits benutzt worden war, wie man an den Aschenflocken auf dem Fußboden erkennen konnte. Außerdem stand ein Wasserkessel auf der Ofenplatte.

Asmus ging in die Knie, um die Ofenklappe der Ordnung halber zu öffnen. Er war inzwischen überzeugt, dass sich in dieser Hütte kein Geld befand. Offensichtlich war seine Hoffnung falsch gewesen.

Nicht ganz. Hinter der Klappe stand eine metallene Geldkassette auf dem Rost. Er holte sie heraus, pustete die Asche vom Deckel und schlug ihn auf. Leer.

Enttäuscht warf er die Klappe wieder zu, stellte den Kasten auf den Tisch, um ihn zu betrachten, und setzte sich auf den Stuhl.

Je mehr er die ein wenig verbeulte alte Kassette betrachtete, desto weniger glaubte er daran, dass Dres ohne Grund einen nutzlosen, leeren Kasten hinter der Ofenklappe verwahrt hatte. Er musste etwas enthalten haben, was wertvoll genug war, versteckt zu werden. Geld, natürlich! Aber wo war es hingekommen?

Gedankenvoll stand er auf, ging wieder zum Ofen und öffnete die Klappe zum Aschenkasten. Der enthielt tatsächlich Asche bis fast zum oberen Rand.

Asmus betrachtete die Überreste des Holzes, das vermutlich aus dem Gehölz an der Entenkoje stammte, dann rührte er mit dem Zeigefinger darin herum. Sein Finger stieß gegen etwas Hartes. Er kippte die Asche auf dem Fußboden aus.

Eine Münze kam zum Vorschein, und als er sie saubergerieben hatte, entpuppte sie sich als Rappen. Eine Schweizer Münze. Trinkgeld von Degenhardt für eine Dienstleistung, die gar nicht stattgefunden hatte? Eher nicht.

Aber wo war das übrige Geld, vor allem, wo waren die mutmaßlich vorhandenen Frankenscheine geblieben? In der Hütte jedenfalls nicht.

Sehr vorsichtig arbeitete sich Asmus wieder zurück zum

Durchschlupf im Zaun und machte sich auf den Rückweg nach Westerland.

»Dres hat ja ganz bestimmt nicht so viel Bargeld besessen, dass er Degenhardts Rechnung mit Papiergeld bezahlen konnte.« Asmus und Matthiesen diskutierten vor der aufgeklappten leeren Geldkassette, als ob diese ihnen beim Nachdenken helfen könnte.

»Wir sollten feststellen, wann Zahltag für die am Bau arbeitenden Männer einschließlich Dres war. Und wer es ihnen aushändigte.«

»Hank sicher nicht. Vermutlich Petersen, der ja eine Art Mittelsmann zwischen dem Amerikaner und den Bauarbeitern ist«, meinte Asmus. »Wir fragen ihn. Es wäre auch denkbar, dass Hank das Geld einer Bank überwiesen hat, vielleicht in Husum. Amerikaner arbeiten mehr mit Banken, als wir es gewohnt sind. Schließlich, was brauchte Dres denn hier schon? Und bis er mal nach Hause fuhr, konnte das Bargeld schon wieder entwertet sein.«

»Dann hätte er sich aber Geld leihen müssen«, machte Matthiesen geltend.

»Auf keinen Fall bei Petersen. Es bleiben eigentlich nur die Bauarbeiter übrig. Es herrschte übrigens eine Art stummes Einverständnis zwischen Dres und einem der Arbeiter, als ich da war. Meiner Ansicht nach warnte Dres den anderen, ich weiß nur nicht, vor was. Aber auffällig war es. Der Dachdecker scheint dagegen nichts mit den Bauarbeitern zu tun zu haben.«

»Warum hat er überhaupt solche Klimmzüge gemacht? Der ganze Schwindel erforderte ja viel Planung. Außerdem bist du doch der Meinung, dass Hank Degenhardt erschossen hat, und dann hätte auf jeden Fall er Dres das Geld für Degenhardts Zeche gegeben.«

Asmus brummelte Zustimmung und bedachte den Einwand. »Ich vermute, das hat er auch. Aber Dres hat wahrscheinlich die Möglichkeit gesehen, sowohl die Rentenmark von Hank als auch die Franken von Degenhardt an sich zu bringen. Es spricht alles dafür, dass Degenhardt in Franken bezahlen wollte und das Geld im Hotel gelassen hat. Dres wird es in dessen Gepäck gefunden haben. Und vielleicht hat Hank Dres sogar das Geld als Belohnung zugesprochen.«

»So viel Geld würde manchen in Versuchung führen«, gab Matthiesen zu.

»Um auf deine Frage zurückzukommen: Wäre Degenhardt nicht vermeintlich abgereist, wäre wohl eine Suchaktion nach ihm gestartet und er als der Tote in der Koje identifiziert worden. So aber bestand zwischen beiden Vorkommnissen scheinbar keinerlei Zusammenhang.«

»Stimmt. Wollen wir gleich zu Petersen fahren?«

»Damit mir Sinkwitz nicht wieder Faulheit vorwerfen kann, erledige ich erst Schreibarbeiten. Morgen früh reden wir dann mit Petersen und verhören anschließend die Bauarbeiter. Mir scheint es logisch zu sein, dass die beiden Dres' Geld an sich genommen haben, sofern sie davon wussten.«

Am Abend kam Ose in wilder Fahrt angeradelt und stürzte zu Asmus hinein, der gerade dabei war, sich Abendessen zu machen.

Asmus ließ vor Schreck das Ei mit Schale in die Pfanne fallen. »Was ist jetzt passiert?«

»Nickels Petersen liegt in der Klinik!«

»Habe ich es mir doch gedacht!«

»Nein, es ist anders«, stieß Ose aus, immer noch schwer atmend. »Er ist nicht wegen der Schrotkugeln gekommen, sondern mit hohem Fieber eingeliefert worden. Vater sagt aber, zwei Bleikugeln in seinem Hinterteil sind schuld. Er hat Stofffasern der Hose und Schmutz aus den Wunden entfernt, und nun müssen sie mit allen Mitteln eine Blutvergiftung bekämpfen.«

»Du liebe Zeit!« Asmus drehte den Brenner aus und zog Ose zum Sofa. »Ist es gefährlich?«

»Petersen schwebt in Lebensgefahr. Er phantasiert schon, und seine Frau ist bei ihm und bleibt auch über Nacht dort. Vater hat mich geschickt, dir das zu berichten, obwohl er das als Arzt nicht tun sollte, aber die Dinge liegen ja nun völlig anders, als du angenommen hattest. Er meint allerdings, dass du Petersen sowieso nicht mehr befragen kannst.«

»In einer solchen Situation führe ich Befragungen auch nicht mehr durch, Ose.«

»Na ja, Vater wusste nicht genau, wie wichtig es ist. Außerdem ist er der Meinung, dass die Blutvergiftung sich erstaunlich stürmisch entwickelt hat. So läuft das normalerweise nicht ab. Da muss fürchterlich viel oder giftiger Dreck in die Wunden gekommen sein.«

»Entendreck! Kot und Federn könnten an Petersens Hose gehaftet haben.«

»Tatsächlich? So sicher bist du? Werde ich an Vater weitergeben.«

»Hat Petersen eigentlich noch mitgeteilt, wer ihn angeschossen hat?«

»Nein, hat er nicht, sagt Vater. Seine Frau behauptet, er sei auf Jagd gewesen. Hast du noch ein zweites Ei? Ich könnte heute Nacht hierbleiben. Die Eltern wissen ja, wo ich bin.«

Asmus rückte gespielt beleidigt von Ose ab. »Ich bin im Besitz von vier Eiern und Speck«, verkündete er würdig. »Vom Hof von Lorns' Eltern. Und zum Frühstück gibt es Brot und Fliederbeermarmelade. Wie du siehst, bin ich für Festmenüs gerüstet.«

»Bestens! Das ist ein Angebot, dem ich nicht widerstehen kann. Ich bleibe.«

Sorgen machte sich Asmus am nächsten Tag vor allem um Matthiesen. Er würde sich grämen, weil er es war, der geschossen hatte. Selbstverständlich war er nicht schuld. Es war schließlich Selbstverteidigung gewesen, wenn auch mit sehr ungleicher Verteilung der Chancen, was daran lag, dass er nur eine Schrotflinte gehabt und überdies wegen der Dunkelheit gar nichts gesehen hatte.

Jedoch nahm Matthiesen es mit Gleichmut. Schießen gehörte zum Dienst, wenn dieser es ausnahmsweise erforderte, auch wenn sie nur mit Degen ausgerüstet waren. Und schießen konnte jeder der Polizisten wie die meisten Sylter.

Asmus machte sich beruhigt auf den Weg nach Kampen, nachdem er Matthiesen instruiert hatte, dass er in der Klinik eine Bewachung für Petersen organisieren solle. Möglicherweise würde die Behandlung bei Petersen anschlagen, dann musste Asmus gerufen werden, um ihn zu befragen. Danach würde Matthiesen wieder seinen Wachdienst in Hörnum antreten.

Was Asmus vorhatte, war schon wieder illegal. Auch deswegen hatte er Matthiesen ins Krankenhaus geschickt, statt ihn nach Kampen zu Petersens Haus mitzunehmen. Aber da Petersen gerade nicht befragt werden konnte, wollte Asmus nach dem Entendreck suchen. Petersens Behauptung wollte er bestätigt oder widerlegt sehen.

Den Motor stellte er aus, bevor er an Petersens Haus angekommen war, und schob sein Motorrad bis zum Gartentor. Er musste die Nachbarschaft ja nicht unbedingt aufmerksam machen.

Die Türflügel und Fensterläden waren geschlossen. Frau Petersen war noch nicht zurückgekehrt. Asmus wanderte aufmerksam durch den Vorgarten, in dem Stachelbeer- und Johannisbeersträucher wuchsen. Der Boden war unberührt.

Im Teich am Rand des Obstgartens warf der Wind kleine Wellen auf, auf denen einzelne Federn tanzten. Junge Gänse hatte Frau Petersen noch nicht bekommen, denn der Garten und die benachbarte Weide waren leer. Hinter der Pforte waren Maulwurfshügel zwischen dem sprießenden Gras zu sehen.

Nirgends sah Asmus frisch aufgeworfene Erde, und im Misthaufen fand er nur Würmer, keine Federn. Natürlich war nicht auszuschließen, dass Petersen den Entendreck von seinem Grundstück fortgekarrt hatte und dabei angeschossen worden war.

Unzufrieden wollte Asmus das Grundstück verlassen. Der Besuch war völlig ergebnislos gewesen. Im Vorbeigehen beschloss er, einen Blick in das Entenhaus zu werfen. Wahrscheinlich war es ebenso geputzt wie der Garten. Frau Petersen schien in dieser Hinsicht sehr gründlich zu sein.

Zu Asmus' Verblüffung war die Tür zum Entenhaus mit einem Vorhängeschloss verschlossen. Asmus drehte und wendete es. Sehr seltsam. Es machte ihn misstrauisch. Ein leeres Entenhaus musste gewiss nicht verschlossen werden. Vor einigen Tagen noch hatte die Tür zum Lüften aufgestanden.

Die Taschen an Asmus' Motorrad enthielten einen kleinen Satz von Werkzeugen, unter anderem einen Wantenschneider, den er eigentlich für sein Boot angeschafft hatte. Aber für leichte Vorhängeschlösser war er allemal geeignet.

Er huschte zu seinem Motorrad und lief dann zurück.

Den Schlossbügel aufzuschneiden war weniger einfach, als er gedacht hatte, aber schließlich schaffte er es. Überrascht blieb er in der Türöffnung stehen.

Das Entenhaus war vollgepackt mit Flaschen, sauber aufgestapelt, die einzelnen Lagen durch Stroh getrennt, alle etikettiert als Köm. Beide Sorten waren vorhanden: der wasserhelle Schnaps, der nur mit Kümmel gebrannt war, sowie der gelbe, der einen Zusatz von Anis hatte und als geeler Köm im Handel war. Eine Flasche dieser Art hatte Asmus in der Küche auf dem Fabrikgelände gesehen.

Vorräte in dieser Menge benötigte keine Privatperson. Ein Zusammenhang mit der Dosenproduktion in der Fabrik war wahrscheinlich. Offensichtlich war die Schnapsflasche in der Fabrikküche nicht ausgetrunken, sondern zum Experimentieren benutzt worden.

Wofür? Zusammen mit Enten und Austern?

Asmus blieb sinnend vor den Flaschen stehen. Es war handelsübliche Ware, die ein Vermögen gekostet haben musste. Somit gehörte sie offensichtlich Hank. Der Amerikaner, Petersen und Dres waren vermutlich diejenigen, die am Komplott beteiligt waren, wobei Dres sicher nur der Handlanger war. Er war erschossen worden, damit er nicht reden konnte. In einem geschickten Verhör hätte er möglicherweise alles ausgeplaudert, was ihn nicht selbst belasten würde.

So konnte es gewesen sein.

Asmus scherte sich jetzt nicht mehr um den Lärm, den er machte, sondern raste zu Avenarius' Haus, um zu telefonieren.

Tiglat-Pileser öffnete ihm höchstpersönlich die Tür. »Brauchen Sie wieder meine Hilfe?«, erkundigte er sich tatendurstig.

Asmus schmunzelte. »Ja. Ich würde gerne die Polizeiwache in Westerland anrufen. Ich habe ein großes Schnapslager entdeckt, das wir beschlagnahmen müssen, weil es in Verbindung mit den Machenschaften auf dem Fabrikgelände steht. Bis dahin muss ich es bewachen. Ich muss also schnellstens zurück.«

»Soll ich Sie begleiten? Mache ich gern.« Er wies auf den Fernsprecher, der an der Wand hing.

»Nicht nötig, Herr Müller, vielen Dank. Ich hätte Angst, in noch einem Epos verewigt zu werden.«

»Ein Heldengedicht würde Ihnen doch gewiss gut bekommen!«

»Lieber Tiglat-Pileser!« Asmus blieb stehen und der Dichter notgedrungen auch. »Wir wollen doch alle, dass die Bürger ohne Angst vor Verbrechern leben können, nicht wahr? Auch Sie mit einer wahrscheinlich komfortablen Wohnung in Berlin und einem sehr großen Haus auf Sylt.«

Müller nickte nachdrücklich.

»Sehen Sie! Sylt gerät allmählich in den Fokus des Interesses vieler Geschäftsleute und reicher Menschen aus ganz Deutschland, zunehmend auch von Ausländern. Und so viel freundliche Propaganda Ihrerseits würde zu viele Gauner auf die neu zugezogenen Familien und den wachsenden Reichtum aufmerksam machen. Die Ganoven wiederum würden ihre Betrügereien keinesfalls aufgeben, sie würden vielmehr ihre Methoden verfeinern und es uns dadurch schwerer machen, ihrer habhaft zu werden. Verstehen Sie?«

Müller schaute betrübt drein. »Ich muss dann wohl von meinem großartigen Plan Abstand nehmen.«

»Das wäre sehr tapfer von Ihnen«, bestätigte Asmus. Dann hob er den Hörer ab und ließ sich durch die Stimme in der Vermittlung mit der Wache verbinden.

Drei Stunden später waren die Schnapsflaschen verladen und nach Westerland unterwegs.

Asmus fuhr in die Klinik, um sich nach Petersens Zustand zu erkundigen. Er hatte das Glück, Borg Godbersen zu erwischen, der sich gerade umgezogen hatte und nach Hause wollte.

»Petersen liegt im Delirium und wird sterben«, sagte Borg resigniert. »Wir können nichts mehr für ihn tun. Hoffentlich entdeckt bald ein Wissenschaftler ein Mittel gegen diese Bazillen, sie sind eine der größten Gefahren für die Menschheit überhaupt.«

»Petersen hat da wohl etwas im amerikanischen Stil angefangen, dem er nicht gewachsen war.« So richtiges Mitleid konnte Asmus mit dem Sterbenden nicht empfinden. Offensichtlich hatte er eine Reihe Mitstreiter bei der Entenkoje betrogen, um ein noch größeres Geschäft zu machen.

»Warum meinst du das?«

»Er hat zahllose Flaschen Schnaps auf seinem Grundstück versteckt. Die stehen offensichtlich im Zusammenhang mit den Entendosen, die in größerem Umfang nach Amerika exportiert werden sollen, weil die ausgewanderten Friesen angeblich danach lechzen …«

»Das ist ja interessant …«

»Ja, durchaus. Aber was geht dir dabei durch den Kopf, Borg?«

»Du weißt, dass gegenwärtig in den USA eine ganz scharfe Alkoholprohibition herrscht, oder?«

Asmus saugte hörbar Luft ein. »Ja. Aber an einen konkreten Grund für den Export von Schnaps hatte ich bisher nicht gedacht. Das wäre aber allemal eine Erklärung für die Heimlichtuerei! Und für das Ausmaß der Fabrik. Verbotener Alkohol in Dosen mit Enten. Oder in Entendosen ohne Enten. Jedenfalls mit Entenbanderole. Würde sich das lohnen?«

»Ganz offensichtlich!«, bestätigte Borg. »Ich habe jüngst einen Artikel in einer Ärztezeitschrift über die Auswirkungen der Prohibition in den Staaten gelesen. Über ihre Erfahrungen und Statistiken. Der Gesundheit tut das Alkoholverbot gut. Aber Alkohol kommt trotzdem ins Land. Und zwar durch verbrecherische Banden.«

Asmus hörte gespannt zu.

»Entsprechend sind die Verbrechen stark angestiegen, vor allem durch eine Art von Kriminalität, die als organisiert bezeichnet wird. Ganze Banden sorgen für den heimlichen Transport des aus Mexiko eingeschmuggelten Alkohols in einem System, das sie *pipeline* nennen: Das beinhaltet präparierte Lastwagen, Tunnelsysteme, Schmuggelflotten und noch mehr. Verkauft wird der Alkohol in sogenannten *speakeasys*, illegalen Flüsterkneipen. Konkurrenz wird kurzerhand um die Ecke gebracht. Die Banden werden in ihrer Gesamtheit als *mafia* bezeichnet, und als ihr oberstes Gebot gilt die Schweigepflicht, die *omertà*.«

»Die Verbrecher müssen dann ja horrende Preise für den Schnaps nehmen, damit sich der gewaltige Aufwand lohnt. Bei der Kampener Fabrik mit diesem Ausmaß kann ich nicht glauben, dass die Alkohol-Entendosen nur für die ausgewanderten Friesen bestimmt sind. Vermutlich sollen sie also in Amerika in diese Pipeline mit eingeschleust werden. Mit oder vielleicht sogar vorzugsweise ohne Enten. Das würde auch erklären, warum wir noch keinen Kojenmann gefunden haben. Hank und Petersen rechneten ursprünglich wahrscheinlich damit, dass Dres diese Arbeit übernehmen könnte. Was meinst du dazu?«

»Das wäre die wahrscheinlichste Erklärung.«

Jemand klopfte an die Tür und zog sie auf. »Eine Schwester in Rotkreuztracht blickte herein. »Herr Doktor Godbersen, Nickels Petersen ist soeben verstorben. Könnten Sie mit seiner Frau sprechen, bitte?«

Der Chirurg erhob sich. »Nis, ich muss ...«

Auf dem Weg zur Wache überlegte sich Asmus, dass er schnellstens mit der Polizei in New York Verbindung aufnehmen sollte, sofern Sinkwitz und dessen Vorgesetzte diesen unüblichen Weg erlauben würden.

Oder sollte er es lieber lassen und stattdessen Hank Christensen zum Verhör vorladen?

Oder beides?

Er entschloss sich, zuerst mit Hank zu reden.

Es passte Asmus gut, dass Oberwachtmeister Jung in der Wache war. Er war allein, da Jep und Matthiesen ja auswärts zu tun hatten. »Moin, moin. Schon Erfolg gehabt bei der Suche nach dem Motorrad?«

Jung schnaubte leise. »Es kann nicht mehr lange dauern. Und wenn ich sämtliche Scheunen auf Sylt durchsuchen muss.«

»Ich würde mich an Ihrer Stelle im Keller des Seehotels umsehen«, schlug Asmus gedämpft vor. »Ein hilfsbereiter Page namens Jewe wird Ihnen den Weg zeigen. Der Portier muss das nicht unbedingt hören. Und wenn Sie schon dort sind, seien Sie so gut, dem Gast Hank Christensen eine Vorladung zu überbringen. Ich muss ihn dringend vernehmen. Wie Sie das im Tagesjournal formulieren, ist mir egal.«

Jung kaute nachdenklich auf seiner Unterlippe herum und fixierte Asmus. »Wenn Sie tagelang mit einer Information hinter dem Berg gehalten haben, Asmus, dann sind Sie dran!«

Asmus zog die Augenbrauen in die Höhe, ließ sich aber durch die Drohung nicht einschüchtern. »Ich täte es nicht, Herr Jung. An Ihrer Stelle …« Damit verließ er den großen Wachraum und zog sich in das Verhörzimmer zurück, wo es seit neuestem einen Fernsprecher gab.

In Hamburg erreichte er einen Kriminalinspektor, der ihm persönlich bekannt war, und schilderte ihm, welche Informationen er aus New York benötigte.

Der Kollege war sehr hilfsbereit. »Ich lasse deine Fragen ins Englische übersetzen und telegrafiere dann persönlich. Es wird etwas dauern, wie du weißt. Hamburg–London–Irland–New York und zurück. Plus Übersetzung ins Deutsche. Oder kannst du Englisch?«

»Meine Reederfamilie war der Meinung, dass englische Sprachkenntnisse das Wichtigste sind für das Geschäft. Deshalb auf deine Frage: Ja. Ich bin dankbar, dass du mir hilfst«, sagte Asmus, beendete flugs das Gespräch und fuhr nach Hause.

## Kapitel 19

Am späten Morgen des nächsten Tages schlenderte Hank Christensen in die Wache, betrachtete sich neugierig Anschläge und Plakate an den Wänden und hatte keine Eile, Matthiesen anzusprechen, der wartend am Tresen stand.

»Bisschen ärmlich hier«, bemerkte Christensen endlich und drehte sich um.

»Wir machen trotzdem unsere Arbeit ordentlich«, sagte Asmus, der hinter ihm in den Raum getreten war. Er wunderte sich, wie lässig Hank mit einer Vorladung umging, bis ihm einfiel, dass die beiden wichtigsten Zeugen ja tot waren. Vermutlich war er sich seiner Schießkünste sehr sicher.

»Davon gehe ich aus. Warum wollen Sie mich sprechen?«

»Einige Dinge klären. Kommen Sie mit! Wachtmeister Matthiesen wird dabei sein und Ihre Aussage für das Protokoll mitschreiben. Ihre Antworten auf dem kleinen gemeinsamen Spaziergang neulich reichen zum Abschließen des Vorgangs nicht aus.«

»Meinetwegen.« Hank zuckte gleichmütig die Schultern und folgte Asmus in das Verhörzimmer.

Asmus räusperte sich. »Ich möchte gerne die ganze Sache mit der Fabrik mit Ihnen besprechen. Sie beabsichtigen also, eine Fabrik zu betreiben, in der Wildenten als Dosenware verpackt und exportiert werden.«

»Im Großen und Ganzen richtig«, stimmte Hank zu. »Natürlich werde ich die auch in Deutschland vertreiben und vor allem auf den Luxusschiffen der Hamburg-Amerika-Linie. Der Rest geht in die USA, wo mir viele Friesen dankbar sein werden.«

»Und um das Fabrikgelände zu bewachen, haben Sie den Wächter Dres aus Süderlügum eingestellt und mit einer Flinte ausgerüstet. So weit richtig?«

»Ja.«

»Warum haben Sie ihn außerhalb des Geländes schießen lassen?«

»Ausschließlich zwischen Kampen und der Entenkoje. Und er hat nur in die Luft geschossen, zur Warnung für Neugierige, wie ich Ihnen bereits erzählt habe. Es ist nicht verboten, zu schießen, auch nicht außerhalb der Jagdzeit, ich habe mich erkundigt. Vorher trieb sich allerhand Gesindel in der Koje herum, wie Petersen mir berichtete.«

»Dres hat auf Matthiesen und mich geschossen.«

»Sie haben auch das bereits erwähnt, aber auf diese primitive Tour legen Sie mich nicht herein. Dres konnte Sie offenbar nicht leiden. Sie müssen ihn schon selbst befragen.«

»Ein Katz-und-Maus-Spiel ist unnötig, Herr Christensen. Sie dürften wissen, dass Dres tot ist.«

»Ach, ist er?«

»Kannten Sie Maximilian Degenhardt?«

Christensen begann zu lachen. »Den komischen Vogel mit dem Vogel?«

»Ja.«

»Ich habe ihn durch Zufall in Konstanz kennengelernt. Er interessierte sich für Enten wie ich auch, und das bot uns für eine Weile genügend Gesprächsstoff. Schließlich schlug er vor, eine Entenart, die im Bodensee häufig ist, in der Koje anzusiedeln, damit wir auch im Sommer Enten verarbeiten könnten. Für seine Dienstleistung wollte er bezahlt werden, und ab da wurde er lästig. Ich habe ihn abserviert, und danach habe ich ihn nicht mehr gesehen.«

»Wer hat ihn erschossen?«

»Dres. Der Mann war auf unserem Grundstück – zumindest bezahle ich Pacht –, betätigte sich dort unerlaubt, wie Dres meinte, als Spion und hatte etwas Schwarzes in der Hand, das Dres für eine Pistole hielt. Dres war schneller.«

»Eigenartig, finden Sie nicht? Wir befinden uns doch nicht in Amerika.«

Hank zuckte mit den Schultern.

Sowohl Degenhardt als auch Dres waren mit Kugeln erschossen worden, beide obendrein von hinten. Hank log, aber Asmus ließ es einstweilen auf sich beruhen. »Dann waren da noch regelmäßig zwei Männer in der Koje, die nicht erschossen wurden. Hatten Sie die, getarnt als Touristen, geschickt?«

»Wer war da?« Christensen beugte sich vor. Auf seinem Gesicht malte sich plötzlich Misstrauen.

»Zwei Naturburschen, Bergsteiger oder Jäger vielleicht, offensichtlich Liebhaber von Enten in Dosen, die sie im Kojenwäldchen auf ganz kleinem Feuer warm gemacht haben. Anscheinend kamen sie ab dem Herbst jeden Monat einmal. Wir hielten sie für Beobachter der Enteneinflüge in Ihrem Auftrag.«

Hank Christensen schluckte schwer und schüttelte den Kopf. »Nein, das waren nicht meine Leute.«

»Sie waren ganz eindeutig wegen der Enten da. Sie müssen auch um Dres' Wächterfunktion gewusst haben, sie schafften es immerhin, seiner Aufmerksamkeit über bald ein halbes Jahr zu entgehen.«

»Verdammt«, fluchte Hank. »Wissen Sie Näheres über sie?«

»Na ja. Es ist eigentlich nicht meine Aufgabe, Sie über die Umstände von Verbrechen im Zusammenhang mit Ihrer Fabrik aufzuklären«, meinte Asmus. »Aber wenn Sie so gut wären, zur Aufklärung des Falles beizutragen, will auch ich kooperativ sein. Diese Männer sprachen einen süddeutschen Dialekt. Es gibt da gewisse Parallelen zu Degenhardt.«

»Sie meinen, die kamen auch vom Bodensee? Waren sie keine Amerikaner?«

Asmus wiegte den Kopf. »Das ist schwer zu sagen. Beides wäre möglich. Ich fragte mich, ob ein Zusammenhang zwischen dem Professor und den Männern besteht.«

Hank schauderte es erkennbar, dann schüttelte er den Kopf. »Nur Jäger von Enten?«, fragte er tonlos, wobei er die Frage wohl eher an sich selbst richtete.

Die Bemerkung war aufschlussreich. Geäußert offensichtlich unter dem Eindruck, die Männer könnten es auch auf Hank selber abgesehen haben. »Wäre es denkbar, dass es sich bei ihnen um die Konkurrenz handelt?«

Der Amerikaner schien aus seinen Gedanken hochzuschrecken. »Konkurrenz«, wiederholte er mechanisch. »Ja, warum nicht?«

»Wer außer Ihnen will hier möglicherweise eine Entendosenfabrikation einrichten?«

»Das weiß ich nicht.« Christensen schien auffallend abwesend. Ihn beschäftigte etwas.

»Sie sind nicht besonders mitteilsam, Herr Christensen.« Asmus beugte sich vor, um dem Amerikaner scharf in die Augen zu sehen. »Dann will ich Ihnen sagen, was Sie befürchten: dass die beiden Bergsteiger hinter Ihnen persönlich her sind.«

Christensens gesunde Bräune verblich. Er klopfte geschäftig seine Jackentaschen nach Zigaretten ab, wie um von seiner Unruhe abzulenken. »Warum sollte ich? Es ist, was mich betrifft, alles legal.«

»Wirklich? Drei Männer sind in oder wegen Ihrer Fabrik umgekommen.«

»Berufsrisiko.«

»Wie Sie meinen.« Die Kaltschnäuzigkeit, die Hank an den Tag legte, raubte Asmus schier den Atem. Die Todesfälle interessierten ihn weniger als eine Gefahr, die ihm selber drohen mochte. »Dann müssen wir jetzt auf den illegalen Aspekt Ihrer Fabrik zu sprechen kommen.«

Christensen, der sich mühsam wieder gefasst hatte, machte ein verwundertes Gesicht.

»Auf den geplanten Alkoholschmuggel in die USA.«

»Und damit meinen Sie mich? Oder wer soll die Schmuggelei beabsichtigt haben?«

»Herr Christensen«, rief Asmus tadelnd. »Halten Sie uns doch nicht für dumm oder naiv. Natürlich Sie!«

»Haben Sie auch nur einen Beweis für Alkoholschmuggel auf meinem Fabrikgelände gefunden?«

Die eine Flasche auf dem Küchentisch ließ sich als Beweis nicht verwenden. Mit einem Mal verstand Asmus, weshalb sie nicht in dem offenbar dafür vorgesehenen Vorratsraum gelegen hatten, der sein Gefängnis gewesen war. »Wir haben Kömflaschen für mindestens dreißig große Postcolli gefunden.«

Christensen legte die Unterarme auf den Tisch und beugte sich vor, um Asmus in die Augen zu sehen. In ihnen spiegelte sich Genugtuung. »Auf meinem Fabrikgelände? Oder in der Entenkoje etwa? Wo?«

»Im Entenhaus von Petersen«, gab Asmus notgedrungen zu.

Der Amerikaner lehnte sich zurück und lachte überheblich. »Und dann wollen Sie mir Alkoholschmuggel unterschieben? Mir? Ich werde ein- bis zweimal im Jahr herüberkommen, um nach dem Rechten zu sehen, während Petersen als mein Verwalter fungieren wird. Es liegt doch auf der Hand, dass er meinen ehrenwerten Export von Wildenten zugunsten seiner eigenen Kasse für illegalen Alkoholschmuggel missbrauchen wollte.«

»Wollen Sie mich das im Ernst glauben machen? Sie haben Dosenverschließmaschinen zweier unterschiedlicher Größen angeschafft. In die kleinere wird der Schnaps abgefüllt, und die wird neben den Entenschlegeln in der großen Dose deponiert. Man fragt sich natürlich auch: Wie viele kleine Dosen passen in die größere, wenn man die Schlegel weglässt? Drei, vier?«

»Mit solchen Märchen können Sie mich nicht hereinlegen, Asmus. Erzählen Sie es Petersens Witwe. Und bevor Sie noch anfangen, mich wegen des Todes vom Entenwärter Dücke zu beschuldigen: Petersen hat ihn entweder umgebracht oder ist zumindest schuld an seinem Tod! Aber das müssen Sie seiner Witwe ja nicht sagen. Aus Barmherzigkeit ihr gegenüber.«

Beinahe hätte Asmus über die plumpe Ablenkung vom Thema Alkohol gelächelt. Er hatte es geschafft, Christensens Gleichmut zu brechen. Aber mehr über die Hintergründe von Dückes Tod zu erfahren war ihm durchaus recht. »Hat Petersen Dücke mit einer Latte erschlagen? Warum?«

»Das weiß ich nicht. Jedenfalls ist Petersen Dücke in die Dünen gefolgt, das hat er mir selber erzählt. Dücke hatte mit ihm einen erbitterten Streit über die Entenzahlen angefangen, und er wollte ihm noch mal ins Gewissen reden. Es war alles abgewickelt und nicht mehr rückgängig zu machen, aber Dücke drohte, es dem Lister Kapitän zu erzählen, der auch ein Hauptinteressent gewesen war. Der soll gerne Streit anfangen, heißt es.«

»Kapitän Hendriksen ist tatsächlich beherzt genug, um die Diskussion über einen Betrug aufzunehmen, da hatte Dücke recht.«

»Ich betrachte es als Erpressung, und Petersen hat sich möglicherweise dagegen gewehrt«, schnaubte Christensen und machte Anstalten, sich zu erheben, aber Asmus bekam seine Hand zu fassen und drückte sie wieder auf den Tisch hinunter. »Sie können erst gehen, wenn ich das Verhör für beendet erkläre.«

»Es ist beendet.«

»Noch nicht ganz«, sagte Asmus hart. »Erst erteile ich Ihnen die Auflage, bis auf weiteres auf Sylt für ein nochmaliges Verhör erreichbar zu sein. Wir werden Ihnen mitteilen, wann Sie abreisen dürfen.«

»Von mir aus. Ich hatte sowieso nicht die Absicht, abzureisen. Mir gefällt es hier«, murrte Christensen und stolzierte in den Flur hinaus.

Die beiden Bauarbeiter verlegten Ziegelsteine vor den drei Türen der Fabrikhalle. Das Steinpflaster vor dem Haupt- und Verwaltungsgebäude war bereits fertig; es bestand aus schwarzen Basaltsteinen. Lars war nicht zu sehen, vielleicht schnitt er hinter dem Haus wieder Reetbunde zurecht, oder er stach an diesem regnerischen Tag außerhalb des Grundstückes Grassoden für den First der Halle ab.

Schon von weitem sahen Asmus und Matthiesen, dass die Arbeit der Männer mehr aus Unterbrechungen zum Schwatzen als aus Tätigkeit bestand. Man musste ihnen allerdings zugutehalten, dass sie von Petersens Tod gehört haben konnten und darüber diskutierten, wie es nun auf der Baustelle weitergehen sollte.

Der eine Arbeiter lud die Steine ab, während der andere auf Knien lag und die ihm zugeworfenen zu einem Turm aufschichtete. Asmus glaubte zu bemerken, dass die Frequenz des Werfens von Ziegelsteinen sich erhöhte, je näher er kam. »Moin, moin, die Herren«, grüßte er.

»Moin, Herr Schupo.«

»Da jetzt Dres und Nickels Petersen tot sind – wer teilt nun Ihre Arbeit ein?«

»Das wissen wir auch nicht«, knurrte der eine schlechtgelaunt.

»Hank Christensen wahrscheinlich.«

Beide Arbeiter sahen ihn erstaunt an. »Wer ist das?«

»Der Amerikaner, der hier bauen lässt.«

»Nickels Petersen hat immer von einer Gesellschaft gesprochen.«

»Möglich, aber bezahlt wurdet ihr von Hank. Er ist ein Amerikaner, der mit den amerikanischen Verbrecherbanden auf gutem Fuß steht. Könnt ihr euch denken, was das bedeutet?«

»Nein.«

»Er fackelt nicht lange, wenn er glaubt, dass man ihn betrügt.«

»Hat Dres ihn betrogen?«, erkundigte sich der eine Mann vorsichtig.

»Mmm«, gab Asmus vage von sich.

Der zweite Arbeiter zuckte die Schultern. »Und wenn schon! Wir haben mit ihm nichts zu tun.«

»Das glaube ich aber doch«, sagte Asmus und lächelte freundlich, während er sie nacheinander musterte. »Das Geld! Erst habt ihr mit Dres gemeinsame Sache gemacht, um Franken und Rentenmark an euch zu bringen, was Dres natürlich einen Teil der Beute gekostet hat. Die Rentenmark, die ihr gegen Papiergeld eingetauscht habt, stammte von Hank.«

»Verflucht«, murmelte der eine zwischen zusammengebissenen Zähnen.

»Noch bessere Beute habt ihr allerdings gemacht, als ihr die Schweizer Franken aus der Kassette in Dres' Ofen gestohlen habt. Ihr seid verhaftet.«

»Siehst du, Thomas?«, rief der eine wütend und streckte seine Hände Matthiesen entgegen, der die Handschellen bereits parat hatte. »Ich war nie dafür.«

»Aber du hast mitgemacht.« Auch er ließ sich widerstandslos festnehmen.

»Wer hat euch eigentlich die Basaltsteine und die Pfähle geliefert?«, erkundigte sich Asmus beiläufig.

»Wieso? Der Bauherr natürlich«, antwortete der eine Arbeiter irritiert.

»Ist es denn üblich, teure Basaltsteine für eine Pflasterung zu verwenden?«

Die beiden sahen sich an und zuckten die Schultern. »Backsteine täten es auch. Aber die Gesellschaft ist offensichtlich reich. Nur das Beste für die Fabrik.«

»Möglich.« Asmus nickte. Den Bauarbeitern konnte man offenbar nicht vorwerfen, das Baumaterial gestohlen zu haben, zumal sie als Festländer keine Ortskenntnisse hatten. Ihm fiel noch etwas ein. »Wo seid ihr eigentlich zu Hause?«

»In Süderlügum«, antworteten sie wie aus einem Mund.

»Aha«, bemerkte Asmus bedächtig, ohne sich anmerken zu lassen, wie wichtig ihm diese Information war. Er hätte sie längst einholen sollen, das wurde ihm nun klar. Es musste eine Bedeutung haben, dass alle angeheuerten Kräfte aus dem Dorf Süderlügum kamen.

Die Wanderung nach Westerland dauerte lange. Aber Asmus war nicht bereit, einen Bauern zu bezahlen, der die beiden hätte kutschieren können. Die beiden Arbeiter wurden in den Arrestzellen der Wache eingesperrt.

»Sie haben das Geld. Ich glaube, wir fahren nach Kampen zurück und suchen es«, schlug Asmus vor. »Niemand wagt sich zurzeit auf das Baugrundstück, es spricht alles dafür, dass sie es dort versteckt haben. Ihr gemeinsames Zimmer und eine möglicherweise neugierige Vermieterin erscheinen mir eher unwahrscheinlich. Was meinst du?«

Matthiesen zog tatendurstig das Koppel seiner Uniformjacke zurecht. »Ich wollte schon immer einen Schatz heben.«

»Na, dann auf!«

Dann standen sie im Grundstück der Fabrik, das Asmus sorgfältig wieder zugesperrt hatte, und sahen sich um. Es gab unendlich viele Möglichkeiten, ein Paket mit Papiergeld und Münzen zu verstecken. Die leeren Häuser kamen wohl weniger in Frage. Also das Außengelände.

Asmus wanderte mit den Händen auf dem Rücken zum Hallengebäude, vor dem die Arbeiter das Pflaster erst teilweise verlegt hatten. Ob sie es beenden würden, war die Frage.

Dann fiel ihm der Schuppen in die Augen, den Lars inzwischen auch gedeckt hatte und in dem vermutlich allerlei Werkzeug für den Bau aufbewahrt wurde. Da das zweiflügelige Tor nicht verschlossen war, trat Asmus ein.

Die Gesellschaft besaß einen Leiterwagen, der im Mittelgang abgestellt war. An der einen Längsseite befand sich eine Werkbank zum Einspannen und Bearbeiten von Holz und Metall, auf der anderen Seite waren Arbeitsgeräte deponiert oder an Nägeln an der Wandverschalung aufgehängt worden.

Matthiesen trat hinter Asmus ein und ließ die Tür offen. Die hängenden Geräte schaukelten sachte im Wind. »Na, die sind ja auf alle künftigen handwerklichen Arbeiten gut eingestellt«, bemerkte er erstaunt. »Die wollen das alles selbst machen.«

Asmus musterte die Gegenstände interessiert. Zum Teil waren es gewöhnliche Werkzeuge für Bauarbeiter, wie Bottiche zum Anrühren von Zement mitsamt Schaufeln für den Sand, der vor dem Tor unter einer Plane gelagert wurde, eine Handramme zum Einschlagen der Zaunpfähle und eine Sackwaage. Der Reetschneider war das Werkzeug von Lars, der anscheinend nicht anwesend war. »Vielleicht möchten sie so wenig fremdes Personal wie möglich hereinlassen.«

»Dafür haben sie wohl ihre Gründe.«

»Mit dem Leiterwagen haben sie bestimmt das Diebesgut aus Morsum geholt«, befand Asmus und rüttelte an der obersten Stange der Seitenwand. »Sehr stabil.«

»Trotzdem ganz schön riskant«, wandte Matthiesen ein.

Asmus zuckte mit der Schulter. »Nicht unbedingt. Ich stelle mir Dres als Kutscher vor und neben ihm Petersen. Wenn sie in der Nacht Pfähle und Steine verladen und gut eingepackt hätten, konnten sie wahrscheinlich sogar bei Tage auf den Wirtschaftswegen an der Küste entlang die Baustelle ohne großes Aufsehen erreichen. Petersen würden wohl die meisten unterstellen, dass er als Auftraggeber für eine Fuhre mitfuhr, die möglicherweise sogar etwas mit seiner Funktion als ehemaliger Verantwortlicher für die Koje im Zusammenhang stand. Einer der beiden muss den Schlüssel für den Bauhof am Damm besorgt haben.«

»Könnte so gewesen sein, ja.« Matthiesen zeigte auf einen Korb aus Weidengeflecht, der ebenfalls am Haken hing. »Hübsch. Mein Opa hat auch so einen alten Aalkorb. Aber was hat der hier zu suchen? Sollte Dres Aale fangen? Oder die Mädchen?«

Asmus musterte das Gerät, das im oberen Drittel eine sanduhrartige Einschnürung besaß und sich nach oben hin weit öffnete. Er hatte darauf nicht achtgegeben, aber jetzt fand auch er die Anwesenheit eines Aalkorbes bemerkenswert. »Das Ding hängt wie Blei herab. Eigentlich kann ein Aalkorb nicht schwerer sein als eine Hacke mit Eisenzinken, oder?«

Matthiesen griff bereits nach dem Korb, hob ihn herunter und stellte ihn auf den gestampften Boden. Sie starrten hinein. Im konisch zusammenlaufenden Boden lag etwas. Er langte hinein und zog ein dickes, mit Ölhaut umwickeltes Paket ans Licht.

»Da haben wir das Diebesgut ja schon«, sagte Asmus erfreut, noch bevor die Münzen auf den Boden kullerten und einen kleinen Berg formten. Daneben stapelte er einen Haufen Geldscheine. »Das reicht, um Anklage gegen die beiden zu erheben.«

»Wir kommen den Tätern immer näher«, meinte Matthiesen. »Aber es sind leider alles nur die Helfershelfer. Sieh mal, was ich draußen im Sandhaufen gefunden habe. Die Dosen musste jemand wohl ganz schnell beseitigen.« Er hielt Asmus eine Dose hin, die einen ungewöhnlich großen Durchmesser besaß.

Asmus las das Etikett laut vor: »Wildenten-Konserven-Fabrik Kampen auf Sylt. Einzigartige, weltberühmte Fangtechnik, über Jahrhunderte entwickelte Zubereitungsart nach Geheimrezept, exklusiv in Luxuslinern und in Edelrestaurants.«

»Die Übertreibung ist schon ein wenig lächerlich, findest du nicht?«

»Na, wenn schon. Jedenfalls kriegen wir jetzt Hank. Da bin ich ganz sicher. Lass uns zurückfahren.«

Ärgerlicherweise dauerte es nicht lange, bis Asmus und Jung wieder aufeinanderprallten.

»Dieser Bengel, der Jewe, war nicht da«, beschwerte Jung sich bei Asmus, als hätte dieser ihn hinters Licht führen wollen. »Das Motorrad habe ich natürlich entdeckt, aber die Angestellten behaupteten alle, nicht zu wissen, wer es fährt. Ein paar Gäste, die herumstanden, habe ich befragt, auch diesen Amerikaner, dem ich deine Vorladung überbracht habe, und den Portier. Schweigen an allen Orten. Der Amerikaner versprach übrigens, in die Wache zu kommen, aber erst in der nächsten Woche, im Augenblick hielten ihn die Geschäfte noch fest.«

»Hast du ihm die Dringlichkeit nicht klargemacht?«

»Nein, davon wusste ich nichts.«

»Na ja. Was das Motorrad betrifft: Die Aufklärung ist deine Sache, ich habe dir nur das Fahrzeug auf dem Präsentierteller geliefert.«

Jung funkelte Asmus an. Ihn kümmerte es nicht, er machte sich mehr Sorgen um Jewe. Der liebenswerte kleine Junge würde doch wohl für sein unbekümmertes Geplauder nicht bestraft werden! Hank war seiner Meinung nach skrupellos und wollte überdies noch fünf Tage auf Sylt bleiben, so dass er Zeit genug hatte, tückische Rache zu nehmen.

Bei leichtem Wind und passendem Wasserstand machte die Fähre von Munkmarsch nach Hoyerschleuse am nächsten Tag gute Fahrt. Die Kleinbahn, die Asmus nach Tondern bringen würde, wartete bereits, und nachdem alle Dampferpassagiere sich über die Waggons verteilt hatten, tuckerte sie durch die von Abzugsgräben durchzogene nasse Marsch nach Tondern. Im Bahnhof hatte er eine Weile zu warten, aber dann dampfte der Zug zügig über die neue Grenze zwischen Dänemark und Deutschland, und auch die Passkontrolle war schnell erledigt. Die erste deutsche Station war Wimmersbüll, wo der Zug neben einer prachtvollen großen Windmühle hielt.

Süderlügum lag östlich von Wimmersbüll. Während seiner Wanderung dorthin beschloss Asmus, sich zuerst beim Gemeindevorsteher Erk Pörksen nach den insgesamt neunzehn Personen zu erkundigen, die nach Sylt verpflichtet worden waren. Auffälligerweise trugen sie alle nur zwei verschiedene Nachnamen.

Pörksen sollte schräg gegenüber der Kirche wohnen, und als ob er schon auf Asmus wartete, stand er im Schatten eines Hausbaums in der Tür seines großen Hauses und hielt Ausschau. Nur wenige Bauern waren auf der Hauptstraße von Süd nach Nord unterwegs, und sein Blick blieb an Asmus hängen. Er schien nicht erstaunt, dass Asmus Kurs auf ihn nahm.

»Moin, moin«, grüßte Asmus und wurde sofort sehr freundlich ins Haus gebeten und nach seinem Anliegen gefragt.

»Ich wollte gerne die Familie von Dres ...«

»Was hat er jetzt wieder angestellt?«, wurde er von Pörksen unterbrochen, der plötzlich unübersehbar verärgert wirkte.

»Wir sprechen von Dres Evaldsen?«, erkundigte sich Asmus vorsichtig.

»Ja, wir haben nur diesen einen Dres, hinter dem ständig jemand her ist. Aus gutem Grund. Sonst wohnen in Süderlügum nur anständige Leute.«

»Weswegen ist man hinter ihm her?«

»Er wurde schon mehrfach des Diebstahls beschuldigt. Zuletzt hat er als Dienstmann einen Koffer verschwinden lassen. Vor einem Jahr wurde er aus der Haft in Flensburg entlassen.«

»Er wird niemandem mehr Kummer machen. Er ist tot.«

»Davon weiß ich gar nichts«, sagte Pörksen betroffen. »Die Familie ist ungeheuer verschlossen. Sie verhält sich, als wären wir alle ihre Feinde. Wenn Dres woanders beerdigt wurde, haben sie wohl keinen Grund gesehen, es zu erzählen.«

Asmus blickte in sein Notizbuch. »Dann habe ich noch einen Thomas Markussen …«

»Der ist ein Vetter zu Dres. Er soll mit seinem Bruder Egge auf Sylt sein.«

»Das stimmt. Wir haben sie beide wegen Beihilfe zum Diebstahl verhaftet. Können Sie mir noch etwas über die sechzehn Mädchen sagen, die auch alle Evaldsen oder Markussen heißen und auf Sylt arbeiten sollten?«

»Sollten?«

»Es hat sich anders ergeben. Die Fabrik wird nun nicht mehr weitergebaut.«

»Das wird aber ein Schlag werden für die Evaldsens und Markussens. Mit dem Lohn der Mädchen haben sie gerechnet. Egges Frau hat gerade eine Muttersau gekauft, die sie anschreiben lassen musste.«

»Sagen Sie, Herr Pörksen, sind etwa alle Mädchen miteinander verwandt und stammen aus diesen drei Familien?«, erkannte Asmus überrascht.

»Ja. Je vier von Dres und Egge, acht von Thomas. Sie sind zwischen vierzehn und neunzehn Jahre alt, konfirmiert und noch nicht in Stellung. Es wurde Zeit, aber wie gesagt, die Sippe ist eigen.«

»Verschwiegen nannten Sie sie.«

»Auch das. Sobald Dres und Thomas wegen irgendeiner Tat in Verdacht standen und verhört werden sollten, gab es immer Zeugen innerhalb der Sippe, die aussagten, dass sie mit dem Verdächtigten zur fraglichen Zeit zusammen gewesen waren. Auch Dres' Mutter und seine fast taube Oma waren stets zum Schwur bereit, nachdem man ihnen erklärt hatte, wo sie mit dem Betreffenden gewesen sein sollten. Ich war durch Zufall einmal bei der Befragung zugegen, nur deshalb weiß ich davon.«

»Was ist mit Egge?«

»Er ist wohl das weiße Schaf der Familie. Aber weich wie Wachs. Ich vermute, er wagt nicht, sich zur Wehr zu setzen.«

»Ja, dann besten Dank auch.« Asmus erhob sich. Er wusste jetzt schon, dass Egge Markussen der Einzige aus der Sippe war, den man bei geschickter Befragung vielleicht dazu bringen konnte, auszusagen. Seltsam, wie sehr diese Familie das praktizierte, was Borg als Omertà der Mafia bezeichnet hatte. Womöglich hatte Hank bei Dres' Sippe auf genau diese Eigenschaft besonders viel Wert gelegt.

Einen Tag danach kam die telegrafische Antwort aus New York. Yes, yes auf Asmus' erste beide Fragen. In verständliche Sätze gefasst, hieß dies: Ja, der Alkoholschmuggel in Dosen sei bekannt, wenn auch mehr als Ausnahme. Ja, die Erfinder dieses außergewöhnlichen Transportsystems in Wildentendosen betrieben von einer friesischen Insel namens Föhr aus ihr Geschäft; der Exporteur heiße Naamen Christensen. Seine Enten seien wohl hauptsächlich für eingewanderte Friesen bestimmt gewesen. Andererseits waren es zu viele gewesen, um den Zoll nicht auf den außerordentlichen Appetit der Friesen auf Wildenten aufmerksam zu machen. Sie hatten die Dosen überprüft, darin Entenkeulen zusammen mit Alkoholdosen entdeckt und sie schließlich routinemäßig angebohrt, um den Alkohol auszugießen.

»Donnerwetter«, murmelte Asmus und übersetzte dann den Rest. Da die Hamburg-Amerika-Linie das Transportmittel sei, die New York als Zielhafen habe, sei vermutlich eine Kooperation mit den beiden im Alkoholschmuggel beherrschenden Mafiaorganisationen geplant: zum weit überwiegenden Teil der *Kosher nostra* der jüdischen Einwanderer, zum kleineren Teil der *Cosa nostra* der Italiener. Den winzigen Rest teilten sich Iren mit Familien unterschiedlicher Nationalität. Kein Neueinsteiger in dieses lukrative Geschäft schaffe es ohne Organisation, sich gegen die Mafia durchzusetzen. Zuletzt die Frage, warum man sich aus Deutschland danach erkundige. Ob Asmus Kenntnis davon habe, dass Naamen Christensen einen schwungvolleren Handel plane.

»Das natürlich nicht«, sagte Asmus zu Matthiesen, dem er die Antwort aus Amerika übersetzt hatte. »Die vermuten übrigens wohl, dass Föhr und Sylt ein und dieselbe Insel sei. Macht ja nichts. Wichtiger zu wissen ist, dass unser Hank die beiden Naturburschen von der Entenkoje ganz offensichtlich für Amerikaner hält, deutsche Konkurrenz schließt er aus. Und jetzt lesen wir, dass es nicht die amerikanischen Behörden sind, die sich für ihn interessieren, die scheinen vielmehr keine Ahnung von seiner Existenz und seinem Geschäftsvorhaben zu haben.«

»Bleibt also ...«, flocht Matthiesen ein.

»Bleiben diese Mafiakartelle. Offenbar sind sie sehr straff geführt und bestens organisiert. Da die beiden Kerle sich über Monate hier immer wieder haben sehen lassen, muss man sie wohl als Beobachter einstufen.«

»Mit der Fragestellung, ob sich Christensens Geschäft lohnen wird. Ob sie es in die eigene Organisation einbauen können und Ähnliches«, riet Matthiesen scharfsinnig.

»Stimmt. Aber ich glaube, dass sie nicht nur wegen der Machbarkeit des Geschäftes hier waren. Sie werden auch Hank unter ständiger Beobachtung gehalten haben. Die Panik, die Hank erfasste, als ich ihm von den beiden erzählte, von denen er keine Ahnung hatte, lässt mich vermuten, dass er Angst um sein Leben hat. Entweder, weil er das Geschäft selbständig betreiben will, obwohl bekannt ist, dass die Alkoholmafia keine Konkurrenz duldet. Oder er will sich diesen Leuten anschließen und wird überprüft, ob er als Geschäftsmann in ihrem Sinne vertrauenswürdig ist.

Denn jeder Dilettant ist eine Gefahr für alle anderen im illegalen Gewerbe. Borg Godbersen beschrieb mir den Alkoholschmuggel wie ein gut funktionierendes Industrieunternehmen. Sand im Getriebe sehen solche Leute als gefährlich an.«

»Aber wenn das alles zutrifft, Nis, muss man ja annehmen, dass der eine Amerikaner noch hier in der Gegend ist … Irgendwo in einem Versteck. Ihr Auftrag ist dann ja wohl noch nicht erledigt.«

Asmus nickte. »Zwischenzeitlich werden sie immer wieder in ihre ehemalige Heimat in Süddeutschland oder der Schweiz zurückgekehrt sein. Zum Verwandtenbesuch. Aber jetzt, wo hier alles auffliegt …«

»Können die Schnapsorganisationen in den Staaten sich Christensen nicht mehr leisten«, ergänzte Matthiesen.

»Das ist es wohl, wovor sich Hank fürchtet. Dass die beiden ihn ermorden sollen.«

Endlich traf auch die Mitteilung ein, die Asmus sich aus Hamburg erhoffte, wo die Polizei ein eigenes Labor besaß.

Die Kugeln, die Degenhardt und Dres getroffen hatten, stammten aus demselben Gewehr. Die Art des Gewehrs war leider nicht bestimmbar, wenn auch die Techniker auf dem besten Wege schienen, dies eines Tages feststellen zu können. Aber vorerst reichte Asmus die Gewissheit, dass Schrot und Kugeln aus unterschiedlichen Waffen und nicht vom selben Schützen abgefeuert worden waren. Der eine war ein Gelegenheitsschütze, der bestenfalls in eine fliegende Entenschar ballern konnte, der andere ein geübter Jäger, der möglicherweise oft Bären oder Luchse vor Kimme und Korn hatte und tödlich zu treffen pflegte.

# KAPITEL 20

Um den Diebstahl des Baumaterials vollständig aufzuklären, natürlich auch, um Sinkwitz Vollzug melden zu können, machte sich Asmus auf den Weg nach Morsum.

Der Bau war in vollem Gang, fast hektisch, konnte man sagen, und es dauerte eine Weile, bis Asmus den Bauleiter Lorenzen ausfindig gemacht hatte, der sich draußen auf dem Dammende in der See befinden sollte. Schließlich sprang er aus der zum Festland zurückkehrenden Arbeitslokomotive.

Asmus winkte ihm zu. Dann erklärte er Lorenzen sein Anliegen. »Kennen Sie einen Mann, der als Dienstmann für Bahnhöfe, Hotels und ähnliche Einrichtungen mal hier gewesen ist? Außerdem betätigt er sich als Wächter von Grundstücken. Der könnte den Schlüssel zum Materiallager gestohlen haben.«

Lorenzen schüttelte den Kopf. »Ich persönlich nicht. Vielleicht einer meiner Männer. Wenn Sie wollen, befrage ich sie, aber das dauert zwei, drei Tage. Es sind nicht alle jederzeit anwesend.«

»Der Mann ist übrigens aus Süderlügum. Es gäbe noch eine Möglichkeit«, fuhr Asmus überlegend fort. »Nickels Petersen aus Kampen würde für den Diebstahl des Schlüssels auch in Frage kommen.«

»Ja, den kenne ich natürlich! Der besucht mich gelegentlich, um sich von den Fortschritten am Dammbau ein Bild zu machen. Er hat mir auch schon fertiggebratene Enten mitgebracht.« Lorenzen grinste. »Eine willkommene Abwechslung in unserer faden Kost aus Salzfleisch und Kohl.«

Asmus starrte ihn perplex an. »Das heißt, er kommt in Ihr Büro?«

»Ja, sicher.«

»Dorthin, wo die Schlüssel hängen?«, bemerkte Asmus.

Lorenzen nickte und schüttelte dann ungläubig den Kopf. »Er soll es gewesen sein?«

»Er hatte offenbar die besten Möglichkeiten, an das Schlüsselbrett zu gelangen. Und Sie haben mir ja selber geschildert, dass die Übersicht schwierig ist, weil nicht immer alle Schlüssel abends korrekt abgeliefert werden.«

»Sie haben recht«, sagte Lorenzen mit düsterer Miene.

»Nehmen Sie es nicht allzu schwer. Petersen hat nachweislich noch mehr auf dem Kerbholz, Schlimmeres. Er hat die ganze Interessengemeinschaft der Entenkoje Kampen betrogen.«

»Dann darf ich wohl noch dankbar sein«, bemerkte Lorenzen sarkastisch und sichtlich enttäuscht.

Asmus klopfte ihm aufmunternd auf die Schulter. »Nehmen Sie als gute Nachricht, dass Ihre Arbeiter ehrlich sind. Misstrauen ist nicht angebracht.«

»Ja, das ist wahr. Danke für die Nachricht, Wachtmeister Asmus.«

Asmus nickte und ging zu seinem Motorrad zurück.

Eigentlich war jetzt das Feld vorbereitet, um Hank nochmals vorzuladen. Trotzdem warf Asmus sich in Zivil und lief dann in höchster Sorge zum Seehotel, um sich nach Jewe zu erkundigen. Es wäre ja fatal, wenn er sich selbst da einen gravierenden Fehler erlaubt hätte.

Als Jewe Asmus sah, blickte er ostentativ beiseite und umklammerte mit der Hand mit aller Kraft einen Wagen auf Rollen, auf dessen Ladefläche Gepäck stand. Asmus sah, dass seine Knöchel weiß vor Anstrengung wurden.

Er spazierte wie ein beliebiger Gast an ihm vorbei. »Im Keller, in ein paar Minuten?«, fragte er aus dem Mundwinkel.

Jewe schaute eisern an ihm vorbei, aber Tränen kullerten ihm die Wangen hinunter. Asmus sah sich um, beobachtete die Gäste und den Portier, die alle nicht auf ihn achteten. »Jewe, bitte, komm!«, flüsterte er eindringlich.

Dann verließ Asmus das Hotel wieder durch den Haupteingang und verschwand zur Rückfront des Hauses. Jewe kam einige Augenblicke später nach.

»Sie haben mich verraten«, klagte er erbittert. »Mir wurde gekündigt.«

Dieser Tölpel Alfred Jung! Es sah ihm ähnlich, so rücksichtslos vorzugehen, dass Zeugen zu Schaden kamen. Asmus ballte die Fäuste vor Wut und betrachtete den Jungen voller Mitleid. »Hör zu, Jewe«, sagte er. »Ich spreche mit dem Hoteldirektor. Erlaubst du mir das?«

»Ich habe von Hank Geld angenommen und habe mich krank gestellt, damit ich aus dem Weg bin, wenn die Polizei kommt«, brachte Jewe stockend hervor. »Aber schlimmer als jetzt kann es nicht werden ... Machen Sie, was Sie wollen.«

»Trockne deine Tränen, und versieh deinen Dienst, Jewe. Und halt dich nach Möglichkeit von Hank fern. Ich suche auf der Stelle den Direktor auf.« Asmus klopfte dem Pagen tröstend auf die Schulter. Es war vor allem sein eigener Fehler gewesen. Jungs Kaltherzigkeit hatte er unterschätzt.

Die Freundlichkeit des Direktors aber auch. Dieser liebte sein Hotel, schätzte seine Mitarbeiter und hörte betroffen Asmus' Schilderung des Geschehens an. Hinter der Anweisung an den Portier, nichts über die Gäste verlauten zu lassen, stand er weiterhin, aber das galt natürlich nicht für

Anfragen der Polizei. Und Jewes Angebot, Asmus das Motorrad zu zeigen, war wohl aus einer Mischung aus Abenteuerlust, Neugier und Rechtschaffenheit entstanden, fand er. Einem Dreizehnjährigen wollte er daraus keinen Vorwurf machen, nachdem er erfahren hatte, dass Jewe der Polizei entscheidend geholfen hatte.

Seine Klingel rief einen Hotelangestellten herbei, und kurze Zeit später schlich Jewe mit hängendem Kopf vor den Schreibtisch des Direktors.

»Junge, nun steh mal gerade!«, befahl der Direktor barsch. »Ich kann dich doch nicht mit diesem krummen Rücken und einer Miene, als hättest du gerade trotz schlechten Gewissens einen Gast beraubt, in zwei, drei Jahren zum Stellvertreter des Portiers aufsteigen lassen. Oder was meinst du?«

»Nein«, stammelte Jewe. Dann hob er den Kopf. »Was haben Sie gesagt, Herr Direktor?«

»Du hast das Zeug, dich in meinem Hotel hochzuarbeiten. Du bist kein Duckmäuser. Die kann ich nicht gebrauchen. Dich durchaus, denn du triffst Entscheidungen, wenn sie notwendig werden, ohne dich lang rückzuversichern. Die Weisheit, zwischen wohlmeinenden Menschen und denen, die dich nur ausnutzen wollen, zu unterscheiden, wird dir mit dem Alter noch zuwachsen. Verstanden?«

»Ja. Ja!«

»Dann lauf jetzt. Soviel ich weiß, bist du bis vier Uhr im Dienst.«

Jewe machte strahlend einen Diener zu seinem Direktor und einen weiteren zu Asmus, der noch tiefer ausfiel. Dann stürmte er aus dem Raum.

»Wissen Sie, ob Hank Christensen im Haus ist?«, fragte Asmus.

»Gestern und vorgestern blieb er mit einer leichten Erkältung in der Suite. Von heute weiß ich nichts. Soll ich mich erkundigen?«

»Nein, danke, ich bitte den Portier mit Ihrer Erlaubnis um Auskunft.«

Christensen war auswärts, wie Asmus sofort erfuhr. »Ihr Direktor möchte, dass Sie mir behilflich sind«, setzte er zur Erklärung hinzu.

»Ich weiß, ich weiß. Jewe hat mir schon erzählt, wie es ihm ergangen ist und dass er bleiben darf. Bitte fragen Sie, Herr Wachtmeister.«

»Danke, auch für neulich, Sie wissen schon.«

Der Concierge schmunzelte verhalten und nickte.

»Hank Christensen ist zwei Tage in seiner Suite geblieben, wurde mir gesagt.«

»Das ist richtig. Er ist keinen Augenblick außer Haus gewesen.«

»Wissen Sie, warum?«

»Bedauere, nein. Eine Erkältung, sagte er. Die hat ihn aber nicht daran gehindert, mehrmals mit den Staaten zu telegrafieren.«

»Um Erkundigungen einzuziehen? Bei staatlichen Stellen, Ämtern oder Parteien womöglich?«

Der Portier wirkte ratlos. »Keine Ahnung, Herr Wachtmeister. Wir dürfen die Telegramme der Gäste nicht lesen, und wir tun es auch nicht. Außerdem war die ganze Korrespondenz in Englisch abgefasst. Allerdings: Haben denn die amerikanischen Behörden und Parteien lauter italienische Angestellte?«

Asmus schmunzelte. »Ganz bestimmt nicht. Wer fürs Land wichtig ist, ist aus England eingewandert.« Dass viele Italiener sich als Gauner betätigten, erwähnte er nicht. Aber diese Namen stützten seine Vermutung, dass Christensen möglicherweise mit der Mafiaorganisation Kontakt aufgenommen hatte. Entweder, um ein Angebot zu machen, oder, um seine Loyalität zu bekunden. Welche Antwort mochte er bekommen haben? »Den telegrafierten Text haben Sie wohl nicht?«, fragte er hoffnungsvoll.

»Bedaure, nein. Wir haben selbstverständlich alles sofort an Herrn Christensen weitergereicht.«

»Ja, natürlich. Ich danke Ihnen für die Hilfsbereitschaft«, sagte Asmus freundlich. »Und passen Sie mir gut auf Jewe auf.«

Der Portier verbeugte sich. »Das mache ich, Herr Asmus.«

Da der Hamburg-Dampfer erst am Abend ablegen würde, war Matthiesen noch in der Wache, als Asmus zurückkam.

»Petersen hatte aus seiner Sicht hinreichend Grund, Dücke zu erschlagen, so hat mir Hank zu verstehen gegeben. Die Tatumstände sprechen tatsächlich dafür. Da er vor Mord anscheinend nicht zurückschreckte, müssen wir ins Auge fassen, dass er auch Dres erschossen haben könnte, wie Hank behauptet. Einiges spricht für Petersen. Er hatte die besten Ortskenntnisse, und immerhin beweisen die Schrotkugeln in seinem Hinterteil, dass er am Schusswechsel beteiligt war.«

»Was willst du damit sagen?«, forschte Matthiesen.

»Gegen Hank haben wir hinsichtlich der Morde kein Beweismittel in der Hand. Es wäre immerhin hilfreich, festzustellen, ob Petersen ein guter Schütze und ob er bei Nacht zu einem Präzisionsschuss auf Dres fähig war. Seine Frau können wir in dieser Situation nicht befragen. Wer könnte etwas darüber wissen?«

»Bestimmt Alwart Jensen«, sagte Matthiesen überzeugt. »Wenn man Oses Meinung folgt, wird er reden, vor allem, da Petersen ja nun tot ist und er auf ihn keine Rücksicht mehr nehmen muss. Eher würde er sich wohl uns andienen, um nicht womöglich noch in den Strudel von Verdächtigungen einbezogen zu werden.«

»Zieh dich um! Lass uns sofort fahren!«, beschied ihm Asmus.

Jensen werkelte wie immer draußen im Garten herum. Asmus, der befürchtete, dass ihnen die Zeit davonlief, fiel bei seiner Frage mit der Tür ins Haus.

»Ob Nickels gut schießen konnte?«, fragte Jensen überrascht nach. »Ich glaube nicht. Er besaß zwar eine Flinte wie die meisten, aber richtig auf Jagd gegangen – ich wüsste nicht. Enten bekam er ja als Deputat. Ich nehme an, er interessierte sich einfach nicht dafür, er sah ja auch nicht besonders gut.«

»Er sah nicht gut?«

»Nein«, brummte Jensen unwillig, als ob ihn diese Antwort bereits in die Nähe übler Nachrede eines Toten rückte.

»Das hilft uns«, fügte Asmus schnell hinzu. »Das entlastet ihn nämlich sehr von einem Verdacht gegen ihn. Den wollen wir gerne ausschließen.«

»Ach, so ist das.« Jensen verlor auf der Stelle seine spürbare Zurückhaltung und ließ endlich den Spaten in Ruhe, mit dem er ziellos in der Erde herumgekratzt hatte. »Seine Frau erzählte mir vor längerer Zeit, dass Nickels zu einer berühmten Klinik in Hamburg gereist sei wegen seiner schlechten Augen. Vor allem die Dämmerung machte ihm zu schaffen.«

»Dann ist er aus dem Schneider! Danke, Herr Jensen«, sagte Asmus und erhob sich von der Sitzbank. »Dann müssen wir uns zum nächsten Verdächtigen beeilen.«

»Wen meinst du denn?«, rief Matthiesen, als Asmus, so schnell der Motor es hergab, davonbrauste.

Tiglat-Pileser würde wegen des Lärms empört sein.

»Hank! Der hat zwei Tage unsere Wachsamkeit eingelullt, indem er brav im Hotel blieb. Diese Zeit hat er ausgenutzt, um wegen der beiden Besucher der Koje hektisch mit seinen Kontaktleuten in den Staaten zu telegrafieren. Vermutlich hat er den Boden bereitet, um gefahrlos zurückkehren zu können. Hierbleiben kann er nicht, da wir ihm bereits zu sehr aufs Fell gerückt sind. Er muss abreisen.«

»Was für Sitten plötzlich auf unserer beschaulichen Insel!«, schrie Matthiesen Asmus ins Ohr.

»Das kannst du laut sagen«, brüllte Asmus. »Die Zusage, dass er nächste Woche zum Verhör kommt, diente nur dem Zweck, unsere Wachsamkeit einzuschläfern. Ich würde mich nicht wundern, wenn er heute oder morgen Abend an Bord des Dampfers ginge, um so schnell wie möglich zu verschwinden. Ist er erst einmal in Hamburg angekommen, kriegen wir ihn nicht mehr. Der kann ja auch in Frankreich oder Holland auf einem Überseedampfer einklarieren.«

»Glaubst du denn, dass er seine Fabrik aufgibt?«

Asmus ließ das Motorrad im Grasstreifen auslaufen und stellte den Motor ab. »Es ist mir zu anstrengend, so rumzubrüllen«, gab er als Erklärung ab. »Die eine Minute Zeit haben wir. Die Dosenenten sollten vermutlich niemals die Haupteinnahmequelle sein, sondern der Alkoholschmuggel. Dieser Plan ist aufgeflogen. Übrigens nicht nur durch uns, glaube ich. Seltsamerweise war nämlich der Petroleumkocher in Dres' Hütte genauso mit Benzin präpariert wie der in der Entenkoje. Er sollte sterben. Vielleicht hat er beim Einlegen der Entenschlegel in die Dosen mitbekommen, dass es in Wirklichkeit um Alkoholschmuggel ging, und wollte für sein Schweigen eine bessere Bezahlung herausschlagen. Als

Täter tippe ich auf Hank. Ein Jäger ist gewohnt, mit solchen Kochern zu hantieren.«

»Denkst du wirklich an Erpressung?«, fragte Matthiesen.

»Zuzutrauen wäre es Dres, bei allem, was er auf dem Kerbholz hat. Dass Hank ihn durch Erschießen loswerden konnte, ergab sich wohl eher zufällig.«

»Was wird Hank jetzt machen?«

»Er wird das Grundstück und die Gebäude durch einen Mittelsmann verkaufen lassen. Hier wird er sich nicht mehr zeigen, und in Amerika wird er nicht verhaftet werden, weil er sich ja nichts hat zuschulden kommen lassen.«

»Da kommt er aber leicht davon. Ob er's nun selber war oder nicht: Er hinterlässt drei Tote.«

»Stimmt. Aber vielleicht kriegen wir ihn ja noch zu fassen. Mein Gefühl sagt mir, dass wir jetzt gleich nach Hörnum fahren sollten, um auf jeden Fall vor Hank dort zu sein, falls er vorhat, heute zu fliehen.«

Der Dampfer lag bereits längsseits am Kai. Asmus hielt oberhalb des Hafens an unauffälliger Stelle an, um sich eine Übersicht zu verschaffen. Passagiere gingen noch nicht an Bord, aber einige für das Bordrestaurant vorgesehenen Lebensmittelpakete wurden geladen, wahrscheinlich hauptsächlich Austern.

Asmus stellte das Motorrad hinter dem Häuschen ab, in dem die Fahrkarten verkauft wurden, was ihm ein besonders unauffälliger Ort dünkte. Glücklicherweise waren sie beide in Zivil, so dass sie sich wie alle neugierigen Inselgäste frei umtun konnten.

Die ersten Reisenden trudelten in Mietkutschen ein und wurden von Gepäckdienern in Empfang genommen, die sich bereits eingefunden hatten. Fahrgäste der Inselbahn waren später zu erwarten, und sie würden ihr Gepäck zumeist selbst an Bord schaffen.

Asmus und Matthiesen spazierten an der Mole entlang, stellten sich an die brusthohe Mauer, die das Hafenbecken vor Wellenschlag schützen sollte, und blickten über das Meer wie alle Gäste, die Zeit haben und müßig auf das Ablegen des Schiffes oder auf das Abendessen im Logierhaus warten. Dann drehte Asmus sich um, lehnte sich mit dem Rücken an die Molenmauer und ließ seinen Blick scheinbar gleichgültig vom Leuchtturm über das Dorf am Dünenabhang und die Eisenbahnschienen jenseits des Hafenbeckens schweifen.

Keine der Kutschen hatte bisher Hank Christensen gebracht. Vielleicht kam er mit dem Zug, der sich gerade hinter einer Biegung mit seiner Dampfpfeife ankündigte. Noch bevor die Lokomotive in Sicht kam, fiel Asmus ein Mann ins Auge, der sich seinerseits mächtig für den Zug zu interessieren schien. Etwas in seiner Haltung sagte Asmus, dass dieser Mann keinesfalls einheimisch, wahrscheinlich auch kein Deutscher war. »Sieh dir mal den Mann da drüben im karierten Anzug an«, sagte er leise. »Peil links von der Baumkurre des Krabbenkutters in der hintersten Hafenecke.«

»Ich hab ihn«, meldete Matthiesen. »Was ist mit dem?«

»Es könnte sein, dass er der verbliebene amerikanische Dosenliebhaber ist. Der bäuerliche, kleinere mit den roten Wangen. Der ist hinter Hank her. Womöglich sind die beiden die ganze letzte Zeit hier gewesen, um Hank zu überwachen. In einem verschwiegenen Privatquartier, als sie die Koje nicht mehr als Versteck benutzen konnten. Den kriegen wir auch noch. Solange wir die Fahrgastlinien bewachen, kann er ja nicht von Sylt fort.«

»Aber du glaubst doch nicht etwa, dass die beiden Dres und Degenhardt erschossen haben!«

»Nein, natürlich nicht. Aber wir brauchen die Zeugenaussage des Mannes. Vielleicht haben sie etwas in der Entenkoje beobachtet, sogar wie Degenhardt erschossen wurde.«

Der Zug hielt, und die abreisenden Fahrgäste strömten zum Dampfer, als gelte es, als Erster einen Platz an der Reling zu erobern. Hank war nicht dabei.

»Na ja, da habe ich mich eben im Tag geirrt«, bemerkte Asmus unbekümmert, während er registrierte, dass der Mann im karierten Anzug im Begriff war, seinen Beobachterposten aufzugeben. Aber er war nun ziemlich sicher, dass es diesem um Hank ging.

»Der Amerikaner kann Hank ja nicht vor aller Augen erschießen«, meinte Matthiesen.

»Wahrscheinlich vergewissert er sich nur, welchen Dampfer Hank nimmt, und telegrafiert dann in die Staaten, damit die ausrechnen, wann sie ihn in Empfang nehmen können. Aber ich nehme an, dass Hank so vorsichtig ist, die Hamburg-Amerika-Linie zu meiden.«

Inzwischen waren die Passagiere an Bord gegangen, und die Gangway wurde eingezogen.

In das Signal des Dampfers hinein, dass er jetzt nach Backbord ablegen werde, hörte man ratternde Kutschenräder und die anfeuernden Rufe des Kutschers. Die Seeleute an den Tauen brachen das Einholen der Gangway ab und fierten sie wieder. Dass Fahrgäste mitunter sehr spät kamen, war wohl nichts Besonderes.

Aus der Kutsche sprang Hank, half dem Kutscher sogar, seinen festgezurrten Überseekoffer loszubinden, und eilte dann mit dem Mann auf den Fersen zur Gangway. Er stoppte abrupt, als er Matthiesen sah, der sie mit ausgebreiteten Armen blockierte.

Asmus rief den Seeleuten zu, dass sie die Gangway einziehen sollten. Einem Offizier gegenüber, der mittlerweile herbeigeeilt war, gab er sich als Polizist zu erkennen, und der nickte in Richtung der Männer an den Tauen. Die Gangway blieb waagerecht in halber Höhe schweben.

Asmus drehte sich zu Hank um. »Herr Christensen, Sie sind verhaftet.«

»Hilfe, man will mich entführen!«, brüllte dieser. »Telegrafieren Sie dem amerikanischen Konsul in Hamburg.« Das galt dem Offizier, der daraufhin zum Kapitän hochblickte, der von oben herabschaute und den Kopf schüttelte.

»Der kann Ihnen jetzt nicht helfen, Herr Christensen«, sagte Asmus.

»Und weswegen?«, fuhr Hank ihn an. »Ich habe mit den Morden nichts zu tun!«

»Wegen Hehlerei von Baumaterial vom Wattenmeer-Damm und wegen des Diebstahls eines Motorrads. Wir beschlagnahmen außerdem Ihren Überseekoffer.«

»Da ist bestimmt kein Baumaterial drin!«, geiferte Hank.

Asmus grinste freudlos. Natürlich hatte Hank den Diebstahl angeordnet, auch wenn Petersen den Schlüssel zum Bauhof besorgt und Dres den Leiterwagen gelenkt hatte.

»Nein, aber möglicherweise andere interessante Dinge. Baupläne für die Fabrik zum Beispiel. Alte Korrespondenz mit Ihrem Vetter in Wyk über dessen alkoholische Entendosen. Ich vermute, er hat Sie gewarnt, weil dieser Trick dem amerikanischen Zoll schon bekannt ist. Ihm konnte man nicht beikommen, bei Ihnen ist das anders.«

Hank schnaubte verächtlich. »Der Zoll!«

Das Ungetüm von Koffer war nicht verschlossen. Unter den Augen sämtlicher neugieriger Passagiere, die mittlerweile aufgereiht wie Perlen an der kaiseitigen Reling standen, zog Matthiesen ein stämmiges Gewehr hervor.

»Eine Henry-Rifle«, rief der Offizier an der Reling ehrfürchtig herunter. »Donnerwetter! Hat ein Magazin für sechzehn Schuss. Wurden viele Südstaatler mit erschossen. Und Indianer.«

»Sicher?«, fragte Asmus nach oben.

»Aber ja doch! Hätte schon immer gern selbst eine besessen.«

Von oben ertönte ein Pfiff.

»Können wir ablegen?«, rief der Offizier eilfertig.

Asmus nickte und grüßte dankend zum Kapitän hoch.

Umgehend wiederholte sich das Signal, worauf der Dampfer vorsichtig an den Fischerbooten vorbei zum Hafen hinausmanövriert wurde.

Hank wurden Handschellen angelegt. Dann wartete Asmus mit ihm zusammen auf den Leiterwagen, den Matthiesen organisieren wollte. Den fremden Beobachter sahen sie nicht mehr, der war spurlos verschwunden.

Abends kam wieder Borg in der Wache vorbei. Asmus sah ihm neugierig entgegen.

»Du sagtest, du würdest versuchen, den zweiten dieser Waldläufer zu finden, nicht wahr?«

Asmus nickte.

»Ich vermute, er ist schon in Amerika.« Borg ließ sich müde auf den Hocker sinken, den ihm Asmus hinschob. »Auch bei uns in der Klinik gelangen nicht immer alle Erkenntnisse zu den Leuten, die sie benötigen. Ich habe deshalb jetzt erst erfahren, dass unser Botulismustoter in einer Tasche seiner Kleidung die Fahrkarte für eine Schiffspassage der Hamburg-Amerika-Linie mit sich führte. Offenbar war er Amerikaner und wollte dorthin zurück.« Borg reichte Asmus die Fahrkarte.

»Wir sind inzwischen zum gleichen Schluss gekommen. Die Fahrkarte in die USA bestätigt uns, dass sich Hank Christensen zu Recht fürchtete. Nicht vor den Behörden, sondern vor dieser Mafiaorganisation. Die hat die beiden Männer, die als Süddeutsche oder Schweizer durchgehen konnten, geschickt. Vermutlich ging es darum, wie kompetent Hank Schnaps liefern würde, ohne der hiesigen Polizei aufzufallen. Vorausgesetzt natürlich, er arbeitete mit ihnen zusammen. Andernfalls hätten sie ihn wahrscheinlich ermordet. Den zweiten Mann haben wir übrigens heute in Hörnum entdeckt. Er wollte sich der Abreise von Hank vergewissern. Alles spricht dafür, dass Hank in unserem Gefängnis sicherer ist als in den Staaten. Die Todesstrafe droht ihm für Diebstahl hier nicht. Und ob wir ihm die Morde nachweisen können, steht in den Sternen.«

»Du hast mit Leuten zu tun, da kann es einen gruseln«, befand Borg, gab Asmus einen Klaps auf die Schulter und entschwand Richtung Tür.

Der Haft in der winzigen Zelle im Polizeigebäude versuchte Hank mit Drohungen, Rufen nach dem amerikanischen Konsul und Essensverweigerung zu entkommen.

Asmus ließ sich nicht erweichen. Er saß mit Matthiesen zusammen und erarbeitete mit ihm das Protokoll des Falls mit allen Details.

Hauptwachtmeister Sinkwitz betrachtete den wachsenden Stapel vollgeschriebenen Papiers und warf einen Blick hinein. Seine Miene verdüsterte sich. »Sie verrennen sich, Asmus. Wo sind die Beweise?«

»Was den Diebstahl von Pfählen und Basaltsteinen betrifft, haben wir Petersen und Dres in Verdacht. Christensen wird sich trotzdem nicht in allen Fällen damit herausreden können, dass Petersen schuld sei, zumal dieser immer betont hat, dass er mit dem Fabrikgelände nichts zu tun habe.«

»Tja.«

»Noch mehr setze ich aber auf den Vergleich der Munition aus Christensens Überseekoffer mit den Kugeln, die Dres und Degenhardt töteten«, fuhr Asmus fort. »Sie sind von einem großen Kaliber, das hier auf Sylt nicht verwandt wird.«

»Sie werden aber nicht nachweisen können, dass nicht Petersen mit diesem Gewehr geschossen hat.«

Asmus betrachtete seinen Vorgesetzten stumm. Er war derart feige, dass er es vorzog, einen guten Bekannten, vielleicht sogar Freund zu beschuldigen, anstatt dem Mörder und seinem Konsul die Stirn zu bieten. Schließlich sagte er: »Wir haben uns eingehend mit Petersen befasst. Er hat höchstwahrscheinlich Dücke auf dem Gewissen. Und er war es wohl, vor dem sich Dückes Mutter so sehr fürchtete. Er muss ihr Todesangst eingejagt haben. Aber schießen konnte er in der Dämmerung nicht. Seine Augen ...«

»Doch, doch, schießen konnte er sehr wohl«, widersprach Sinkwitz energisch.

»Herr Oberwachtmeister, was ist eigentlich aus den Blättern mit den Fangzahlen von Enten in der Kampener Koje geworden? Wissen Sie das zufällig?«

Sinkwitz spitzte die Lippen, als ob er flöten wollte, und schwieg eine Weile. »Keine Ahnung. Machen Sie also weiter. Ich hoffe, der amerikanische Konsul wird nicht tätig werden, wenn er sich vergegenwärtigt, dass Christensen aus einer Föhrer Familie stammt.«

»Erst recht nicht, wenn er erfährt, dass Hanks Leben drüben in Gefahr wäre. Und sollten wir nicht den Besitzer der Blauen Maus wegen Betrugs endlich verhaften?«, rief Asmus hinter seinem Vorgesetzten her, der sich anschickte, den Raum zu verlassen.

Als Sinkwitz die Tür nachdrücklich hinter sich zugemacht hatte, beugte sich Matthiesen zu Asmus hinüber. »Das mit den Fangzahlen war aber deutlich«, flüsterte er. »Sinkwitz hat verstanden.«

»Ich vermute, dass er uns jetzt endgültig keine Steine mehr in den Weg legt.« Asmus grinste zufrieden.

Schließlich hatten Asmus und Matthiesen alle Vorkommnisse und Begründungen für die Verhaftung zu Papier gebracht, einschließlich der Erklärung des Hamburger Polizeilabors, dass die eingesandte Munition zu der Art Gewehr passte, die bei Hank gefunden worden war. Eine genauere Untersuchung würde dies noch belegen.

Am nächsten Morgen sollte Hank Christensen unter Bewachung durch Matthiesen und Jep zum Untersuchungsrichter nach Husum verfrachtet werden, man würde dort Anklage gegen ihn erheben.

Sie waren noch mit dem Ordnen der fertigen Unterlagen befasst, als Ose in die Wache stürmte und eine Weile in Asmus' Ohr flüsterte.

Verwundert starrten Matthiesen und Jep ihr nach, als sie beschwingt wieder davonschwebte. »Was passiert?«, fragte Lorns behutsam.

Asmus schüttelte den Kopf.

Am späten Abend traten Ose und Asmus Hand in Hand in die Dörns, wo Borg und Blaicke in aller Ruhe ihren Feierabendbeschäftigungen nachgingen. Borg las in einer Fachzeitschrift und rauchte dabei, während Blaicke an einem Tischtuch stickte.

»Liebe Schwiegereltern«, begann Asmus feierlich, »wir sollten jetzt doch einen früheren Hochzeitstermin festlegen. Und die Wiege streichen. In ein paar Monaten ist es so weit.«

Blaicke sprang auf und küsste beide herzhaft. »Schluss mit Tischdecken!«, rief sie frohlockend! »Ab sofort häkele ich Kindermützchen und Schühchen!«

Borg schüttelte ihnen gerührt die Hand.

# Kleines Wortverzeichnis

*Aufpallen:* Aufsetzen eines Bootes auf Stützböcke
*Back:* Tisch im Boot
*Baumkurre:* Netz zum Krabbenfang
*Biikebrennen:* 21. Februar, Petritag, traditionelles Feuer zur Verabschiedung der abfahrenden Walfänger
*Bilegger:* eiserner Hinterladerofen, von der Küche aus beheizt
*Bördeln:* Aufbiegen des Konservendosenrandes
*Botulinumtoxin:* Neurotoxin des Bakteriums Clostridium botulinum
*Brandgansröhre:* unterirdischer Gang zum Gelege der Gans, entweder Kaninchenbau oder von Menschen angelegt
*Chatoll:* nordfriesische Bezeichnung für Sekretär
*Cosa nostra:* Verbrecherorganisation, Zweig der Mafia
*Conservensalz:* aus Natrium, Kochsalz und Salpeter der Fa. Keppler und Müller (um 1894)
*Deckstuhl:* kurze Trittleiter mit Haken für Reetdächer
*Ditten:* getrockneter Kuhdung als Heizmaterial
*Dörns, Döns:* beheizbare Wohnstube des Friesenhauses
*Entenkoje:* Fanganlage für Wildenten
*Fething:* Wasserreservoir in einer Warft/Warf
*Fieren:* auslassen
*Flüsterkneipe:* Lokalität für illegalen Alkoholverkauf
*Geel:* gelb
*Gliep:* Netz mit Stiel zum Schieben über den Meeresboden
*Handig:* norddeutsch für komfortabel
*Hauptinteressent:* größter Geldgeber
*Helling:* Platz in der Werft, auf dem ein Schiff gebaut wird

*Klopfbrett:* Gerät zum Festklopfen der Reethalme
*Kosher nostra:* organisiertes Verbrechen im jüdisch-amerikanischen Umfeld; sprachlich Anlehnung an Cosa nostra
*Kojenmann:* Betreuer der Entenkoje und Entenfänger
*Kojenteich:* Gewässer in der Mitte der Kojenanlage
*Koymann:* wie Kojenmann
*Lockente:* lebende Ente oder hölzerne Attrappe zum Anlocken der einfliegenden Entenscharen
*Pallhölzer:* Stützböcke zum Aufbocken eines Bootes
*Papiermark:* Zahlungsmittel der Inflation 1919–1923
*Partenreeder:* Gesellschaft mit gemeinschaftlichem Besitz eines Schiffes
*Pfeife:* mit Netz abgedeckter Graben, der in einer Reuse endete
*Porren:* Krabben, Garnelen
*Postcolli:* Gewicht eines Paketes knapp unter der nächsthöheren Gewichtsklasse
*Reetschneider:* Gerät zum Bündeln von Reet und Begradigen der Halme
*Rehmbalken:* Teil der Dachkonstruktion eines Hauses
*Rentenmark:* Übergangswährung zwischen Papiermark und Reichsmark (ab August 1924)
*Ringeln:* Brechen der Halswirbelsäule der Enten
*Sood:* Zisterne für Regenwasser
*Speakeasy:* Flüsterkneipe (s. o.)
*Tammkuhle:* Aufenthaltsort und Fütterplatz der Lockenten
*Tresor:* offenes hölzernes Regal zur Aufbewahrung von Kostbarkeiten